「大菩薩峠」を都新聞で読む

伊東祐吏

ITO Yuji

論創社

① 大正 2 年 9 月 24 日（「大菩薩峠」第 13 回）
本書 30 頁参照。

② 大正 2 年 10 月 15 日（「大菩薩峠」第 34 回）
本書 34 頁参照。

③ 大正2年10月18日（「大菩薩峠」第37回）
本書38頁参照。

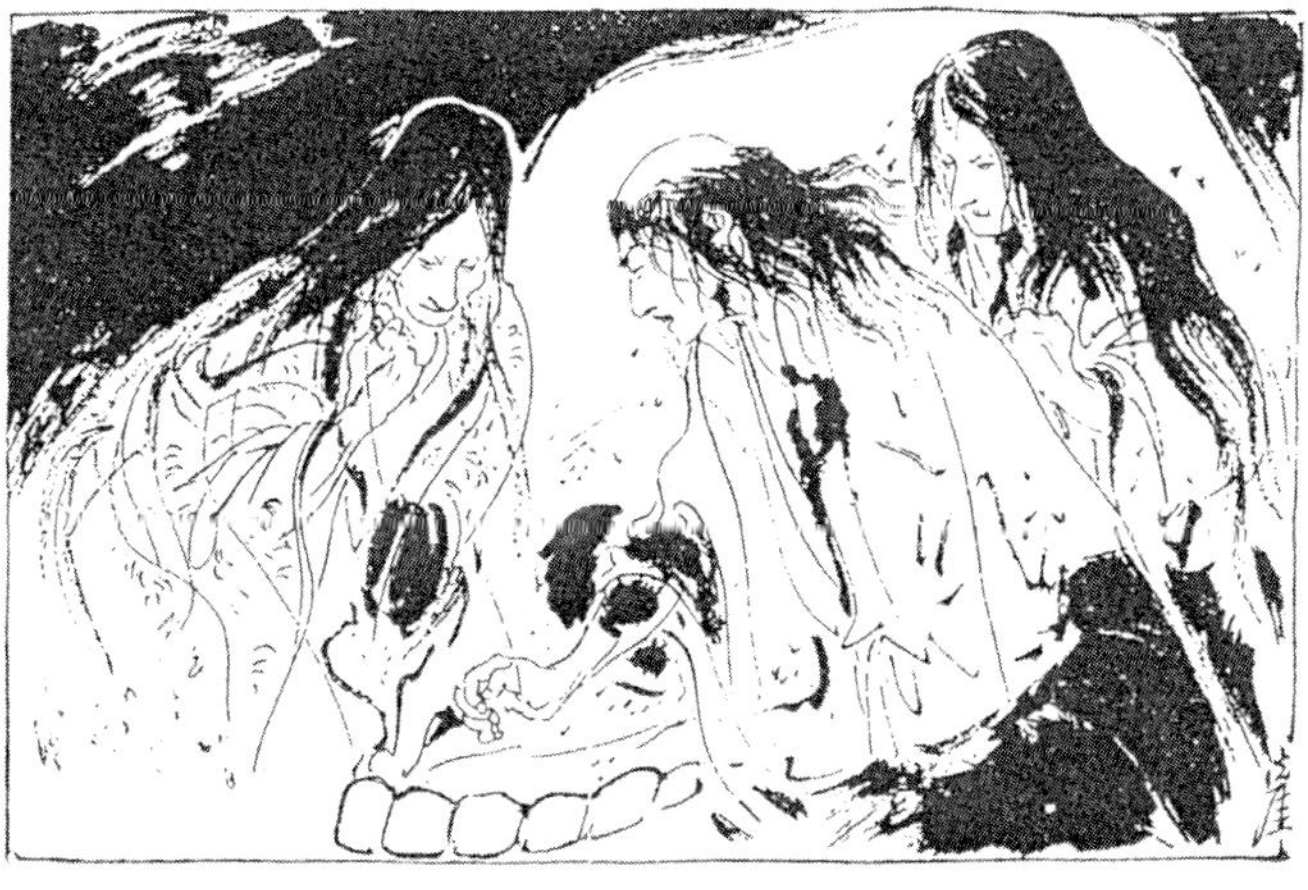

④ 大正7年1月9日（「大菩薩峠第五篇」第9回）
本書110頁参照。

「大菩薩峠」を都新聞で読む　目次

はじめに

『大菩薩峠《だいぼさつとうげ》』という小説がある。作者は中里介山《なかざとかいざん》。大正末期から戦前にかけて、一般大衆からインテリにまでかなり幅広く読まれた作品で、大衆文学の一大ブームをつくりだすのみならず、谷崎潤一郎や宮沢賢治がその内容を高く評価した。また、渋沢栄一や貞明皇后《ていめいこうごう》（大正天皇の皇后）も、この小説のファンであったと言われる。[1] しかし、現在ではその名が広く知られているわけではない。また、知っていたとしても、読破した人は決して多くない。全四十一巻（十八冊）、文字にして約五一〇万字。それは源氏物語の六倍、八犬伝の三倍、トルストイ『戦争と平和』の三・五倍に相当するのだという。[2] かつては、世界一長い小説と言われていた。

私がこの小説に出会ったのは、ひょんなことがきっかけであった。文学にあまり詳しくない私は『大菩薩峠』も中里介山もよく知らないが、あるシンポジウムで『大菩薩峠』について語らなければならなくなったのである。当日までは、一ヵ月くらいあっただろうか。この間になんとかして文庫本で二十冊もある『大菩薩峠』を読まねばならない。しかし、一冊目を読み始めて、私は愕然とした。あろうことか、大衆向けの娯楽的な読み物であるはずなのに、話の内容がよく分からないのである。内容が分からないのだから、当然おもしろいわけがない。そして私は、早々にして『大菩薩峠』を読みすすめることができなくなってしまった。

話の内容がよく分からないというのは、難解という意味ではない。むしろ、話自体は単なる剣術ものの時代小説で、仇討ちがテーマであり、平易すぎるほど平易である。私がこの小説を読めないのは、話の展開が荒く、物語が断片的だからである。

たとえば、知らないうちに登場人物たちが親しくなっていたり、実は大変な事件が起きていたことがあとになって判明したり、主人公に届いた重要な手紙の内容が紹介されなかったりするため、作品のなかで何が起こっているのかが分からず、物語の世界に入っていくことができない。まるで、読者が知らないところで、物語が勝手に進んでいるかのようである。

さらに、文章も悪い。「……であります」というような文体のリズムは講談調でよいが、話の展開や描写は極めてぶっきらぼうで、シナリオのト書きを読んでいるかのように味気ない。よって、物語に厚みやふくらみがなく、作品としてつまらない。はっきり言えば、読者に提供できる水準の代物ではなく、およそ鑑賞するに値しないのである。

おそらく読者全員がつまずくのは、物語が始まってすぐの、龍之助がお浜を手込めにするシーンであろう。

主人公机龍之助《つくえりゅうのすけ》は、大菩薩峠で老巡礼を理由もなく斬り捨て、帰宅すると、次の奉納試合で対戦する宇津木文之丞《うつぎぶんのじょう》の内縁の妻（お浜）が面会に来ている。宇津木は甲源一刀流という剣術の流派の正統で、対する龍之助はそこから出て別派を開かんとする者だが、宇津木本人は剣の腕において龍之助にかなわないことを知っている。よって、このままだと家名を汚し、さる諸侯の指南役となる約束や、お浜との婚礼の儀に支障が出るのは必至である。そうした文之丞の苦悩を見ていられず、お浜はなんとか龍之助に勝ちを譲ってくれないかと懇願しにきたのである。龍之助はこの頼みを退けてお浜を帰らせるが、水車小屋の番人である与八《よはち》を脅してお浜を拉致させ、手込めにする。

しかし、以下に示す該当の場面から、お浜が手込めにされたことを読みとれる読者がいるだろうか。

《龍之助から脅迫されて与八が出て行くと、まもなく万年橋の上から提灯《ちょうちん》が一つ、巴《ともえ》のように舞って谷底に落ちてゆく。暫《しばら》くして与八は、一人の女を荒々しく横抱きにして、ハッハッと大息を吐いて、龍之助の前に立っています。与八に抱《かか》えられている女は、さっき兄のためと言って龍之助を説きに来た宇津木のお浜であります。

それからまた程経《ほどへ》て、河沿いの間道《かんどう》を、たった一人で龍之助が帰る時分に月が出ました。》

（「甲源一刀流の巻」①三〇-三一）[3]

引用箇所に一行空きがあるのも原文のとおりで、記述は以上ですべてである。龍之助とお浜のあいだに何かがあったとしても、そのことについては何も述べられていない。（たとえセクシャル

な表現を避けるためにそうしたとしても、それを暗示する文章が必要であろう）
また、この場面に象徴されるような、断片的で雑なストーリー展開はいったい何なのだろうか。このシーンの前には与八の生い立ちについて書かれ、後には龍之助が橋の上で盗っ人の七兵衛とすれ違うシーンが続いており、どちらも文庫本で二ページほどの分量が費やされている。それなのに、物語のうえでより重要と思われるお浜を手込めにするシーンは、そのあいだに上記に示したほんの数行が雑然と差し込まれているに過ぎない。
では、そもそもこの場面がほんとうに龍之助がお浜を手込めにするシーンなのかという疑問もあるだろうが、『大菩薩峠』がそのような話であることは一般常識化しており、筑摩書房版の文庫本の巻頭に付されたあらすじにも、以下のようにある。

《龍之助のもとに一人の女が訪ねてきた。来たる御岳神社の奉納試合で対戦する甲源一刀流師範・宇津木文之丞の妻お浜であった。腕のちがいを聞き知ったお浜は、文之丞の妹と偽って、試合で勝ちをゆずることを懇願しに来たのである。龍之助は願いを退りたうえで、その夜、与八にお浜をかどわかさせて、手ごめにした。》（『大菩薩峠』第一巻、二頁）

しかし、どんなに注意深い読者も、龍之助とお浜にそのような関係があったことに気づくことはできない。また、あらかじめ『大菩薩峠』のあらすじを知っている読者でさえも、このシーンを何気なく読み飛ばしてしまうだろう。

　そして読者は何も気づかないまま、その日の夜、帰宅したお浜の回想において、水車小屋で龍之助に「試合の勝負と女の操」、「お山の太鼓が朝風に響く時までにこの謎を解けよ」（①二五）と言われたことを知る。しかし、ここでも「手込め」にされたというような記述はない。むしろ、龍之助のセリフは、試合の勝負と女の操のどちらが大事なのかについて明日の朝までに答えを出せ、と言っているのであり、「手込め」のような関係がまだないことを思わせる。

　そのまま読みすすめて行くと、奉納試合当日の朝に、文之丞がお浜の不貞を疑って離縁状を渡す場面で、はじめて「手込め」という表現がでてくる。「浜、この文之丞が為すことがそちには戯れと見えるか、そなたの胸に思い当ることはないか」、「言うまいと思えど言わでは事が済まず。そなたは過ぐる夜、机龍之助が手込《てごめ》に遭《あ》って帰ったな」（①四二）。だが、これもあくまで文之丞の憶測であり、そのような関係があったとは断定できない。

　読者がようやく龍之助がお浜を手込めにしたという事実を知るのは「甲源一刀流の巻」の後半であり、奉納試合で龍之助が文之丞を打ち殺し、お浜と江戸に逃げてから四年後のことである。二人は息子の郁太郎とともに、長屋で身をひそめて暮らしている。そして、生活の不満から夫婦喧嘩となり、そのなかでお浜は次のように言い放つ。「水車小屋で手込《てごめ》にした悪者は誰でしょう」、「あれが悪縁のはじまり、あのことさえなくばわたしは宇津木文之丞が妻で、この子にもこんな苦労はさせず」（①九一）。

ここで読者は疑問に思い、その事実を確認しようと読み返すだろう。しかし結局、該当する箇所を見つけることはできない。私のような読者は、こうした雑なストーリー展開のせいで何度も物語の前後関係を確認させせられ、しかもその度に何も明らかにならないために、作品を理解しようとする意欲を失い、読みすすめることができなくなってしまうのである。

さらにもう一例挙げておきたい。

それは、兄の敵《かたき》として龍之助の命をねらう宇津木兵馬《ひょうま》のことである。『大菩薩峠』は大なり小なり不親切で中途半端な文章だらけで、読者は物語の主人公である龍之助とお浜の関係性さえ正確に理解することができないが、もう一方の中心人物である兵馬とお松（物語の冒頭で龍之助に辻斬りされた老巡礼の孫で、兵馬に好意を寄せている）、もしくは兵馬と七兵衛（関東一円を荒らす盗賊で、兵馬の仇討ちに協力する）の関係性についてもまったく不明である。

兵馬は宇津木文之丞の弟で、奉納試合で兄が打ち殺されて以来、剣の修行を積みながら、龍之助を仇討ちする機会をねらう。そのなかで、兵馬はお松と親しくなるのだが、どういう経緯で二人が出会い、互いに協力して龍之助を追うようになったのかが読者には分からない。また、その二人の仇討に協力するようになる七兵衛と兵馬がいつの間に出会って、そのような関係になっているのかの説明もない。

まず、兵馬とお松の関係性について見てみよう。

兵馬は、兄が龍之助に殺されたのち、仇討ちを果たすために、当時の三剣客のひとりである島田虎之助の道場で剣の修行をおこなう。お松と出会うのは修行中のときのことで、ある夏の日、夕立にあった兵馬はたまたま雨宿りをさせてもらった家でお松と出会う。しかし、二人はただ単に出会っただけで、互いになんとなく好意をもったようだが言葉も交わしておらず、その一瞬でなにか特別な関係性が生まれたわけではない。

《ここはいかなる人の住居《すまい》で、この少女は娘であろうか、それにしてもこの花やかな御守殿《ごしゅでん》風《ふう》は……とようやく不審にも思われてきましたが、深く推量すべき必要はないことで、雨が霽《は》れてしまうと兵馬は厚く礼を述べて、この家を立ち出でました。》(「甲源一刀流の巻」①一〇三)

その後、お松は神尾主膳《かみおしゅぜん》の屋敷に奉公に出ることになるが、毎晩のようにおこなわれる乱痴気騒ぎに嫌気がさして逃げ出し、零落した伯母の家でしばらく過ごすが、金を使い込まれたうえに遊郭に売られる。売られた先は京都の島原で、この時期に兵馬も新徴組に加入して京都で過ごしているが、二人が出会うことはない。

しかし、文庫本の第二巻になると、突如として兵馬とお松が待ち合わせをしている場面が登場し、読者をとまどわせる。場所は紀州の竜神温泉であり、この頃、龍之助は天誅組に参加するも、敗走して山中に逃れ、兵馬は龍之助の行方を追っている。

《兵馬は必ずや、この附近で龍之助を見出し得るものと思うています。
そうしてかの七兵衛は、お松をつれて近いうち、ここへ来るはずになっていました。》
（「竜神の巻」②六四）

？・？・？

読者の知らないところで、いったいこの物語に何が起きているのだろうか。
そして竜神温泉を抜けて、伊勢にやってきた時点でも、似たような記述が見出せる。

《宇津木兵馬は、紀州の竜神村で、兄の仇《かたき》机龍之助の姿を見失ってから、今日はここへ来ているが、七兵衛やお松の姿はここには見えませんでした。》（「間の山の巻」②一三三）

やはり兵馬はお松と待ち合わせをしているようだ。
その後、ようやく大湊の船着場で二人は再会する。しかし、以下の引用部分に明らかなように、二人の会話は以前に一瞬会っただけの者が再会した感じのものではない。

《「兵馬さん」

お松は船の仕事着ではなく小綺麗《こぎれい》の身扮《みなり》をして、船着場の茶屋に待っています。

「今日はどちらへおいでになりました」

「二見の方へ」

「藪の中やなんかをお通りなさったらしい、こんなに草の実がついておりまする」

お松は兵馬の袴の裾についた草の実や塵を払ってやる。

「松林の中を無暗に歩いたものだから、ずいぶん息も切れました」

兵馬は腰掛に休んで茶を飲む。

「あ、それからお松、今日はまた珍しい人に会ったぞ」

「珍しい人とおっしゃるのは？」

「お前の親類じゃ、当ててみるがよい」

「私の親類と申しましても……」》(「間の山の巻」②二一六)

兵馬とお松はいつの間にこんなに親しくなったのだろう。二人は明らかに、一緒に旅をしているような様子である。だが、ここに至るあいだに、兵馬とお松に何があったのかは一言も書かれていない。さらに言えば、突如として伊勢に現れたお松だが、いったいお松がどのようにして島原を脱出してきたのかも明らかではない。何もかもが説明不足なのである。

そこで一応考えられるのは七兵衛の存在であり、前掲の文章からも兵馬が七兵衛と何か連絡をとっているようであることが分かるが、実はこの二人の関係性についてもまったく分からない。兵馬と七兵衛の関係性をうかがわせる文章が唐突に登場するのは、京都を逃れた龍之助がお豊という女と奈良から伊勢の亀山へと向かっているときのことである。七兵衛がふとすれ違う馬上の人を見上げると、なんとその人物は龍之助であったのだ。

《「モシ、お武家様（……）あなた様は沢井の机弾正様の若先生、あの龍之助様ではございませぬかな」

不思議な旅の男の言い分を、じっと聞いて、

「いかにも――拙者はその机龍之助」

これを聞いて旅の男は、

「左様でございましたか、それで安心致しました。私共、あの青梅在、裏宿の七兵衛と申す百姓でございます」

「青梅の――七兵衛？（……）どこへ行くのだ」

「いや、どこへでもございませぬ、あなた様をたずねて、これへ参りました（……）お驚きでもございましょうが、あなた様のお生命が欲しいばかりにこの年月、苦労を致している者があるのでございまする。四年以前に御岳の山で、あなた様のために非業の最期をお遂げなされし宇津木文之丞様の恨みをお忘れはございますまい（……）その恨みを晴らさんがため、

文之丞様の弟御の兵馬様、あなたを覘うて、この大和の国におりまする。ここで私共があなた様をお見かけ申したが運のつき、どうか、兵馬様と尋常の勝負をなすって上げてくださいまし、お願いでございます（……）兵馬様は、ただいま八木の宿《しゅく》におられまする（……）私は一時が間に、そこまで御注進に上りまするほどに、あなた様にも武士の道を御存じならば、それまでこれにお控え願いたい。引返してお立合い下さるならば、八木、桜井、初瀬の河原、あのあたりで程よき場所を定めて、晴れの勝負を願いたいものでございます」》（「三輪の神杉の巻」①三八六―三八八）

いつの間に兵馬は七兵衛と知り合ったのだろうか。また、七兵衛はなぜ兵馬のためにこのようなお膳立てをしようとするのか。

分からないことだらけであるが、本文はそのことがあたりまえであるかのような語り口で、読者をとり残して進んで行く。そして、兵馬とお松が再会した伊勢でも、七兵衛は姿をあらわさず、結局この時点までに、兵馬と七兵衛は読者から見える物語のなかでは、一度も出会うことがない。これでは、七兵衛がいかに稀代の怪盗といえども、少々人目を盗みすぎではないか。ともかく、『大菩薩峠』の読者はこのように様々な疑問を抱えつつ、腑に落ちないままに、味わいのない文章と物語につきあっていかなければならないのである。

しかし、一読者としての素朴な疑問なのだが、このような出来損ないの小説のいったいどこがいいのだろう。そして、そもそもこれほどまでに説明不足で断片的な物語を、世間の人々はどうして普通に読むことができるのだろうか。私は『大菩薩峠』を読み進められず、このままだとシンポジウムで作品を語ることができないということで、単にイライラしているのではない。このように完成度の低い作品が堂々と世間に流通していることが、私には単純に信じられないのである。

おそらくこのような疑問を抱いたのは、私だけではないだろう。実際、後日おこなわれたシンポジウムで会場の方々に意見をうかがったところ、「おもしろくない」という素直な感想も聞かれた。しかし、一般の読者にとって、無駄な忍耐と鈍感なまでのスルースキル（深く考えずに読み飛ばす技術）を要求する『大菩薩峠』に、わざわざおつき合いしなければならない義理などない。私と同じ疑問を抱いた読者は、早々に書物を投げ出し、もっと有効な時間の使い方をしたはずである。それがまともな読者のとるべき態度であると、私は信ずる。だが、シンポジウムのためにこの作品から逃げられない私は、思い悩んだすえに、「大菩薩峠」が当初連載された百年前の『都新聞』を図書館で読むことにした。当時の時代背景や空気を感じながら、当時のままの形態で作品を読めば、もしかすると作品の見え方が変わり、読めるようになるかもしれないからである。

そこで大正二年（一九一三年）の新聞をめくると、「大菩薩峠」の連載は九月十二日からはじまっている。『都新聞』は、現在の『東京新聞』の前身であり、東京一円で読まれたローカル紙である。いわゆる、天下国家を論ずる「大新聞《だいしんぶん》」ではなく、市井の犯罪や艶種《つやだね》を報じる「小新聞《こしんぶん》」で、平たく言えば花柳界と芸人と株屋の新聞であったため、下町では喜んで読まれ、山の手ではさげすまれていた。(4) 大正二年当時の都新聞は六ページで、ニュースのほかに芝居や株式・先物取引の情報が多く、日ごとに写真つきで芸者を紹介する欄などもある。連載小説は挿絵つきで、「大菩薩峠」を担当するのは井川洗厓《いかわせんがい》。挿絵があるせいか、連載当時のもので読むと、物語の世界観を想像しやすい。当然、文章は旧漢字、旧かなづかいであるが、それもまた味わいがある。そして私は、知らぬ間に「大菩薩峠」の世界に没入していった。

驚いたことに、『都新聞』の「大菩薩峠」は読み出すと止まらない。単行本とは違って、すらすらと読める。そして、とにかくおもしろいのである。なにしろ、物語の展開がなめらかで、つまずくことなく読みすすめることができ、文章が生きているために物語の世界に浸ることができる。これはたしかに読者を興奮させるに足る、スリルのある当代一等の読み物かもしれない。

では、なぜこれほどまでに作品の印象が違うのか。理由は簡単であった。現在の『大菩薩峠』の文章は、大幅に編集されているのである。しかも、丁寧な編集ではない。多少おかしくても、とにかく話の筋が分かればいいというような、極めて雑で荒い編集である。そのために、新聞連載時のおもしろさは消え失せ、奇妙で不自然なテクストとなっている。これはほとんど編集というより、冒瀆であろう。ひとことで言うならば、現在の『大菩薩峠』は、質の悪いダイジェスト版である。そうして改悪されたものが、われわれが読んでいる『大菩薩峠』なのである。

そしてこの瞬間、私はこれまでの『大菩薩峠』の読者たちが、実際にはこの作品を読めていないことが分かった。つまり、これまでの『大菩薩峠』の読者は一人として原典を読んでおらず、また、これまでにある『大菩薩峠』論のすべては、文章や内容のおかしさに特別な不審を抱かずに読みすすめることができるような論者たちの手によっているのである。

私は、読者たちの『大菩薩峠』に対する愛着を否定するわけではないし、これまでの論者たちが『大菩薩峠』についてまったく何も理解していないとは言わない。しかし、現在のつぎはぎだらけの『大菩薩峠』を違和感なく読みすすめることができる者たちは、果たしてほんとうにこの作品に向き合い、味わうことができているのだろうか。それが著名な作家や評論家であろうが、市井の読書家であろうが関係ない。私は、物語や文章に向き合うひとりの読み手として、そのことに疑問をもつのである。

こうして私は、これまでのすべての『大菩薩峠』論を疑う決心がついた。この論は、現在の『大菩薩峠』を読めなかった人間が書く、はじめての『大菩薩峠』論となる。そして、大正二年（一九一三年）の新聞連載から百年目にして、ようやく原典としての「大菩薩峠」を論じるものとなるのである。

（1）　尾崎秀樹『中里介山——孤高の思索者』（勁草書房、一九八〇年）一一六頁

（2）　柞木田龍善『中里介山伝』（読売新聞社、一九七二年）一九二頁。同書や介山の計算によると、

八犬伝は一七〇万字、ユーゴー『レ・ミゼラブル』（和訳）は一一〇万字、トルストイ『戦争と平和』（和訳）は一五〇万字、源氏物語は八〇万字、尾崎紅葉『金色夜叉』は三〇万字とのこと。

（3） 以下、単行本版『大菩薩峠』の出典は、（『大菩薩峠』の巻名、文庫本の巻数、頁数）の順で示す。文庫本は、戦後は角川書店、富士見書房、筑摩書房などから出版されているが、本書では筑摩書房版を用いた。また、机龍之助の表記については、テクストによって竜之助と表記されることもあり、文中で引用する筑摩書房版の単行本でも竜之助となっているが、本書では『都新聞』のもともとの表記を尊重するとともに、表記の異同による混乱を避けたいとの便宜上の理由から、龍之助という表記に統一して示す。

（4） 山本夏彦「『都新聞』回顧」（『冷暖房ナシ』文藝春秋、一九八四年）

第一章　「大菩薩峠」を都新聞で読む

「大菩薩峠」が『都新聞』に連載されたのは、大正二年（一九一三年）から大正十年（一九二一年）にかけてである。中断をはさみながら連載は計六回（ただし第四回と第五回の連載は連続している）に及び、連載回数は合計で一四三八回を数える。

	（タイトル）	（連載期間）	（連載回数）
第一回	「大菩薩峠」	大正二年九月～大正三年二月	一五〇回
	単行本の「甲源一刀流の巻」から「鈴鹿山の巻」（十四）に相当		
第二回	「大菩薩峠（続）」	大正三年八月～十二月	一〇八回
	単行本の「鈴鹿山の巻」（十五）から「壬生と島原の巻」に相当		
第三回	「龍神」	大正四年四月～七月	一〇八回
	単行本の「三輪の神杉の巻」から「龍神の巻」に相当		
第四回	「間《あい》の山」	大正六年十月～十二月	六七回
	単行本の『間の山の巻」に相当		
第五回	「大菩薩峠（第五篇）」	大正七年一月～大正八年十二月	七一五回

単行本の「東海道の巻」から「黒業白業の巻」に相当

第六回　「大菩薩峠（第六篇）」　大正十年　月〜十月　　　二九〇回

単行本の「安房の国の巻」から「禹門三級の巻」に相当

これらは文庫本の第六巻までに相当し、ここまでの箇所は特に編集が粗く、連載時の作品の質を著しく損うほどに削除が多いため、原文で読むことがのぞましい。私が考えるに、『大菩薩峠』を単純に楽しむにおいても、研究対象とするにおいても、まず第一に必要なのは、この『都新聞』連載時のものを読むことである。だが、現状ではなかなか『都新聞』で「大菩薩峠」を読むことは大変であるので、本書ではまずその削除された物語を部分的に復元しながら、各連載においてどれほどの削除がおこなわれたかをデータとして示し、最後に「大菩薩峠」の原典から読みとれる小説の意味や、テクストの削除がおこなわれた理由について考察したい。

これまで「大菩薩峠」の改編について、詳しく調査をした研究は存在しない。おそらく、読者は読みにくい小説だと思いながらも、「有名な小説だし、こういうものなんだろう」と疑わずに読んできた、というのが事実であろう。しかし、「大菩薩峠」の改編に言及した論者がいなかったわけではない。すでに尾崎秀樹《ほつき》、笹本寅、竹盛天雄《てんゆう》らが改編の事実を指摘しており、なかでも竹盛は「初出と単行本の次元では、かなりの差異がある」と述べている(1)。だが、どの論者もこの改編が物語に悪影響を与えていないとする点においては共通している。

このうち、改編の問題について、もっとも大きな影響を与えているのは笹本寅であろう。笹本は中里介山についてのはじめての伝記『大菩薩峠 中里介山』（河出書房、一九五六年）を著した人物で、かつて『大菩薩峠』を出版していた春秋社に勤めていた彼は、大正末年から昭和初年にかけて介山の担当をしており、伝記の執筆にあたっては介山の実弟である幸作の協力を得た。同書は、幸作が語った自身に都合のよい作り話を鵜呑みにした箇所が多々あるとして、幸作と対立する近親者や関係者の批判を受けたが、笹本が介山の作品や幸作の所有する資料を詳しく調査していることも事実である。

この伝記で笹本は、『大菩薩峠』の単行本と『都新聞』連載時のテクストの異同をはじめて指摘し、両者の冒頭部分を引用して比較したうえで、「現在のそれ〔単行本〕は、いかにも大作名作のかき出しにふさわしい堂々たる文章であるが、都〔『都新聞』〕にさいしょに発表された文章は、タッチが荒く、作家というより、いかにも記者といった感じの文章である。ちょっと、これが同一人の文章かと、おどろかされるほどだ。——名文は一朝にしてならず、という気がする。新聞発表の大正二年から、さいしょに単行本として出版された大正七年までの間に、かきなおされたのだった」と述べている。(2) そして、尾崎や竹盛はこの笹本の見解に従った。

特に尾崎秀樹は、笹本の見解を流布することに、大きな役割を果たした人物である。尾崎はゾルゲ事件で有名な尾崎秀実の異母弟で、評論家として多くの作家論や作品論を残しており、中里介山と『大菩薩峠』についても三冊の著書を執筆している。そして、その第一作となる『修羅

明治の秋』（新潮社、一九七三年）では『大菩薩峠』の改編に触れて、「はじめのころはまだ思想的な大乗小説としての構想が充分でなく、書き出しの部分も定本となったものにくらべるとずっとキメがあらく、通俗的ですらある」（二七頁）と指摘し、二作目の『峠の人 中里介山』（新潮社、一九八〇年）では、笹本と同様に新聞連載と単行本の冒頭部分をそれぞれ引用して、「両者を比較してみると、骨子は同じだが、単行本の方がこまかく描きこまれていることがわかる」（三五頁）と述べている。

つまり、『都新聞』版も単行本も内容は同じだが、書き出しの部分にあらわれているように、単行本の方が物語の描写が細かくて、優れているというのが尾崎の理解である。

尾崎は大衆文学についての造詣の深さで知られる第一人者であり、『大菩薩峠』論についても介山の他の作品や当時の時代背景についての幅広い知識と調査のうえに書かれているため、それ以降の研究者は、彼の論述をすっかり鵜呑みにしてしまったのではないだろうか。しかし、改編についての彼の調査は、決して綿密ではない。おそらく尾崎は実際には『都新聞』の原典を見ておらず、笹本が伝記に引用した部分を読んだだけだと私は考える。もし仮に、彼が『都新聞』を見ていたとしても、それはほんの一部分で、全編にわたって比較対照するような調査をしていないことは疑いようがない(3)。

なぜなら、尾崎は「骨子は同じだが、単行本の方がこまかく描きこまれている」と述べるが、事実は彼の言葉とはまったく逆で、骨子は同じだが、『都新聞』版の方がよほどこまかく描きこまれているからである。ただし、連載の第一回に限っては、改編時に介山が書き加えたために、単行本のほうが記述が細かくなっている。尾崎の指摘が当たっているのは、『都新聞』における約千五百回の連載のなかで、たったこの一回だけなのである。

そこで、以下の部分では、現在の『大菩薩峠』と比較しつつ、『都新聞』版の「大菩薩峠」の内容を計六回の連載順に示していきたい。これまでの研究は、単行本の『大菩薩峠』をもとにして、巻の単位を基準としておこなわれてきた。また、介山が『大菩薩峠』に与えた「カルマ曼陀羅」や「大乗小説」という規定を前提として、作品を論じてきた(4)。しかし、本書では介山の執筆当時の思想や意図にせまるために、作品を掲載時のままの形態と区切りで考える。そして、様々な意味づけがされる以前にさかのぼり、ゼロから考える。

では、これまで明らかにされてこなかった、原「大菩薩峠」の世界を体感していただきたい。

1　第一回連載「大菩薩峠」（大正二年九月十二日〜大正三年二月九日）

（1）概要

『都新聞』の第一面に連載小説「大菩薩峠」の掲載が開始されたのは、大正二年九月十二日のことである。連載期間は五ヵ月。掲載回数は全一五〇回に及んだ。単行本では、「甲源一刀流の巻」から「鈴鹿山の巻」の（十四）までの部分に相当する。（筑摩書房版の文庫本では、第一巻の一一頁から二〇六頁）

なお、現在の単行本『大菩薩峠』におけるこの部分のあらすじは、およそ以下のとおりである。

〈大菩薩峠で老巡礼を斬り捨てた龍之助。御岳山でおこなわれた奉納試合では、対戦相手の宇津木文之丞を打ち殺し、その妻であるお浜と江戸に逃げる。文之丞の弟である兵馬は、兄の仇をうつために、島田虎之助の道場で修行を重ねる。それから四年後、龍之助は新徴組[5]に参加し、清川八郎の闇討ちに加わるが、島田虎之助の剣に圧倒される。一方、兵馬は島田の道場で龍之助と知らぬまま一度対戦し、のちにその人物が龍之助だと知って、果し状を送る。お浜は自分の罪深さを改めて感じ、寝ている龍之助を殺そうとするが、龍之助はお浜を刺し殺し、新徴組の面々が待つ京都に旅立つ。結局、龍之助は兵馬との果し合いの場には現れなかった。

老巡礼の孫であるお松は、盗っ人の七兵衛に助けられ、伯母の家を訪ねるが相手にされない。そこで、たまたま知り合ったお絹の家に世話になり、お絹と縁のある神尾主膳の屋敷に奉公にあがるが、そこでの生活に耐えかねて逃走する。その後、零落した伯母に出会って彼女の家に住むが、金をせびられ、しまいに京都島原の遊郭に売られる。七兵衛はお松を追って、島原へ向かう。〉

(2) 龍之助はお浜を手込めにしたのか

では、『都新聞』の第一回連載「大菩薩峠」を見ていこう。

詳しいデータは後で示すが、第一回連載に相当する箇所は、単行本となるときに四〇%以上が削除されている。たとえば、冒頭で龍之助が老巡礼を切り捨てた場面でも、『都新聞』ではその場にかけつけた七兵衛がお松にいろいろと言葉をかけているのであり、単行本のようにやってきてすぐに山を下りていくのは、読み物としてあまりにも淡白すぎる。私が、ト書きを読んでいるかのように感じたのは、おそらく以下のような『都新聞』の省略があるからだ。

【単行本】

《「姉さん、怪我はなかったかね」

近くに寄って見て、

「おやおや、人が斬られている!」

少女を掻き分け死骸へ手をかけ、その切り口を検《しら》べて見て、「よく斬ったなあ、これだけの腕前を持っている奴が、またなんだってこんな年寄を手にかけたろう」

旅人は嘆息して何をか暫く思案していたが、やがて少女を慰め励まして、ハキハキと老爺の屍骸を押片づけ、少女を自分の背に負うて、七ツ下りの陽《ひ》を後ろにし、大菩薩峠をずんずんと武州路の方へ下りて行きます。》（「甲源一刀流の巻」①一八－一九）

『都新聞』には、七兵衛がお松を背負って山を下りるまでに、次のような文章がある。つまり、以下の文章が、引用箇所の「旅人は嘆息して何をか暫く思案していたが」という一節に、置き換えられているのである。

【都新聞】

《「姉さん、これはお前のお爺さんかい、お父さんではあるまい」

「はい、私のお爺さんでござんす」

「何かい、西国の方でも廻ってお出でなすったのかい」

「はい、三年前にこのお爺さんに伴《つ》れられ、江戸を出て、三十三所から四国めぐりまでして、漸《とうと》うこれまで返って来ましたら、お爺さんが殺されてしまいました、おじさん如何《どう》したら好《い》いでしょう」

双《りよう》の袂《たもと》を袖に当て丶、泣き入ります、旅の人は巡礼の姿を見て、

「何にしても気の毒なことだ、お父さんもお母さんも無いのだね」

父母のある者は、左と右を茜染《あかねぞめ》にし、片親のあるものは、真中を茜染めにし、両親共にないものは全く白木綿の笈摺《おいずる》を着ることが、その頃の巡礼の慣《なら》わしでありましたが、此の少女の着て居た笈摺は、旅の雨風に曝《さら》された上、寺々の印で地色も失せてしまったほどでも、元は白かったに相違なく、それに滲みついた老爺《おやじ》の血汐の色は頼るべき身寄のこれを限りということを示すようにも見られるので旅人は親切に、

「どうも不時の災難というもので、諦めるより仕方がない、俺《わし》も武州路の方へ行くから一緒に行こう、爺さんの始末は、これを少し下りると、村役人の屋敷がある、そこへ頼んで兎も角も扱って貰うのだ」

旅の人は自分の風合羽を脱いで、老爺の屍骸に打ち着せ、そこらの落木をかき集めて、松明の火をうつし、

「斯《こ》うして火を焚いて置けば、猿や狼が近寄らねえからな」》

（「大菩薩峠」第五回。引用は部分的に現代仮名遣いに改めて示す）

『都新聞』と単行本を見比べると、このような省略がほぼ全般にわたって随所でおこなわれている。しかも、編集時の書き加えがあるのは前半のごく一部で、ほとんどが削除一辺倒であり、

話のつながりどころか、会話のつながりがおかしいシーンさえ見受けられる。そして、単にストーリーのうえで、重要でない部分だけが削除されているわけではない。懸案のお浜を手込めにしたシーンについても、『都新聞』には詳しい記述がある。少し長いが、重要なシーンであるため引用する。

《「若先生、捉《つか》まえて来た」
与八は搗場《つきば》の臼の前の板の間へ女を投げ出して、自分は、其《そ》のまま寝床へかけ込んで、首から先きに布団の中へ突込んで寝てしまいます、
龍之助は、穀物を量る斗桶《とおけ》に腰をかけて其の女を見おろして居る、神棚の上のお燈明は蜘《くも》の巣に糠《ぬか》の食附《くっつ》いた間からボンヤリ光って居ります、
「お浜どの〳〵」
トン〳〵と二つばかり板の間を足踏みをして龍之助が呼びかけると、
「おゝ、龍之助さま」
半ば失神して居たが、気がつけば、身は水車小屋の中にあって、前に控えて居るのは机龍之助でしたから、記憶が急に甦えって、腹立たしさがこみ上げたものと見え、
「この無体な狼藉はお前様の差し金か、卑怯な龍之助さま、宇津木の妹に何の恨みがあって」

「いや、拙者の差し金ではない、馬鹿の悪戯《いたずら》じゃ」
龍之助は苦笑りきって斯《こ》う答えたまゝ、立って縄を解こうともしないので、
「そんなら早く縄を解いて下さりませ」
「まあ待て、最前の話し残りがある、その儘で聞いて貰いたい」
龍之助の面《おもて》に、いつもの冷やかな色が浮ぶ、それは人の苦しむのを見て、愉快を感ずるような色であります、
「宇津木文之丞殿には妹はいない筈《はず》」
「……」
「且又《それに》、文之丞殿には甲州八幡村から来たという恋女房がある筈」
「……」
お浜は下を俯向いたまゝに、何とも返事をせぬ、龍之助の問いぶりは、底意地が悪く、人の弱みに指を当《あて》がって引裂くようで、
「さあ、無い筈の文之丞が妹は今日机龍之助を尋ねて来たげな、それは幽霊か」
お浜の面をのぞき込みながら、
「有るべき筈の文之丞が恋女房は如何に、これは狐か狸か、龍之助を魅《ば》かしに来たげな」
お浜は身を震わしたが、矢張り黙って下を向いたまま何とも言わず、
「わが恋婿《こいむこ》を庇《かば》いたいばかりに、妹に化けて此《こ》の龍之助を誑《たば》かるとは、其《そ》の心根はしおらし

けれど、其の計りごとの浅ましさ、近頃笑止ではある」

龍之助は、冷笑を浮かべて、我としたり顔に見えましたが、急に言葉を強めて、

「最前聞き残した一條というは、それ等ではない、試合の勝負と女の操、その物の譬《たと》えが気がゝりになる」

お浜は此の時、面《かお》を上げて、龍之助を真向に瞶《みつ》めました、
試合の勝負と女の操、抑《そもそ》も何《いず》れが貴《たっと》かるべき、時にとっての謎も、此の場合、何となく意味ありげで、龍之助はそれ以上には口を開かず、夜は森閑《ひっそり》として多摩川の水の音が鮮やかに響きます、

「与八！　与八！」

しばらく二人の間に沈黙が続いた時、水車小屋の裏で数多《あまた》の人声がします、

「若先生は見えないか、只今お家で大変が出来た！」

龍之助も此の声に悸《ぎょ》っとして、立って与八を起しに行きます、与八は寝床から起き出で、、ノッソリと突立って居ます、
龍之助はお浜の縄を解き塵を払って、

「与八、このお方を大切にお送り申せ」

「うん」

「人に知れぬよう、少し時を隔《お》いて、川伝いに筏橋を渡って、向う岸へ出ろ」

「うん」
「拙者は家に帰る――」
龍之助は、お浜の傍によって、
「お浜どの、今宵は惜しい謎を解き漏らした、五日の日の朝の太鼓が、お山の頂で鳴り響くまでに、この謎が解けまいものか」》（「大菩薩峠」第一四回、一五回、口絵①）

ここに明らかなように、水車小屋で龍之助はお浜を肉体的に拘束しているが、強姦するという狭義の意味では〝手込め〟にしていない。お浜を縛り上げて、「試合の勝負と女の操のどちらが貴いか」という問答をしているときに、ちょうど屋敷に盗っ人（七兵衛）が入り、家の者が龍之助を探して水車小屋に来て呼びかけるのであり、龍之助がお浜に手出しをしている時間はない。だからこそ、別れ際の「今宵は惜しい謎を解き漏らした、五日の日の朝の太鼓が、お山の頂で鳴り響くまでに、この謎が解けまいものか」という言葉となる。お浜が帰宅して思い出したのは、この別れ文句である。

そして、この龍之助が問いかけた謎に対して、試合当日の朝、お浜は龍之助に手紙で返答する。現在の『大菩薩峠』にはこの手紙が届いたことだけが書かれ、読者はその内容が気になるとともに、なぜそれを示さないのかと不思議に思うが、『都新聞』には手紙の内容が書かれてある。

《与八の手には一封の手紙がある、何人《なにびと》からの消息であろう、龍之助は受取って見ると、意外にも女文字で、「澤井の君へ」

「はて」

不審に思いながら、封を切って読み下せば

男は強きものなれば、勝ちも誉《ほま》れもあれ、女は弱きものなれば苟且《かりそめ》の恋にも破るゝ習《ならい》なり、強き男は世にも憎らしけれど、優れて頼もしきものを、今日の試合に勝ち給え美事《みごと》な水茎のあとで、たゞこれだけの文句が記されてあります、

「お山の太鼓が鳴り渡る朝までに解け」と脅した、あの時の謎の此れが返事か、龍之助は繰り返し〳〵、右の文字を読んで、計り難き女の心を計ろうとしたらしいが、解かれた謎はいよ〳〵解き難い謎となって、負けまじき筈の今日の試合に先だって、思いがけなき一手を強《した》かに見舞われたもので、――女につけられた創《きず》は深く〳〵心臓まで貫く習いです》（「大菩薩峠」第二一回）

お浜の返事は、「試合の勝負」と「女の操」のどちらかを選択するのではなく、どちらをも龍之助の手に委ねるというものである。それにより、龍之助が試合に勝利することは、お浜の「女の操」を奪うことと同義となる。お浜はすべてを決断したのであり、龍之助はこの強烈な誘惑のなかで、試合に臨むことになる。

この手紙の内容については、かつて平野謙が「妻の操を奪ったものは良人の命も奪え、という意味の文字以外は書かれていなかったはずである」と述べたことがあるが、この推測は大筋で当たっている。(6) より正確に言えば、龍之助はお浜を陵辱していないのであり、お浜を欲望するがゆえに文之丞を打ち殺した。お浜は龍之助を誘い、二人の男の運命を狂わせたすべての元凶なのである。

このような経緯を知ると、龍之助と文之丞の対決や、試合ののちに龍之助がお浜と霧の御坂で再会するシーンも、緊迫感や味わいがまるで違う。

単行本では、霧の御坂で出会った二人は追っ手を振り切って逃げるが、このシーンは連載二回分が丸ごと削除されているのであり、『都新聞』では龍之助が五人の剣客を相手に大立回りを演じる。ここで龍之助は二の腕を負傷しながらも四人を斬り捨て（残る一人は逃亡）、さらなる追っ手を待ち受けるが、お浜は「切り死にする覚悟ならば、まず自分を殺してくれ」と迫る。この言葉が、龍之助に逃亡を決断させる。

《「そんなら、此処《ここ》で殺して下さい、この刀で！」
女は前に身を躍らして、龍之助がさし置いた、彼の安国《やすくに》を取り上げて、
「殺して下さい」
其の刃《やいば》を龍之助につきつけるのです、龍之助はさきから一言も云いません、

「殺せませぬか、さあ殺して下さい」

閃《ひら》めかす刀があぶないので、龍之助は、手をのべて、女の手から、其の刀を捥《も》ぎ取ります、

「男五人を手にかけたお人が、女一人を殺せないの」

お浜は凄い面《かお》をして、龍之助を見上げて怨じ立てる、
龍之助は矢張り無言、
夜は、いよいよ静かです、
七代の滝の音のみ、爽《さわや》かに響き渡ります、霧の御坂から、又しても人の声がします、

「あゝ、人が来ます、敵が来ます」

それは慥《たしか》に取り逃がした一人の敵の注進で、更に多くの新手が此処《ここ》へ来るに相違ない、
龍之助は、突《つ》と立ち上がります、

「逃げましょう、逃げましょう」

お浜は其の袖を引いて、龍之助の太刀先を遮ります、

「此処で、切死のお覚悟なら、妾《わたし》から先に殺して下さい」

身を以《もっ》て、お浜は龍之助を抱止《だきと》めながら、

「この裏道を越ゆれば氷川へ出る道があって、妾はよく〱案内を知って居りまする、龍之助さま、お前も助かり、妾も助かります！」

龍之助は、撞《どう》と再び腰を木の根に下ろしました、

「お浜どの、逃げよう！」

「逃げて下さるの！」

お浜の首は幼児《おさなご》のように龍之助の胸にある》（「大菩薩峠」第三四回、口絵②）

原文を読むと、ここでも龍之助の運命を導いているのは、お浜である。「大菩薩峠」は、水車小屋のシーンからイメージされるように、龍之助がお浜という女を奪う物語に見えて、実はそうではない。お浜が龍之助の心と体を奪っている。そして作者の介山も、こうした女の本性が描きたくて、この小説を書いているのである。

そしてもうひとつ、介山が描きたいのは、龍之助の剣術にあらわれた、剣の魔力である。龍之助が文之丞を打ち殺した事実を知った父弾正《だんじょう》は、すぐさま龍之助を勘当し、その日をもって道場を閉じる。いわば、弾正は龍之助の剣術を否定し、けじめをつけたわけである。原文では、龍之助の剣術の筋は「涙なき剣術」と表現されている。


《剣術の筋にも、卑しいのと正しいのと、怖ろしいのとがあります（……）

怖ろしい剣術というのは、格外で、それは決して卑しいのではなく、寧ろ正しい手筋であるが、敵に対して涙のない、人を斬って眼を貶《へん》せず底《てい》の剣術ぶりで、之《これ》に向うと毛髪が竪立《じりつ》する、机龍之助の剣術ぶりの如きは正《まさ》しくそれです、彼は天性の手筋に、この涙なき剣術ぶりを修行すべく、暇ある時は、山野を馳せめぐって、新刀を求め得た時は、当るを幸いに試斬《ためしぎ》りをして歩きます、山から出て来る毎に、一段の心胆を練って来ます、人を一人斬る毎に一段の腕の冴えを作って来ます（……）

抑《そもそも》、真剣の勝負には術《じゅつ》は末《すえ》で、胆《たん》が基《もと》（……）如何程《いかほど》、術が優れても、人を斬った経験のある者とない者とは真剣の場合に至って違うそうです》（「大菩薩峠」第三三回）

「大菩薩峠」では、この〝剣の魔力〟と〝女の魔力〟がからみあいながら物語が展開していく。どちらも、自分が引きずりこんでいるのか、もしくは引きずり込まれているのか分からない。そうして龍之助は、深く深く落ちていくのである。

(3) 兵馬とお松はいつ出会ったのか

『都新聞』版の「大菩薩峠」は、龍之助とお浜の物語はもちろん、兵馬とお松の物語についても詳しい。現在の単行本では、兵馬とお松、もしくは七兵衛との関係性がまったく分からないが、それはそれぞれの出会いのシーンを編集時に削除したことが原因である。単行本では、兵馬とお松の出会いは文之丞の死から四年後のことであるが、『都新聞』版では、二人は物語の冒頭に出会い、徐々に心を通わせていく。

単行本における兵馬の最初の登場シーンは、文之丞の大事を聞いて少年兵馬が家に向かう途中、追い剝ぎにあって与八に助けられるシーンだが、原文では、奉納試合当日からの兵馬の様子が描かれている。

《宇津木文之丞には一人の弟があります

その名を兵馬といって、外祖父《おおおじ》の片柳右近という番町の旗本の隠居の家に、早くから寄留して、修行をして居りましたが、丁度此の頃は外祖母に伴《つ》れられて、箱根の湯本へ湯治に行って居たのでありました（……）

今日は五月の五日で、御岳山上に、大事の試合があるということは、豫《かね》て知って居りましたから、

「お祖母様《ばあ》、今日は権現様へお参詣《まいり》に行って見たいと存じます」

（……）

山道をドンドン登って行く中に

「それにしても、今日の兄様《にいさん》の試合は如何《どう》だろう、兄様は腕は出来るけれども人間が大人し過ぎる、相手の机龍之助という奴は意地悪い奴だそうだ、うんと打ち据えて懲らしてやりたいものだ、権現様は曾我兄弟のお祈りを聞き入れて、首尾よく敵《かたき》を討たして下すった神様だから自分が祈れば屹度《きっと》兄様は勝つに相違ない」

そういう心持ちで、兵馬は兄の試合の勝ちを箱根の権現に祈りに行くのです》(「大菩薩峠」第三六回)

しかし、そこで兵馬は不思議な目に遭遇する。

《兵馬は権現の社殿の前を辞して、それから西院《さい》の河原や、お関所の方を遊び廻り、茶店へよって、持って来た握り飯をかぢり、曾我兄弟の墓や廿五菩薩なども参拝して、帰途につきました、

その帰り途、八丁坂まで来たときに、

「兵馬!」

何処《どこ》からともなく、烈《はげ》しい呼声で、我が名を呼んだ、その声は、兄文之丞の声と些《ちつと》も変らないので、

「はて」

兵馬はハッと不思議さに堪えなかった処へ、ボーっと霧のような雲のようなものが、目の前を掠めて飛び去ったように覚えると、それから、兵馬の胸が悪くなり気分が鬱陶しくなり、今まで、晴々した心持が一変してしまったので、

「はて、今の声は兄上の声によう似て居たが」

兵馬は悄々《しょうしょう》として山を下って来ました》（「大菩薩峠」第三七回）

さらに不思議な体験は続く。

《宿へ帰ると間もなく、日が暮れる、今宵は早く床についたが、いつも、前後も知らず寝通す筈《はず》の兵馬が、その夜に限り、寝苦しく魘《うな》されます、熱が出ます、漸く寝入ったかと思うと、ガバと刎《は》ね起きました其の枕許《まくらもと》には、兄文之丞が、真白な着物に襷《たすき》をかけて、髪を振乱し、凄い顔をして座って居るのです、

「兄上！」

と呼ぶと、矢張、それは妄想であって、無論実際の文之丞が其処に現われるわけがない》

（同前、口絵③）

この日、龍之助に命を奪われた文之丞は、その瞬間に兵馬の名前を呼び、夜には兵馬の枕元にあらわれて、無念の想いを伝えたのである。

そして兵馬はこの逗留先の風呂で、七兵衛と出会う。話をすると二人とも在所が武州だと分かり、自然と奉納試合の話となるが、七兵衛は直前に青梅を発ったためにその結果を知らない。ただし七兵衛によると、龍之助の剣術は「性質《たち》のよくない剣術」であり、「人を殺すことを何とも

思わぬ」人間だという（「大菩薩峠」第三八回）。
また、翌日に兵馬は七兵衛の部屋を訪れ、お松とはじめて出会う。

《七兵衛の室《へや》へ遊びに行って見ると、十二三になる可愛らしい女の子が居て、丁寧にお辞儀をします、兵馬は七兵衛の子供だろう位に思って居ます、七兵衛は兵馬を迎えて、近国《きんごく》の珍らしい事などを語って聞かせます、七兵衛は余程、世間を渡って居ると見えて、話の種を大分に持って居て、兵馬を欣《よろこ》ばせます、女の子も亦、おとなしく膝を組んで、其の話を聞いて居ます、やがて、七兵衛は何か思い出したらしく席を立って下へ行きました、二人きりの手持ち無沙汰から兵馬は女の子に向って
「お前の名は何というの」
「松と申します」
女の子は恥かしそうに答えます、
「私の処に絵の本が沢山あるから、見に来るといゝ、持って来て見てもいゝよ」
「有難うございます」》（「大菩薩峠」第三九回）
しかし翌朝、兵馬のもとに「国許に大変が起ったから大急ぎで帰れ」との急飛脚がやってくる。そして兵馬が江戸に帰ると、文之丞が死んだことを知らされ、大祖母から一封の書状を受けとる。

なんと、文之丞は兵馬に遺言《かきおき》を残していたのである。

《兄は言うに言われぬ事情があって、明日の試合には非常の覚悟で、机龍之助と立合をする、其の結果は、どうなるかわからない、事によらば、神前を血に汚すような事が起らぬとも限らぬ、勝っても負けても、唯《ただ》では済むまい、もし自分の身に万一の事があったら、我が仇《あだ》を討て――その仇という事も、敢て敵を殺すには及ばない、ただ兄の恥を雪《そそ》ぎさえすればよい、家門の面目を立てさえすればよい、其方《そなた》は歳が若い上に、剣術の家柄に生れたから、充分に修行して、兄の志を次ぐように、さて明日の試合の結果がどうなっても家へ帰って来るには及ばぬ、兄が死んでも帰るな、帰って気を悪くする暇には修行を積んで、机龍之助等を眼下に見る手腕を作った上でなければ故郷の土を踏んではならぬ》（「大菩薩峠」第四一回）

こうして兵馬は兄の仇討ちに生きることになるのである。

その後、単行本にあるように、兵馬は青梅街道の丸山台で追い剝ぎにあったところを与八に救われる。単行本では、それから急に兵馬が机弾正と面会して、島田虎之助を紹介されるなど、話の展開が急すぎてよく分からない。しかし原文では、文之丞の墓参りをする兵馬のもとに与八があらわれ、弾正が会ってお詫びをしたいと言っていることを伝える。兵馬は「仇の家へ足踏は出来ん」と断るが（第五六回）、純粋で一本気な与八は「この与八も、お前様《めえさま》、仇と思ってるだか、ほんとにそうか」などとムキになって反論し（第五七回）、ようやく兵馬は弾正と面会する運びとなるのである。

単行本では、字句の修正や削除があるが、原文では弾正は兵馬に次のように言っている。

《兵馬殿、どうか拙者《わし》になり代って龍之助の成敗を頼みますぞ（……）其許《そなた》の正しい一太刀が、文之丞殿の為にも、此の弾正が為にも、追善供養になりますぞ、よいか正しい一太刀……》（「大菩薩峠」第五八回）

「大菩薩峠」は原文で読むと、ある意味では単純な仇討ち物語であることがよく分かる。そして、兵馬は弾正に紹介された島田虎之助の道場で修行を積み、四年後のある日、たまたま雨宿りをした先でお松と再会する。単行本では二人の間にほとんどやりとりはない。しかし、実は『都新聞』では感動の再会の場面である（第六九回）。

《「貴郎《あなた》様は若しも（……）宇津木兵馬さまではございませぬか」

「あゝ、宇津木兵馬は拙者」

兵馬は、自分も見たことがあるように思う女から、我名を呼ばれて不審がり、

「して、お前様は」

「はい、（……）申し後れて失礼を致しました、日外《いつぞや》箱根の湯本で、お目にかゝりました、松と申しまする……」

「湯本で」

兵馬は漸く思い起した

「あゝ、あの時の、娘御か」

「貴方様が、急にお帰りになりましてからは、淋しさが一層、身に沁みて、子供心に泣いて居りました（……）兵馬様、ほんとにお懐しゅう存じまする、妾《わたし》はまことの兄様にお会い申《もうし》たような」》（「大菩薩峠」第六九回）

そしてお松は、評判の悪い神尾主膳の屋敷にいつ奉公に出されるか分からないという不安な身の上を打ち明けて、兵馬を頼る。以下は、お松が兵馬に宛てた手紙である。

《拙き文《ふみ》を参らす、定めて、はしたなき女とや思召し候わむ、許させ給え、（……）あはれ一樹の蔭、一河の流れも名残とや、過にし箱根の雨の夜といい、昨日は計らぬお目もじと申せ、何か宿世《すくせ》の縁あるように思われ（……）妹と思召《おぼしめ》して、この身に降りかゝる難儀をお聞き取り下され度《たく》、私事《わたくしごと》は、今日より四ツ谷の神尾主膳と申す旗本のお邸《やしき》へ御奉公に上がることになり、四年の間養われたるお師匠様への御恩報じのつもりなれば、何とも是非なきことなれど——神尾様と申すお邸は（……）噂に聞けば、名代の悪いお邸にて、私の身の上も、これからどの様になる事には、斯様《かよう》な時に、せめて親兄弟の一人も世にあらば、話し合いにもなろうものを、何方《どちら》を向いても他人ばかり、お師匠様の仰《おおせ》には、よく勤めて、殿様のお気にも入り、朋輩衆の折合も心にかけてとのお言葉なれど、どうやら、虎狼の住む岩窟《いわや》へ送り出さるゝようにて、この様に申しては、お師匠様へもお邸へも恐れ多い事ながら、どうも私は気が進まず、万一の事があらば……》（「大菩薩峠」第七二回）

このままではお松は神尾の慰み者となってしまうが、兵馬には兄の仇を討つという大望がある。つまり、ここで兵馬は「剣」と「女」のどちらをとるかという、龍之助とお浜のあいだで交わされたのと同様の問題の前に立たされているのである。そして兵馬は涙をのんでお松のことを諦め、仇討ちを優先させる（第七八回）。この点でも、龍之助と兵馬は対比的な関係にあるのだ。

（4）お浜の死と与八

敵討ちに専念した兵馬は、やがて龍之助の居場所をつきとめて果し状を送り、第一回連載の「大菩薩峠」は佳境を迎える。ただし、結果として龍之助はその場に現れないのであり、直前に龍之助がお浜を殺す場面が物語のハイライトとなる。この場面は、龍之助と兵馬が互いに誰だか知らぬまま試合をする場面（第六三〜六七回）や、闇討ちに行った龍之助が島田虎之助の剣の腕を見て呆然と立ち尽くす場面（第九一～九八回）などと並んで印象的なシーンだが、単行本では半分以上がカットされている。

　ことのはじまりは、ある夜、お浜が息子の郁太郎の視線にえもいわれぬ恐ろしさを感じて、文之丞の怨みと自分の罪深さを痛感したことにある。くわえて、お浜は郁太郎や自分に対する龍之助の冷淡な態度を憎んで離縁を求め、やがて自殺を決心するまでに思いつめるが、ちょうどそのときに兵馬からの果し状を受けとった龍之助に「兵馬を殺す」と告げられ、兵馬を救うために龍之助を殺そうと考える。現在の『大菩薩峠』ではカットされているが、酒を飲んで眠った龍之助を短刀で襲ったお浜は、首筋を傷つけ、さらに右の二の腕をしたたかに突く（第一三六回）。


《「何とした、気が狂うたか！」

　龍之助は、短刀を奪い取って押えつけようとしたけれど、女でも念力の凝った時は怖ろしいもので、押えられながら岩も透《とお》れと刺した、お浜の力は余って、龍之助の右の二の腕をしたゝかに突いたのであります、

「汝《おの》れ！」

（……）わが寝首を掻かんとした、お浜の不意討《ふいうち》に、龍之助は怒り、心頭より発したのでありました、彼は早速に刀を摑んで、お浜のあとを追《おい》かけようとしたが、柄を握った手が痛む、そう思えば首筋も痛む、寝て居たとは云いながら、女の細腕に此れだけの傷を負うたこと

は、武芸の手前にも云い甲斐なき恥辱です、龍之助の腹立たしさは、二重にも三重にもなって、是非も分別もなく、お浜を一刀に斬り殺して、其の肉を食わなければ》（「大菩薩峠」第一三六回、一三七回）

お浜は、龍之助と兵馬の果し合いがおこなわれる赤羽橋を目指して逃げて行く。単行本ではただやみくもに逃げているように見えるが、そうではない。お浜は、兵馬に「逐一の懺悔をして、願わくば兵馬に討たれて死のう、さもなければ自害しよう」（第一三七回）と覚悟を決めている。しかし、その手前にある増上寺の松原で、龍之助はとうとうお浜の襟髪をつかまえて引き倒す。そして、短刀をとり出そうとするお浜の手をねじりあげ、帯を使ってお浜の身体を松の木に縛りつけた。

《「騒ぐな、騒ぐと斬るぞ」

お浜は別に騒ぎもしない、声を立て、助けを呼ぶこともしません、龍之助はお浜を縛って置いて、自分は其の前に立って、お浜の姿を凝《じつ》と見下ろして居るばかりです、

お浜に突かれた咽喉《のど》の傷は太《たい》したことではないが、右の二の腕の傷は可なり深いので、龍之助は、居合腰になり、其の腕をまくって、早速の包帯を撫《さす》って見ましたが、お浜の腰のあたりに纏わった下締めを引き抜いて、更に其の上をからげて見ると、ふと、其の昔の夜、こ

んな事のあったのが思い出されます》（「大菩薩峠」第一三八回）

文中にある「其の昔の夜」とは、奉納試合の夜に、霧の御坂で追っ手を切り捨て、二人で逃げたときのことを指す。そのときも龍之助は二の腕を負傷し、お浜は下締めを裂いて傷口に巻いたのであった。

そして次にお浜が発した言葉も、霧の御坂のときと同じものである。

《「早く殺して下さい――」

お浜の声は、昔のように生々《いきいき》した、挑発的の声ではなくって、ホントに死を覚悟した、しおらしげな声でした、

「うむ、今殺してやる」》（同前）

霧の御坂では、お浜の「殺して下さい」という言葉に促されて、龍之助はお浜と生きることを決意した。しかしそれから四年経ったいま、二人の運命を切り開いた言葉は、二人の運命を終わらせようとしている。

最後にお浜は、兵馬の手にかかって殺されてくれと懇願するが、そのような願いが龍之助に聞き入れられるわけもない。

《「それと此れとは別……果し合は腕づくじゃ」
「そんなら、お前は兵馬をも殺す気か」
「それは勝負の上の事」
「あゝ……それでは」
底知れぬ冷刻《ママ》な龍之助の返答で、死灰再び火となって燃ゆらん、
「兵馬を殺させては……妾《わたし》も死なない――」
其の声は松の闇を裂いて、三門へこだまする、
「是非には及ばん」
龍之助は、すっと立って、刀を抜き、お浜の傍に近寄ると見れば、
「人殺し――」》（同前）

以上が『都新聞』に描かれた、お浜の最期である。

この絶叫を聞いて、赤羽橋に向かっていた兵馬と与八は急いで駆けつける。単行本ではこのあたりの経緯がいまいちよく分からないが、原文では、実は兵馬の仇討ちには土方歳三が協力しており（第一一三回）、湯島天神で果し合いをさせようとするが、それを知った芹沢鴨が浪人たちに兵馬を襲わせ、兵馬は医者の道庵の家に逃げ込む（第一一四回）というストーリーがある。つま

りは新徴組のなかでの派閥争いで、その際に兵馬は道庵宅で与八と再会しており、それから行動を共にしたのだろう。

兵馬と与八が駆けつけると、女はすでに死んでいる。しかも、なんとそれはお浜であることが判明する。ここでも、単行本ではお浜が兵馬に宛てた手紙が発見されるだけだが、原文にはその内容が記してある。

《この世に悪縁と申して、これより上の悪縁はありませぬ、文之丞殿を殺させたも私、殺した龍之助と夫婦になったも私、今夜という今夜は龍之助を殺して、罪をほろぼし……どうぞ兵馬殿、お前様のお手で私の首を切って、文之丞殿のお墓に備《ママ》えてお詫びを……郁太郎だけは末長く……》(「大菩薩峠」一四〇回)

文字は判然とせず、ところどころ血が滲んで読めない。そしてこの手紙にもっとも動揺したのは、兵馬よりもむしろ与八であった。

手紙を読んだ与八は、声をあげて泣き出す。それは、整理できない感情の爆発である。与八は死んだお浜を抱いて語りかけながら、やがて自分の罪を気づく。この場面は、第一回連載のなかでもっとも心を打つシーンであるが、単行本にはまったく反映されていない。

《松原の中で、お浜の死骸を抱いて居るのは与八です（……）

「お前《めえ》という人は、飛んでも無えことをして呉れた」

与八は、お浜の死骸を抱いて恨み泣きです、

「お前《めえ》が龍之助様と密着《くっつ》いてたとは知らなかった……この騒ぎの元は、皆んなお前様《めえさま》から起ったのだぞ、こんなになるのも誰の罪だんべえ、ほんとに、お前様《めえさま》なんぞは死んでしまったた方が宜《い》いだ、誰に殺されたか知らねえが、俺《おら》だって打ち殺して呉れてえ……当り前《めえ》だ、見ろ、態《ざま》あ見ろ」

与八は泣いたり怒ったり、お浜の死骸を抱いて見たり、また投げ出して見たり、

「龍之助様に文之丞様を殺させたのは、お前《めえ》の仕業だと云うじゃないか……そうしてお前《めえ》が、龍之助様を欺《だま》して駆落《かけおち》をするなんて、何処まで太《ふて》え女《あま》だか、覚えてろ此の女《あま》！」

与八は地団駄を踏んで見ましたけれど、当の相手は死んで居るのです、

「見ろ、手前《てめえ》のお蔭で、俺《おら》が主人の家もつぶれる、宇津木様も潰れる、兵馬様と龍之助様とは仇《かたき》同志だ、お前《めえ》が、こんな死に方をするのも、天道様の罰だから、俺《おら》知らねえよ」

与八は投《ほう》り出して見た、お浜の死骸を泣く〳〵また抱上げるのです、

「それでも、苦しかったんべえ、こんなに突き殺されりゃ、誰だって苦しいわな、苦しいったって、そりゃ仕方がねえよ、お前《めえ》が悪いだから」

与八は、お浜の襟をかき合せて、其の胸をそっと上から撫でゝやり、

「そんな事言っても駄目だ、お前《めえ》は死んでるだから、死んだ者に何言っても、駄目だからな……それにしても、お前様《めえさま》なんぞは死んだって、中々《なかなか》罪が消えるわけのものじゃあるめえ、それでもまあ早く行く処《ところ》へ行った方が宜《い》いだ、此処《ここ》は夜露で毒だから、あのお寺様の廂《ひさし》でもお借り申して……」

与八は、冴え返る霜の空を仰いで、お浜を横抱きにした時に、水車小屋のあの晩の事が、馬鹿の記憶にも呼び起される道理で、あの晩も、こんな風に縛られ、それと同じ女の成れの果てが此れなのだから、与八も空怖ろしくなったのです、

「元の起りは、あの晩のあれだ」

こゝに来ると、与八は身の毛が堅立《よだ》った、

「俺《おら》が斯《こ》うして、この人を水車小屋に伴《つ》れて来ねえければ、今のような騒ぎも無かったんべえ」

与八は、何を考え出したか、また「喚《わ》ッ」と大声で泣き立てゝしまいます、そうして地面へ坐りこんで、

「俺が一番の悪者だ、お前様《めえさま》に罪は無《ね》え、お前様《めえさま》を万年橋から引渫《ひっさら》って、水車小屋へ伴《つ》れて来たのは俺だ、与八だ、この野郎、この野郎が一番悪い野郎だ！」

与八は、たった一人で器量一ぱいの声をして喚《わめ》き出したのです、

「済みましねえ、お浜様、お前様《めえさま》を罪作りにしたのは俺だ、死んでも罪の消えねえのは此の

与八でございます」

与八はお浜を其処に下ろして、其前に鯱鉾立《しゃちほこだち》のような格好をして謝罪《あや》まって見ました》

（「大菩薩峠」一四一回）

たしかに、与八はお浜と龍之助の悪縁に直接的にかかわっており、罪深い。しかも、『都新聞』で読むかぎり、お浜を誘拐する際に、連れの者を橋から突き落として殺している（第一一回、一二回）。原文では、この与八の嘆きによって、お浜の最期のシーンが締めくくられるのである。与八は、「大菩薩峠」においてとても重要な登場人物だが、編集時にその多くの場面がカットされ、また、第四回連載以降に宇治山田の米友が登場してからは、与八の魅力的なキャラクターやその役割は、米友に移ってしまったかのような印象を受ける。その結果、現在の『大菩薩峠』では、与八の印象はかなり薄い。しかし実際には、与八のような魅力的な登場人物の存在が原「大菩薩峠」を彩っており、われわれが読んでいる『大菩薩峠』にはこのような物語としての深みが失われているのである。

第一回連載「大菩薩峠」の内容と削除の割合は、巻末の表（二一二頁）に示すとおりである。全一五〇回中、一回分まるごとカットされたのは、計二十五回を数える。全体の削除率は、四十二%。

削除の割合は、各回に費やされた全体の行数に対して、単行本編集時に削除された行数を求めることで算出している。

（1）『新潮日本文学アルバム37 中里介山』（新潮社、一九九四年）三〇頁。しかし、本文中でも述べるように、この指摘は笹本寅に従ったものである。他にも、同様の説を述べたものとして、高木健夫『新聞小説 大正篇』（図書刊行会、一九七六年）が挙げられる。

（2）笹本寅『大菩薩峠 中里介山』（日本図書センター、一九九〇年）九一頁

（3）尾崎は、『名作挿絵全集 第二巻 大正・時代小説篇』（平凡社、一九八〇年）という新聞小説の挿絵を広く扱った図説の執筆者であり、そこでは『大菩薩峠』の挿絵を特集し、解説も担当している。そのため、『都新聞』の原典をまったく見ていないとは考えにくいのだが、尾崎の論を見る限り、その成果は反映されていない。

（4）「カルマ曼陀羅」や「大乗小説」という用語については、本書の後半に改めてとりあげる。なお、中里介山や『大菩薩峠』に関する主な先行研究としては、以下のものが挙げられる。介山の評伝や作品論は、近親者やゆかりのある人物によるものを中心として、小山清「西隣塾記」（小山清『犬の生活』筑摩書房、一九五五年）、笹本寅『大菩薩峠 中里介山』（河出書房、一九五六年）、松尾熊太『随筆大菩薩峠』（春秋社、一九五六年）、中里健『兄中里介山』（春秋社、一九五七年）、柞木田龍善『中里介山伝』（読売新聞社、一九七二年）、尾崎秀樹『修羅 明治の

秋』（新潮社、一九七三年）、松本健一『中里介山』（朝日新聞社、一九七八年）、尾崎秀樹『峠の人 中里介山』（新潮社、一九八〇年）、尾崎秀樹『中里介山――孤高の思索者』（勁草書房、一九八〇年）、伊藤和也『『大菩薩峠』以前――若き日の中里介山』（未来工房、一九八〇年）、伊藤和也『中里介山論――「大菩薩峠」の周辺』（未来工房、一九八一年）、桜沢一昭『中里介山の原郷』（不二出版、一九八七年）、桜沢一昭『中里介山と大菩薩峠』（同成社、一九九七年）などがある。

また、これらと少々毛色を異にして、より作品世界の意味について論じた作品論としては、桑原武夫「『大菩薩峠』」（『パアゴラ』一九五七年五月、『桑原武夫集5 1957〜1959』岩波書店、一九八〇年に所収）、橋本峰雄「『大菩薩峠』論」（桑原武夫編『文学理論の研究』岩波書店、一九六七年）、折原脩三『『大菩薩峠』曼荼羅論』（田畑書店、一九八四年）、野口良平『『大菩薩峠』の世界像』（平凡社、二〇〇九年）などがある。

ほかに、大衆文学の潮流のなかで介山や『大菩薩峠』を論じたものとしては、中谷博『大衆文学』（桃源社、一九七三年）、千葉亀雄「大衆文芸の本質」（『中央公論』一九二六年七月号、『千葉亀雄著作集2』に所収）、荒正人・武蔵野次郎『大衆文学への招待』（南北社、一九五九年）、尾崎秀樹・多田道太郎『大衆文学の可能性』（河出書房新社、一九七一年）があり、社会情勢や社会問題との関連で論じたものとしては鹿野政直『大正デモクラシーの底流――〝土俗〟的精神への回帰』（NHKブックス、一九七三年）、成田龍一『「大菩薩峠」論』（青土社、二〇〇六年）がある。

さらに、『大菩薩峠』についてのエッセイであり作品論でもある、安岡章太郎『果てもない道中記（上）（下）』（講談社、一九九五年）が、以上の系統とは別に挙げられる。

雑誌の特集としては、『文藝』（一九五六年四月臨時増刊号「中里介山・大菩薩峠読本」）が代表的なものとして挙げられ、谷崎潤一郎、海音寺潮五郎、沢田正二郎、三田村鳶魚らによる『大菩薩峠』論のほか、諸氏による座談会を含む。戦前のものとしては、『中央公論』（大正十五年七月号）、『中央公論』（昭和三年三月号）などがある。

自治体や関係機関が刊行した資料には、介山の出身地である羽村を中心として、『羽村町史』（一九七四年）、『羽村市郷土博物館紀要 第八号 特集 中里介山』（羽村市教育委員会、一九九三年）、『羽村市郷土博物館資料集一 中里介山 人と作品』（羽村市郷土博物館、一九九五年）などがあり、ほかにも『中里介山「大菩薩峠」の世界』（山梨県立文学館、二〇〇三年）がある。

また、『中里介山全集』（筑摩書房）の解説や月報をはじめ、一九五〇年代に刊行された角川書店版の文庫本や、一九八〇年代に刊行された富士見書房の時代小説文庫、一九九〇年代に刊行された筑摩書房の愛蔵版『大菩薩峠』にも、諸家による解説が付されている。

（5）介山の『大菩薩峠』では、新徴組は新撰組の前身組織として描かれている。しかし、史実としては、新徴組と新撰組は、ともに浪士組を母体とする別々の集団である。文久三年（一八六三年）、幕府は将軍の京都滞在中の警護のために浪士組（計二三六名）を設立して上洛するが、生麦事件によりイギリス軍艦に威嚇を受けたことから、ほとんどがすぐに江戸に引き返した。この集団が新徴組となり、江戸市中の警備と巡邏を任務とする。一方、芹沢鴨や近藤勇ら約二十名は、京都の天皇や将軍の警護こそが任務だとして京都にとどまり、彼らが新撰組となった。

（6） 平野謙「机龍之助の魅力——大菩薩峠について」（荒正人・武蔵野次郎『大衆文学への招待』南北社、一九五九年）

2　第二回連載「大菩薩峠（続）」（大正三年八月二〇日～十二月五日）

(1) 概要

「大菩薩峠」の第二回の連載が『都新聞』に掲載されたのは、大正三年八月二〇日から十二月五日にかけてのことである。連載期間は三ヵ月半。掲載回数は、全一〇八回であった。単行本では、「鈴鹿山の巻」の（十五）から「壬生と島原の巻」の最後までの部分に相当する。（筑摩書房版の文庫本では、第一巻の二〇六頁から三三七頁）

現在の『大菩薩峠』におけるこの部分のあらすじは、およそ以下のとおりである。

〈京都を目指す龍之助は、鈴鹿でお浜に似た女（お豊）と出会う。そして大津でも龍之助はお豊と同宿となるが、お豊は同行の男と心中する。その後、龍之助は追分で出会った田中新兵衛と真剣勝負をするが、相手を斬る寸前のところで新徴組の山崎譲により仲裁される。

兵馬は京都で龍之助の行方を捜すが、手がかりは見つからない。その際に、兵馬と同じく新撰組に属する井村という男が強盗をしていることを見破って問い詰めるが、とり逃がしてしまう。

七兵衛は島原でお松を見つけ出し、身受けの金の工面をするために新徴組の南部屋敷から金を盗むが、山崎譲に疑われて身動きがとれず、金を持ってお松に近づくことができない。

ある日、お松は島原で新撰組などの面々が宴会をしているときに、芹沢鴨と龍之助が近藤勇の暗殺を計画しているのを聞いてしまう。盗み聞きがバレて、お松は龍之助につかまる。龍之助は、お松に身の上話や郁太郎への遺言を語るなどするが、やがて苦しみ始めて狂乱し、刀を抜いて暴れる。その晩、新徴組隊長の芹沢鴨は、近藤勇、土方歳三、沖田総司らによって暗殺される。

龍之助は気がつくと藪のなかに倒れており、京都を離れて大和へやってくる。途中で腹が減って饅頭屋に入るも金が足りず、支払いの代わりに刀を置いていき、その後、店に入った七兵衛が刀に気づく。刀を失った龍之助は、長谷寺の籠堂で夜を過ごす。

(2) 龍之助と西行法師

では、『都新聞』の第二回連載「大菩薩峠(続)」を見ていこう。

まず、この連載の主題について触れておきたい。「大菩薩峠(続)」には、文中にたびたび登場する歌がある。

鈴鹿山　うき世をよそに　ふり捨てて　いかになりゆく　わが身なるらん

この歌は西行法師のもので、「憂き世を関係ないものとしてふり捨てて出家した自分は、今こうして鈴鹿山を越えてゆくが、今後どのようになりゆく身であろうか」という意味である。現在の『大菩薩峠』では一度しか登場しないこの歌は、連載のなかに三度も登場し、また、単行本版の「鈴鹿山の巻」をはじめて出版した際にも、介山は巻頭にわざわざこの歌を掲げた。[1]のちに登場する「間《あい》の山節《やまぶし》」のように、ここではこの西行の歌が、連載のテーマを象徴しているのだろう。つまり、お浜を殺して子供とも別れた自分は今後どうなるのだろうか、という不安な気持ちを、鈴鹿山を越える際の西行の歌と重ねたのである。

単行本では削除されているが、『都新聞』ではこうした龍之助の心情が丁寧に描写されている。以下に挙げるのは、物語が始まった直後に、龍之助が鈴鹿明神の仮宮で眠れない夜を過ごすシーンである。

《親にも、妻にも、子にも、武道の名にも別れて、果し合いを避け、芹沢鴨の計らいで、京都へ落《おち》つく当《あて》はあるものゝ、これから先き、何を目的《めあて》に生きて行く、
今の机龍之助は、土方歳三の所謂、ぬけ殻で、龍之助自身とても、全くの生甲斐《いきがい》のない身の上であることを、知らない筈《はず》はないが、只一つ冥土の土産《みやげ》にもって行きたいものがある、「島田を打ちたい」
たゞ、それだけの執念に生きて居るわけであります》(「大菩薩峠(続)」第九回)

島田虎之助への執念こそあるものの、原「大菩薩峠」の龍之助は、とても人間くさい。西行の

歌に象徴されるように、自分の身の上も不安であるし、家族のことについても感傷的で、お浜に対しても同情と自責の念がある。

《龍之助の頭は燈籠のように廻る、……御岳山下のあの夜から、引つゞいた怖ろしい事のみが、犇々《ひしひし》と身につまされる、今考えて見れば、楽しかったのは、矢張りお浜と一緒に郁太郎を中にして、詫住居《わびすまい》の頃であったげな（……）よく、あの暮らしに辛抱して、世話女房をつとめ了《おお》せたものだ、兵馬を庇《かば》ったのも、自分が憎いからではない（……）自分を誤ったのは、あの女の罪ではなく、あの女を誤らせたのが、自分の一生の罪だ、俺が悪い、――お浜は悪い女ではなかった》（「大菩薩峠（続）」第十一回）

また、単行本には登場しないが、実は、龍之助はここで拳骨《げんこつ》和尚という人を食ったような豪快な老僧と同宿しており、いつまでも眠れずにうじうじと考える龍之助と、絵馬を剝ぎ取ってはそれを燃やして暖をとり、寒い中に法衣一枚で鼾《いびき》をかいて眠る拳骨とは、きわめて対照的である。そして拳骨は朝起きて、「お前は、昨夜《ゆうべ》眠《ねぶ》れたかな、落ちついて眠《ねぶ》れぬようでは、物の名人上手というものにはなれぬて」と言い放つ（第十二回）。思い悩む龍之助は、この言葉を興味深く思い、彼のあとを追った。

《鈴鹿川の流れの音が、蛇籠に堰《せ》かれて、高い音で吼えて居る、その崖道を、彼の老僧は飄々として、朝風に法衣を吹かして行くあとから、
「御出家、々々」
まだ聞こえないらしい、
「御出家、々々」
「ほう、何ぞ御用かい」
「卒爾《そつじ》ながら、御房《ごぼう》のお名が承わり置きたい」
「衲《のう》が名前かい、拳骨といえば知る人ぞ知るじゃ」
龍之助は二の句が次げなかった（……）落ち目になると、乞食坊主にまで侮られる、龍之助は、勃然《むっ》としましたけれど、余りに此の老僧の挨拶ぶりの拍子が図抜けて、喧嘩にも、言葉咎めにも問題になりません、是非なく、踵を返して峠に向う、胸の中も頭の中もむしゃくしゃです（……）
坂の下から、近江の土山まで、上下三里、街道第一の嶮《けん》とは云うもの丶、足には左程《さほど》苦にならぬ、気が疲れて居る、
鈴鹿山　浮世をよそに振《ふり》捨て丶、
いかになり行く我身なるらん

昨夜、明神の社殿で読んだ額の文字《もんじ》
西行法師の歌が頭に残って口に出る》（「大菩薩峠（続）」第十二回）

ここにいるのは、剣だけを支えとして人生の不安のなかに生きる、人間机龍之助である。結局、龍之助は最後まで拳骨和尚に圧倒されたまま、自身の心境に重ねるように西行の歌を口にしながら、鈴鹿山を越えていく。そして、これらの不安と鬱屈が、最後に島原での狂乱を呼び起こすことになるのである。

（3）兵馬とお松の再会

一方、京都では兵馬の身の上にも様々な出来事が起きるが、単行本ではそれらの多くは削除されている。

まず、兵馬は龍之助を探して夜回りをしている際に、ある商家（菱屋）に盗賊が押し入る現場に遭遇し、一人を斬り捨て、残りの者を撃退する。ここでの兵馬の事件への対応は大人っぽく、その日以降も菱屋の相談に乗り、読者に兵馬の成長を感じさせる場面となっている。なお、事件はこれで終わらず、菱屋の女房（お梅）は騙されて芹沢鴨の愛人となり、そのことが龍之助が発狂した新撰組の宴会が催されるきっかけを作り、さらには芹沢鴨の暗殺へとつながるのだが、単行本は芹沢とお梅の話についても数行のあらすじで示すのみである。

またこの連載では、兵馬とお松の京都での再会という、物語全体においてもきわめて重要な場面があるが、これも単行本では削除されている。

島原に売られたお松を助けようとしたのは七兵衛で、彼は南部屋敷から盗んだ金でお松を身受けしようとするが、七兵衛の行動を不審に思った山崎譲に見張られていて身動きがとれない。そこで、芹沢鴨が暗殺され、一緒に殺されたお梅の通夜に兵馬があらわれた際に、七兵衛は物陰から声をかける（第九一回）。二人は、龍之助が文之丞を殺した日に、箱根の宿で会って以来の再会である。そして七兵衛は兵馬に、自分の代わりに島原に行き、お松を身受けしてくれるように頼むのである（第九二回）。

この頃、すでに兵馬は新撰組を離れ、古寺の一間を借りて自炊生活している。そこに、お松が訪ねるようになる。そして二人が話をするうちに、龍之助の存在が浮かびあがってくる。なにしろお松はつい先日、龍之助が狂乱した場にいて、彼らが兵馬を殺す話をするのを聞いたばかりなのである。

《「兵馬様、あなた様はいつまでもこゝに御住居《おすまい》でございますか」
お松は恥ずかしそうに、そして心づかいに堪えないような声で、異なったたずね方、
「拙者《わし》の身はわからぬ、いつまで京都《ここ》に居て、いつ立つ事やら、それはわからぬ」
「若《も》し、こゝをお立ちなさるならば何方《どちら》へ、お出《い》で遊ばします」

「それもわからぬ、拙者《わし》は一つの望みを持った身で」
「一つの望みとは……」
この時は、お松はふと先日、立ち聞きした一句を思い出して、
「あの兵馬様、あなたを覘《ねら》って居る人がありまする、あなた様を生かして置いては枕が高《たこ》う寝られぬと申したことを、わたしはふいと聞きました」
「ナニ、拙者《わし》を生かして置いては、枕を高《たこ》う寝られぬというた、其の人は誰だ」
二人の問答は、急に引締《ひきしま》る、
「ふとした処で、その噂を聞くとはなしに立ち聞きを致しました、その一人は、あの壬生《みぶ》の芹沢様、それからも一人は、何処《どこ》のお方とも知れませぬが」
「ナニ、この間死んだ芹沢と外《ほか》にも一人、それは何という人、どの様な人じゃ」
「はい、月代《さかやき》が、こんなに生えて、面《かお》の色は蒼白く、眼もとが長く切れて……」
「うむ、して其の年頃は」
「卅三四でございましょうか、もう少し若くも見えましょう、また老《ふ》けても見られます」
「それは机龍之助だ、龍之助に違いない」
兵馬は拳を固めて膝を打って、声高く云う、
「あの思い当りがございますか」
「有《あ》る〳〵、（……）お松どの、それは、わしが為には仇《かたき》である、その男一人を覘《ねら》う為に、

これまで来た、一刻も猶予はならぬ」

兵馬は急に立ち上がります、

「まあ、それがお前様の仇《かたき》とは」

「御岳山上の試合で、兄上を殺した龍之助、一昨夜の事とあらば、逃げたとて遠くは行くまい」》(「大菩薩峠(続)」第九六回、九七回)

さらに、この場に七兵衛がやってきて、お松に大菩薩峠でおじいさんが斬られた一件の真相を語る。


《「やあ、兵馬様、あ、お松もこれにか」

風のように入って来たのは七兵衛です、

「おゝ七兵衛どの」

「兵馬様、これは、あわたゞしく、どちらへお出《い》でゞございます」

「一大事を聞き込みました、お松どのはお前に頼む、わしは、これから壬生へ」

「いや、兵馬様、その一大事というは、あの机龍之助様のことでございましょうな」

「そうじゃ、龍之助の在所《ありか》が知れた」

「そんなら少々、お待ち下さりませ、幸いお松もこゝに居る、その机龍之助というお方は兵馬様の為には敵《かたき》、お松お前も忘れてならない人だ」
「それは如何《どう》したわけで」
「大菩薩峠で、お前の祖父《じい》さんを斬った人、わしは今まで色々に考えて見たが、それが矢《や》っぱり龍之助様に違いないようじゃ」
「あの、お祖父《じい》さんを斬った悪者が、その机龍之助とやら、この間角屋《すみや》さんで一緒になった、あの気味の悪い武士《さむらい》が、その人か、それはまあ」
お松は驚いてしまいます、
「わしは、あの時、通りかゝって、お前の祖父《じい》さんの斬られた切口《きりくち》を見て、直《すぐ》にそう思ったよ、この道筋で、これだけの腕を持って居るは、龍之助様か、兵馬様の兄上の文之丞様の外《ほか》にはあるまい、と云うて文之丞様は、辻斬などをなさるお方でなし、して見れば、龍之助様、あの人は、よく山阪《やまさか》を歩いては刀試しをなさるとやら、てっきり其の人とは思うた」（……）
「あゝ、そうと知ったならば、あのお武家を逃がす事では無かったに、兵馬様、どうぞ早く敵《かたき》をとって下さい、わたくしも及ばずながら――」
「まあ、お待ちなさい、そう事がわかれば、もう袋の鼠でございます」
七兵衛は椽《えん》へ腰をかけて、逸《はや》る男女《ふたり》を抑える気味に、
「わしは、島原界隈で逐一その噂を聞きました、川勝寺とやらの近くで、土地の百姓が二人ほど追剝に逢った、一人は財布をとられ、一人は、衣服を剝がれたが、幸に二人共生命は助

かった、どうやら、その追剝というのが今いう龍之助様らしい、いやそれに違いございませぬ（……）落ち行く先とても、知れたもの、こゝ五日なり七日なりお待ち下されば、この七兵衛が突きとめて参ります」》（「大菩薩峠（続）」第九七回、九八回）

単行本ではまったく分からないが、七兵衛はこのような理由で龍之助を探していたのである。そして、七兵衛は大和八木の饅頭屋で龍之助の刀を見つけることになるが、その間、お松の訪問をうけているうちに、兵馬は一方で心の平安を得ていた。

《「もうお帰りか、そこまでお送り申そう」
兵馬は立って、お松の帰りを送ろうとする、今日も、お松は、兵馬の住居《すまい》を音《おと》づれて、働いて見たり、花を活《い》けて見たりして、龍之助を探しに出た七兵衛の帰りを待ち、兵馬とは打ちとけた物語をして、別れともない別れをつげて島原へ帰ろうとするのです、門を出ると、時はたそがれで、月が二条城の櫓《やぐら》の上に見える、
「あゝ、よい月じゃ、今宵は十三日になるげな」
兵馬は、心地よげに月影を仰いで、
「月を見ながら歩くには田圃《たんぼ》道へ出たがよい」
「ほんに、よい月でございます」

お松の月を見上げる面《かお》に、夏の夕風が、そよ〱と渡って、二筋三筋の後れ毛が、軽く流れて居る、

寺を出ると、大きな竹藪です、竹藪を抜けると妙心寺の大きな甍《いらか》が、空に浮いて見える、向うは双《なら》びが岡から、北野の方の山が、紫の薄衣《うすぎ》を着たように、ふわり〱と夕靄《ゆうもや》に包まれて、其の間に、御室仁和寺《おむろにんなじ》の五重の塔が影のようにうつって居ます、

「兵馬様、京都は好《よ》い処でございますね」

「あゝ、好《よ》い処だ、住めば都というが、こゝは真の都であります」

「ほんとに、そうでございます、丸で絵の中を歩いて居るようで、浮世の事とは思われませぬ」

「斯《こ》うして居ると、仇《あだ》も敵《かたき》も忘れてしまいそうじゃ」》（「大菩薩峠（続）」第一〇四回）

そして二人のあいだには、いつしか強い恋心が芽ばえる。

《兵馬は、その晩、今までに無かった、様々の思いが重なって、夢を結ばれなかった

（……）

兵馬が、こゝで寝られぬ晩は、お松も亦島原で、夜を明かし兼ねて居るのです、

「ナゼ兵馬さんを、あそこで帰したろう」

お松は、布団の中で、それを悔んで居る（……）
お互いの隔たりは半道とない処です、今はその間に何の関守もなく、会いたければ、いつでも会える、たった今別れたばかりの今宵でさえ、お松には堪え難い夜半である、魂は花園へ飛んで、兵馬の夢路に通う、お松は、枕を右と左に換えて見て、その身一つを扱い兼ねるほどに、夜の明けるを待ち焦れて居ます、
丁字《ちょうじ》のかおる、掛行燈の火の光は、物を照らす光ではなくて、人の心を溶かす光である、その光を浴びて、暖簾《のれん》を綾《あや》なしながら、見送って居た、お松の立ち姿を見てから、兵馬の心は怪しく揺いで来た――たゞ無邪気に人を懐しがる少女の心ではなく、それは人の心を奪って自分のものとしなければ止まない、怖ろしい力を含んだものです、それが男にあれば女の生命をとり、女にあれば男の生命をとる、――これほどの力が、うら若い兵馬を動かせなかったら物の不思議であります、
初恋の美《うる》わしいのは、求めない処に起る、その本当に純粋な味は、不意に来《きた》って苦しめられた時にあるのでしょう》（「大菩薩峠（続）」第一〇六回）

こうして兵馬とお松が互いを必要とし、強い絆が生まれるなかで、七兵衛が龍之助の刀を手にして戻り、三人は仇討ちへと旅立つ。

《翌日の朝、七兵衛は、また風のように、花園の兵馬の住居《すまい》を訪れました、
「兵馬様、これを御覧じろ」
投げ出したのは、武蔵太郎の刀です、兵馬には何の意味だかわからない、
「この刀は、机龍之助が差料《さしりょう》でございます」
「ナニ龍之助の差料《さしりょう》」
兵馬は、手にとって、
「何処で手に入れました」
「大和国の八木という宿《しゅく》、もう少しで、龍之助を突き止める処を惜《おし》いことをしました」
と前置をして、七兵衛は、彼の饅頭屋で此の刀を手に入れし一伍一什《いちぶしじゅう》を具《つぶ》さに語り、
「さあ、兵馬様、用意よくば、これから旅立ちをなされませ」
「心得申した」
（……）兵馬は勇み立って、旅の仕度をする、
「御免遊ばせ、おじさんも、お帰りになりましたか」
お松は、もう此処へ訪れて来たのを七兵衛はそれと見て、
「お丶、お松よい処へ来た」
「あれ、兵馬様、何方《どこ》へか旅立《たびだち》でございますか」
「あ丶、お松どの、敵《かたき》を追うて、これから大和の方に行きます、不在《るす》を暫《しばら》く」

「まあ、あの龍之助を追うて、そんならば、わたしをお伴《つ》れなすって下さいまし」

お松が、どうして一人残って居られよう、

「おじさん、どうぞ、兵馬様にお願い申して下さいまし、龍之助は、わたしにも祖父《じい》さんの敵《かたき》でございます」

「まあ、お前は足弱《あしよわ》じゃ」

「い、え、わたしは子供の時分から山坂《やまさか》を歩き慣れて居《お》りますから、少しも苦になりませぬ、どうぞ、お伴《つ》れなさって下さいまし」

お松は、七兵衛の膝にすがって頼む、元より、この敵《かたき》は兵馬一人の敵《かたき》ではなく、お松にも恨《うらみ》はある、お松として、制止《じっ》として居《お》られるわけのものではない、
お松の願いは許された、同行三人、旅の苦労を共にして一つの敵に向おうとする門出は、宛《さなが》ら親切な舅《しゅうと》に送られて行く若夫婦のようなものに見えます》（「大菩薩峠（続）」第一〇七回）

ここにようやく、兵馬とお松がともに二人にとっての敵《かたき》である龍之助を探して、仇《あだ》討ちの旅に出るという構図ができあがるのである。

（4）落ちていく龍之助

一方、このとき龍之助は島原での狂乱から目を覚まし、河内をぬけて大和をトボトボと歩いている。単行本では判然としないが、龍之助が島原で発狂したのはお浜の幽霊を見たからであり、『都新聞』版では、まさに狂乱しているシーンで龍之助が「浜！　悪縁だから是非もない、何故拙者《わし》を恨む」と叫んでいる（第八八回）。そして、はるばる居場所を求めてやってきた京都からも離れなければならない龍之助の心境をあらわすのは、ここでも西行のあの歌であった。

《こゝに杖を立てゝ、龍之助は何処へ行くべく、考えて居ることであろう、

鈴鹿山、うき世を外《よそ》に振り捨てゝ
如何《いか》になり行く我身《わがみ》なるらむ

とは鈴鹿山で読んだ西行法師の歌であった、何処へ行ってよいのだか、行き場がわからない、

頼みに思う芹沢が死んだ、京へ落ち着く便りはない、それかというて江戸へ帰って如何《どう》する、

龍之助の為に、最もよい行き道は死ぬことでありましょう、遅いには遅いが、こゝらで自殺してもよかろう、また進んで兵馬の手にでも討たれたなら、幾分か死に花も咲くというものであろう、

併《しか》し、人は業が尽きない限り死にたくとも死ねない、龍之助は、まだ自分で死にたいとも思わないし、まして人に討たれようなど、は思って居ないのです、

人は行きつまると、親を慕う心とか、また神仏にたよるとかいう心が出る、龍之助は、今となって、父の弾正に会いたくなった、我が子の郁太郎の面《かお》を、もう一目見たくなった、父の弾正には懺悔すべきだけの罪を懺悔し、子の郁太郎には教訓すべきだけの事を教訓して、そうして、自分の一生涯の幕を下ろそう、彼は故郷の東路《あずまじ》をさして、——足は歩むともなくこちらに向って来たものです、

力なくも、また杖を立て、八木の宿へ向って行く、龍之助は心に飢《うえ》て居るばかりでなく、腹も透いて居る、宿へ入ったら何か食いたい、今は何よりも先きに食いたいの心です》（「大菩薩峠（続）」第九九回）

龍之助は、鈴鹿山を越えるときから（もしくは江戸を離れて以来）、自分の身の上がこれからどうなるか分からず、心に不安を抱えている。彼を支えているのは、島田を討ちたいという気持ちだけであった。しかし、ここで腹が減った龍之助は、饅頭代とひきかえに（というしょうもない理由で）剣さえをも手離してしまうのである。

そんな龍之助が連載の最終回にたどりつくのは、長谷寺の籠堂である。巡礼の衆が言うには、ここは「人の世で見離されたものを、お拾いなさるのがご利益」である。龍之助の心には、まだ

お浜への想いがあるのだろう。長谷寺の籠堂は、「わが子を椽《えん》から蹴落して出家入道を遂げた西行法師が、最愛の妻にめぐり会い、涙を落した」場所だという。しかしお浜は死んだ。剣も失っている。龍之助は、どこへ行くのだろうか。


第二回連載「大菩薩峠（続）」の内容と削除の割合は、巻末（二三〇頁）に示したとおりである。

全一〇八回中、一回分まるごとカットされたのは、計三十二回にのぼる。

全体の削除率は、四十九％である。

（1）『大菩薩峠 第二巻（鈴鹿山の巻）』（玉流堂、一九一八年）

3　第三回連載「龍神」（大正四年四月七日〜七月二十三日）

（1）概要

「大菩薩峠」の第三回連載「龍神《りゆうじん》」が『都新聞』に掲載されたのは、大正四年四月七日から七月二十三日にかけてのことである。連載期間は三ヵ月半。掲載回数は、第二回連載と同じく全一〇八回であった。単行本では、「三輪の神杉の巻」から「龍神の巻」までの部分に相当する。（筑摩書房版の文庫本では、第一巻の三三八頁から第二巻八八頁）

現在の『大菩薩峠』におけるこの部分のあらすじは、およそ以下のとおりである。

〈長谷寺の籠堂を出た龍之助は、三輪の植田丹後守《たんごのかみ》の世話になる。武芸好きの彼に父の面影を見つつ、龍之助は平穏な日々を過ごす。ある日、龍之助は三輪の神杉で、死んだはずのお豊と出会う。心中したはずが生き残り、親類の旅籠屋（薬屋）に身を寄せているのだという。お豊はやがて、彼女に想いを寄せてつきまとう藍玉屋の金蔵から逃れるために、植田丹後守の屋敷にあずけられる。そしてお豊は、龍之助に江戸に行きたいと告げる。

金蔵は何をするためなのか、猟師から鉄砲を手に入れて練習するも、弾薬を植田丹後守に発見され、刑罰を恐れて姿を消す。それに伴い、お豊も薬屋へ戻り、さらには実家の亀山に帰ることになり、江戸に戻る龍之助が同行する。しかし途中で、金蔵と鍛冶倉《かじくら》という悪党に鉄砲で襲撃され、お豊がさらわれる。金蔵と鍛冶倉はお豊を奪おうとして殺し合い、結局、お豊は七兵衛に救われて薬屋に戻る。

だが、金蔵は実は生きており、お豊は脅されて仕方なく彼の女房となり、金蔵の両親が経営する龍神村の旅館で働くことになる。一方、龍之助は伊賀の宿で天誅組と出会い、彼らに同行するが、諸藩の攻撃を受けて十津川で敗走する。生き残った十数名は切腹しようとするが、龍之助はそれを拒否。そのうち彼らは滞在する小屋を爆破され、死んだ者以外は全員捕まるが、唯一、龍之助だけが行方不明となる。

兵馬は、植田丹後守から龍之助のことを聞き、彼を探して龍神村へ向かう。龍神で宿を営むお豊は、清姫の帯（不吉な予兆をあらわす雲）を見て龍神の社にお祈りに行き、そこで龍之助に偶然再会するが、龍之助の目は火薬の爆発により失明している。お豊がいなくなり、気が狂った金蔵は村に火を放つ。翌日、金蔵が斬殺死体で発見される。〉

では、この部分について、『都新聞』を見ていこう。

これまでのところ、『都新聞』版の「大菩薩峠」は仇討ち物語を描くなかで、第一回連載では龍之助とお浜の男女の悪縁（特に、女の魔性）が、第二回連載では生きる意味を失いかけてさまよう龍之助がそれぞれテーマとされてきた。第三回連載「龍神」は、この両方のテーマを引き継いで書かれている。以下の部分では、二つのテーマがどのように展開したかとともに、これまで同様に削除されている兵馬とお松の話をあわせて見ていきたい。

（2）男女の悪縁

第三回連載「龍神」の主旋律をなしているのは、色恋にまつわる男女の悪縁である。それは、現代風に言えばお豊の〝ストーカー〟である金蔵というキャラクターの存在や、物語の後半に登場する「清姫の帯」[1]にも象徴されるが、なによりもお浜の再来と言えるお豊と龍之助の関係がその中心である。単行本ではいまいち分かりにくいが、原文では龍之助とお豊が強く惹かれあい、互いに求め合っている様子がはっきりと描かれている。

たとえば、お豊が実家の亀山に帰ることになる場面では、単行本には何の記述もないが、『都新聞』版では、龍之助とお豊はその晩に密会して、一緒に江戸に逃げることを約束する。

《その晩に、お豊は、人の目を忍んでそっと門杉のところまで来て見ました、そこには龍之助が一人立って居る、
「お豊どのか」
「吉田さま」〔龍之助の変名：引用者〕
「いよ〳〵、明日出立《しゅったつ》と定《き》まりましたな、植田殿からも今日《こんにち》拙者《せっしゃ》へ話しがありました」

「嬉しゅうございます」
お豊の声は処女のような震えを帯びて居た、
同じような心の空《す》き間を持った男女が、相近《あい》づけば、その空虚と空虚とは両電《りょうでん》のように相《あい》引いて、其処に火花を散らす、
けれども、二十を過ぎた女と三十を越した男の恋の火花は、青春の子女のように華やかではない、
丹後守《たんごのかみ》の一家も、薬屋夫婦も誰も知らないうちに、二人は江戸へ逃げようとの約束をきめてしまった、
こゝを出て、亀山までは晴れの旅、それは恩人への義理である、一旦亀山へ納められた後、
龍之助は、お豊をつれて再び江戸へ落ちようというのです》（「龍神」第一九回）
また、だからこそ、亀山への途上でお豊をさらわれた場面でも、龍之助の心は穏やかではない。
《されど、捕えられた女の身の上、それが散々に辱《はず》かしめられて、どうなる、それを考えると冷たい血が熱くなって、魂がわなゝくようである》（「龍神」第二七回(2)）
単行本での龍之助は冷やかな印象が強いが、『都新聞』の龍之助には、冷たさと同時にこのよ

うな激情が前面に出ている。

そして、二人は離ればなれになってからも、互いを恋しく思い、強く求め合っている。それは、単に二人が会いたいだけでなく、互いに愛する者の命を奪って生き残った（龍之助はお浜を殺し、お豊は心中で生き残った）という過去のおこないから導かれる因縁や、相手を破滅させる魔性を思わせるものである。特に、介山の筆からは、女の魔性に対する嫌悪感や憤りのようなものが垣間見られる。

《さて、お豊は何の気で雲を見て居るか、

お豊に雲を見て、心を慰めるほどの余裕があるならば、他《はた》で其の身の上を、そんなに心配するには及ばない、何を恃《たの》んで此《こ》の女は、今こゝに生きて居る——と尋ねるよりは、何の為に此の女はこの世に生《うま》れて来たかと聞いて見るのが根本《おおね》であります（……）

さし当って、お豊自身に其の身の上をよく〳〵考えて貰わねばならぬ事があります、真三郎《しんざぶろう》〔大津で心中した相手：引用者〕を殺したのは、お前ではないか、金蔵と鍛冶倉を殺したのも、（金蔵の方はまだ脈はあったとは云うが）お前ではないか、伯父の源太郎を負傷させたのもお前ではないか（今では全快したけれど）少くとも、お前は三人の人の生命を取り、一人の人の生命を取りかけた、その外、お前の為に迷惑をして居る親戚や身寄の者が幾人ある、それはお前が手を下さないまでも、皆、お前から起ったことだ、――まさか、お前は夫《それ》を自慢にしては居《い》まい（……）

お豊は、男の為に死んでやる程の情の濃い女であります、同時に、男を死なして置いて、自分が生きて居られた女であります（……）

併し、お豊は固く信じて居ます、訪ねて来て呉れる、きっと訪ねて来て呉れるに相違ない、その心恃《だの》めがあればこそ――お豊は、まだ忍んで居る、江戸へ行く望みも捨てはしない、閑があれば、この欄干《てすり》に凭《もた》れて、往来《ゆきき》の人を見て居ます》（「龍神」第五三回、五四回）

また、相手を引きずりこむような魔性は、龍之助のほうにもある。

《お豊ほどの歳になって、斯《こ》うも人が恋しいのはよく〳〵であります、龍之助は素気《すげ》ない人であります、気の置ける男であります、何だか傍《そば》へよって見ると、身のうちから魔物が出そうであるが、よく話し合って見ると、その心の底には、自分と同じような痛々しい傷があって、遣る瀬ない情の弱味と、男らしい我慢とが絶えず戦って居るように見える（……）

真三郎との間は、お互《たがい》に世間の味は、あまり知らず、夢のような可愛さで離れられなくなったが、今はそれとは異《ちが》う、――陰鬱でネバリ強く、徐々《しずしず》と引き締められて、しん〳〵と身も魂も冥府《よみ》の国へ持って行かれそうである、前のは晴れやかな恋、今のは暗い恋、——前のは楽かったけれど、今のは辛い、前のは夢のようであったけれども、今のは現実でありま す、

暗くて、辛く、それと現実の苦しみが重なり合って、なお思い切れないほど、そこにはまた骨に泌《しみ》るものがある、——龍之助が好んで用うる「音なしの構《かまえ》」は、よく多くの剣客を悩ました、あの男のように、昼とも夜とも、淵とも瀬ともわけのわからぬ人間に、引《ひっ》かゝった女も亦不幸であります、

とは云え、龍之助は決して女を引《ひっ》かけて、それを一時の興にする男ではない、彼は思い込めば最後まで思い込む男であります》（「龍神」第五六回）

そして、龍之助もお豊に引き寄せられていく。

《彼には三輪の里が忘れられない、神杉にかけ忘れた願でもあるか、それとも植田丹後守の人柄が懐《なつか》しいかそうではない——眼に見えない力でそれが百里千里の人をも呼び返す力のあるのは、たゞ単純に人が懐しいというのみではあるまい（……）

龍之助ほどの身になっても尚《な》お大和の国が離れきれない、三輪の里が去り難い、とは余りに情ないではないか、

人を斬ることも、怨みを受ける事も平気の男でありながら、このおだまきの糸が断ちきれないとはつく〴〵情ない、

縁というもの——眼に見えないで、そうして眼に見える鉄条網よりも尚《な》お強い糸は、どんな人でも、十重廿重《とえはたえ》に引《ひき》かけられて居るのである、人はその糸を、自分で眼に見ることが出来ないから、意外の事や、不思議の事がある度に、それに驚いたり、怖れたり、逃れようと悶《もが》いたりするけれども、それは駄目です、

この眼に見えない糸は、天の上から地の下まで縦横無尽に引張《ひっぱ》られて居る、この糸が人の直ぐ眼の前まで来ては、また遠く数千万里の彼方に引き離れてしまうこともあります、数千万里の彼方から引張《ひっぱ》られて、数千万里の此方《こなた》で引き結ばれる事もあります、

恩も怨みも、皆んなこの糸一つに引《ひっ》かゝって居る》（「龍神」第六四回、六五回）

この直後の部分には「龍之助は、実にこの女〔お豊：引用者〕あるが故に、大和に舞い戻ったのではないか」（第六六回、①四四〇）とあり、この糸はまさに龍之助とお浜の悪縁のように、欲望や魔性によって張りめぐらされた運命の糸であるのだろう。[3] そして、様々な翻弄の末に二人が龍神で出会ったときには、「この時、お豊の肉にわけいったものがある、それは造物者が、人間を作るとき、女の方に多くわけてやった魔物の血です」（第九四回）との記述がある。

以上に挙げた文章は、単行本ではほとんどが削除されているが、原文を読むと、この連載には

特に男女の愛情（特にその魔性的な部分）や、それによる嫉妬や怨念が渦巻いている。

こうした恋の魔力は、第二回連載「大菩薩峠（続）」では、兵馬とお松のあいだに少し描かれていたが、キャラクターにそぐわないせいか、介山は第三回連載でお豊を復活させ、龍之助とのあいだに改めて男女の恋の物語を描いているようにも思われる。そして何よりもの変化は、「龍神」では龍之助とお豊の恋を描くなかで、二人をあやつる「縁」なるものの存在を強調していることである。

(3) 敵討ちに迷うお松

第三回連載で特にカットされているのは、以上のような龍之助とお豊の恋模様を描写した場面と、第二回連載から引き続いて、兵馬とお松と七兵衛が一緒に行動している場面である。

第二回連載では、龍之助が兵馬とお松にとって共通の敵であることが判明し、七兵衛を含めた三人は京都から大和へ向けて旅に出た。その後、彼らは七兵衛が龍之助の刀を発見した大和八木に宿泊し、その宿にお松を残して、七兵衛と兵馬がそれぞれ龍之助を捜索する。そして、七兵衛はお豊を亀山に送る途中の龍之助を見つけて、兵馬との果し合いを申し込み、兵馬は三輪の植田丹後守を訪ねて、龍之助が最近まで滞在していたことを聞き出す。

しかし、ひとりで待つお松はさみしい思いをしているようだ。あるとき、お松はそんな思いを兵馬に打ち明ける。

《「わたしは、あのおじさん〔七兵衛のこと：引用者〕も居ないし、あなた様もお居《い》でなさらぬ時、一人で居るのが悲しくてひとりでに涙が落ちて来るようなことがあります故」
お松は下を向いて、愁《うれ》えに声が消えて行きます、
「心細い事を云いますな、こゝの宿屋の主人も俠気《おとこぎ》で、少しも心置きはなし、七兵衛どのも今日明日には帰って来る、少しも淋《さび》しい事はなかろうに」
「それでも淋しゅうございます、わたしは斯《こ》うして一人でお留守をして居るよりは、一《いっ》そ、どんな旅の苦労をしましても、あなた様と御一緒に旅のお伴をさせて戴きとう存じます」
「これが世の常の旅路ならば、何でもないが、敵《かたき》をたずぬる旅は危ない旅じゃ、いつどうして思いもかけぬ人数の中へ飛び込まぬものでもなし、また道に踏み迷うて険しい山や深い谷にかゝらぬということもなし、どうも女子《おなご》をつれて歩けませぬわい」
「それでございますならば尚更に、わたしはあなた様のお身の上が案じられますから、いつでもお伴が致しとう存じます」
「晴れて敵《かたき》の打てる時、その時も遠くはあるまい、その時は伴《つ》れて行きます、それまで辛抱して居なさい」
「それは、いつまでも辛抱致して居りますけれど……」
お松は此《こ》う云いかけて、ハラ〳〵と涙を落しました、

兵馬の眼にはその涙が見えたか知らん、また向き直って机に向《むか》い筆をとると、お松は、袖で、そっと涙を拭いて、また団扇《うちわ》を動かしながら、
「敵《かたき》を討つ身も、討たれる身も、どちらも辛いものでございますね」
兵馬は何も答えなかった、
夏の夕日は、漸く暮れて行くのです、機《はた》を織る音は、夕暮れになると、哀れを伝えて、遠く旅立った人を思わせる響《ひびき》になります、鄙《ひな》の女がうたう機織《はたおり》唄を、雨の降るような梭《おさ》の音と併せて聞くとき、どうかすると人の袖が濡《うる》おうのである》(「龍神」第三三回)
さらに、さみしいだけでなく、お松は次第に敵討ちに一生懸命になることに、どこかむなしさを感じ始めるのである。
《兵馬は早く寝入ったけれど、お松はなか〳〵眠れない、
早く敵《かたき》を討って、そうして――とその先《さ》きの事を考える、
兵馬は敵《かたき》を討ちたい事に生《き》一本《いっぽん》である、何かにつけて、お松が優しくして呉れることを、嬉しく思わぬではないけれども、彼はそれよりも外《ほか》に生命《いのち》がけの獲物をたずねて居る、
お松とても敵《かたき》は悪《にく》い、早く敵《かたき》を討ちたいことは同じですけれども、兵馬ほどに精一杯にはなれないのである、どうも、人間一生の仕事がたゞ敵《かたき》を討つことだけで終《おわ》るものではないよ

うな――それでは、あんまり情ない、

兵馬の一念が、敵討《かたき》ちに凝れば凝るほど、お松は何となく不足を感じて来ます、不足を感じては、済まないわけであると思っても、

「兵馬さんは、敵《かたき》さえ討てば、あとは、どうなろうとも、わたしの身などは、どうなろうとも、拘《かま》わないのか知らん」

こんな風に思いをめぐらして来ることも度々あります、

とても世に永らうべくもあらぬ身の

かりの契りをいかで結ばん

この歌は楠正行《まさつら》卿が、弁《べん》の内侍《ないじ》という美しいお方をお受けにならなかった時のお歌であることは、わたしもよく知って居るが、兵馬さんは、もの丶ふというものは、いつでも此の覚悟で居らねばならぬと仰有《おっしゃ》る、

それはそうかも知れませんが、――それでは弁の内侍というお方が可哀想である、忠義は忠義、敵討《かたきうち》は敵討、忠義と敵討さえすれば、女なんぞはどうなっても拘《かま》わないものか知らん――兵馬さんも私も、たゞ敵討をするだけに、この世に生れたものではあるまいに、

お松の不足というのは別に理屈を立て丶満足しようというのではありませんけれど、兵馬のように武術鍛錬だけで押し通して来た男と、お松のように、変化ある境遇をめぐりめぐって来た女とは、感情の発達に違う処があります、

お松は兵馬の傍に居て、朝に夕に兄妹《きょうだい》よりも親しくして貰えるけれども、残り惜しいのはもう一歩、お松は、兵馬の寝息を聞いて、どうも胸がさわぐのでした》（「龍神」第四二回）

もちろんお松も、お爺さんの敵討ちをしたい気持ちは変わらない。しかし、そのことによって互いに想いあっている兵馬と一緒になれないことに悩み、また、敵討ちに一生を捧げるような生き方にもついていけないのである。

単行本からは想像しようもないが、原「大菩薩峠」ではお松のこうした感情の揺らぎが物語に深みを与えている。

(4) 死ぬことができない龍之助

では最後に、「男女の悪縁」と並ぶ、第三回連載でのもうひとつのテーマについて述べておきたい。

これまで、第一回連載「大菩薩峠」では、お浜という女の魔性により、剣の道からはずれて落ちていく龍之助の姿が描かれ、第二回連載「大菩薩峠（続）」では、お浜を殺し郁太郎を見捨て、生きる意味を失ってさまよう龍之助が描かれた。妻と子供を失った龍之助が、生きるうえでの唯一の支えとしていたのは剣であり、島田虎之助を討ちたいという気持ちである。

しかし、第二回連載の最後で、龍之助はその剣さえをも手放してしまう。第三回連載「龍神」

の冒頭では、龍之助は次のように描かれている。

《彼は今や西へも東へも行き詰って居る（……）

立往生をする代りに、籠り堂へ坐り込んで一夜を明かした、が、百八煩悩を払うというなる泊瀬《はつせ》の寺の夜もすがらの鐘の音も、龍之助が尽せぬ業障の闇に届かなかった、迷いを以て籠堂に入り、迷いを持って籠堂を出た龍之助》（「龍神」第三回、①三四二）

龍之助はここで、心中で生き残ったために「魂の置き場を失うた」（第二回、①三四〇）お豊と同じような状態にある。そして似た境遇の二人は互いに求めあって心の隙間を埋めていくのだが、龍之助は剣の道においても、父弾正《だんじょう》を思わせる植田丹後守の庇護をうけて道場をまかせられ、一見したところ安定を得たかのようであった。しかし、龍之助は三輪での生活を捨ててお豊と旅立ち、金蔵の銃撃によってお豊をさらわれたあとは、天誅組と行動を共にする。

このように、龍之助は刀を手離してからも、剣術からは容易に離れられない。だが、天誅組に参加したのも、あくまで「行きがゝり上そうなったまで」であり（第六四回、①四三八）、剣のために生き、島田を討つことにこだわりをもっていた時とは雲泥の差がある。第三回連載「龍神」では、剣の道に生きられない龍之助がはっきりと位置づけられたような印象を受ける。

そして、より正確に言うならば、龍之助は剣のために生きるどころか、死ぬこともできない。

「龍神」での印象的なシーンに、龍之助が切腹を断る場面がある。天誅組は追いつめられ、この一団の頭である酒井賢二郎が切腹しようと提案し、一同は「何《いず》れも満足の色に満ちて敢て異存を言うものはない」（第七一回、単行本未収）。しかしそこで龍之助は、「拙者は、まだここで死にたくないから、一人でなりとも生き残って、落ちて見るつもりじゃ」（同前、②二〇）と言いきる。原文には、切腹を促す酒井賢二郎の「どうだ諸君、腹を切ろうではないか」（第七〇回）の言葉に続いて、以下の一文がある。

《それには異存がない、
武士として、行き詰まった時に、腹を切るのは死んでそうして活《い》きるのである、死に怯《おく》るゝ事は、生きて償えない恥である》（「龍神」第七一回）

つまり、ここでは武士として死ぬことが、武士として生きることなのである。
同じく、前回の連載で登場し、この連載で死亡が伝えられる田中新兵衛は、殺人現場に彼の刀があったことから無実の罪を問われたとき、刀が盗まれたことを恥じてすぐさま切腹する（第四七回）。彼もまた武士として生き、武士として死んだ。しかし龍之助は死ぬことができない。罪深く、生きる目的も失い、死ぬ機会もあるのに、龍之助は武士として生きることも、死ぬこともできないのである。

第二回連載以来、生きる意味を失って落ちていく龍之助は、この連載を経て、落ちていきながらも死ぬことができない人間として位置づけられた。そして、天誅組の混乱のなかで、爆発により失明した龍之助は、次のように述べる。「眼は心の窓じゃという、俺の面《かお》から窓をふさいで、心を闇にする――いや最初から俺の心は闇であった」（「龍神」第九七回、②六九）。ここには、作者介山のひとつのとらえなおしがある。老巡礼を斬り捨てたり、女の魔性にほだされたり、お浜を殺したりしたために、龍之助は人生を転落したのではない。もともと龍之助は尽きない業を背負って生れてきたのだ、と。

つまり、第三回連載「龍神」では、男女の恋愛や龍之助の身の上をテーマとして物語を展開しながら、その背後にある宿命的な「縁」や「業」といったものが浮かびあがってくるのである。

第三回連載「龍神」の内容と削除の割合は、巻末（二二六頁）に示す通りである。

全一〇八回中、一回分まるごとカットされたのは、計十三回。

全体の削除率は、二十四％である。

（1） 能狂言「道成寺」の安珍清姫にまつわる伝説で、安珍に一途に恋をしてその執念から生きながらにして蛇となった清姫の怨霊が雲となってたなびいたもの。村に大災難をもたらす前兆とされる。なお、「清姫の帯」の伝説は、介山による創作である。

（2）一方で、同様の感情が記された「物に冷ややかな龍之助も、この時は歯を噛んで憤った」（「龍神」第二七回）という箇所は、省略されずに単行本に残っている。

（3）これと似た表現として、他にも「龍神」には次のような文章がある。「人の一念こそ真に怖るべし、ちょっとした心の狂いは、無限に糸を惹《ひ》いて、それからそれとからみつくものである、その人が亡くなったとて、その一念の糸は無くなるものではない」（第七九回、②三六）

4　第四回連載「間の山」（大正六年十月二十五日〜十二月三十日）

（1）概要

「大菩薩峠」の第四回の連載「間《あい》の山」が『都新聞』に掲載されたのは、大正六年十月二十五日から十二月三十日にかけてのことである。連載期間は約二ヵ月。掲載回数は計六十七回であった。単行本では、「間の山の巻」の部分に相当する。（筑摩書房版の文庫本では、第二巻の八九頁から二二〇頁）

現在の『大菩薩峠』におけるこの部分のあらすじは、およそ以下のとおりである。

〈舞台は伊勢。間《あい》の山は、伊勢神宮の内宮と外宮のあいだの場所である。お玉は、卑しい身分の芸人で、三味線を弾きながら間の山節を聞かせる。ある日、お玉が座敷に呼ばれて間の山節を披露していると、この土地で遊女となっていたお豊はそれを聞いて死にたくなる。その夜、お豊はお玉に手紙と金を託して自殺し、座敷では客の持ち物が盗まれる事件が発生するが、お玉は何も知らないまま帰宅する。

翌日、お玉は役人に盗みの容疑をかけられるが、飼い犬のムクが彼らに噛みつき、その隙にお玉は米友の家に逃げる。米友はムクを助けに向かい、役人や野次馬に対して槍で応戦するが、そこに現れた兵馬には敵わずに立ち去る。そして、お玉を連れて山中に逃走。そこでお玉はお豊からの手紙に気づき、それが託された遺書《かきおき》だと分かって、大湊に届けに行く。お玉は船大工の与兵衛宅で龍之助と面会し、遺書にまったく心を動かさない龍之助の態度に、冷酷さ、怒り、悲しさを感じて泣き伏せる。一方、米友は大湊の浜で捕まり、断崖から突き落とされて処刑される。

お松は大湊に停泊する船で兵馬を待っているが、兵馬は来ない。また、医者の道庵も伊勢参りに来ており、崖から突き落とされて全身を負傷した米友を治療して、生き返らせる。兵馬は、これまた伊勢に来ていたお絹に出会い、島田虎之助が毒殺されたことを知らされる。その後、大湊の船着場にやってきた兵馬は、お松とともに船出する。その船には、お玉も与兵衛の手引きでこっそりと乗り込んでいた。〉

(2) 伊勢での再会

第四回連載「間の山」は連載期間が短く、これまでのように重要なエピソードの省略があるわけではない。逆に、単行本との比較で言えば、これまでずっと削除されていた兵馬とお松の話は、ようやく「間の山」の最後の場面（兵馬とお松が大湊から船出するシーン）から削除されなくなるのであり、ここでは第四回連載までの様々な場面のカットにより、どのような形で物語の整合性が失われているかについて、少し補足説明しておきたい。

「間の山」では、兵馬がお絹や道庵など、江戸で知り合った人々と伊勢で再会する。そして、彼らの話題は過去の出来事に及ぶのだが、単行本ではその過去のシーンが削除されているため、読者は登場人物の関係性がつかめず、まどわされてしまう。つまり、前述の兵馬とお松の関係性の分からなさと同じような事態が、いろいろな場面で起こっているのである。

たとえば、兵馬が二見ヶ浦でお絹と再会するシーンを単行本で見てみよう。

《「宇津木さん、ここよ」

若い武士は歩みをとどめて笠を傾《かた》げてこちらを見る。

「お前様は――」

「ええ、お松の仮親《かりおや》のわたくしでございます、さっきから待っておりました」

この武士は宇津木兵馬でありました。兵馬は呆《あき》れたような面《かお》をしてお絹を眺めたままで立っています。

お絹の方は、いっこう平気らしく、

「宇津木さん、さだめてまたかとお驚きなすったでしょう、けれどもね、今度は前とは違いますよ、前とは違って真剣にあなたにお話をして上げなければならないことがあるのですから」

「お前様は御身分柄にもないことをなさる、嗜《たしな》まっしゃるがようござるぞ」

兵馬は苦りきって、なおお絹の面《かお》を睨めていると、

「そんな悪戯《いたずら》をするつもりではありませんでしたけれども、ついあなたのお姿を見たものですから、こんなことになってしまって」

兵馬の真面目になって苦りきっているのが、この女にはかえって面白いことのように見える》（「間の山の巻」②二一一―二一二）

読者は、なぜこのシーンで兵馬がこれほど不機嫌でいるのか分からないが、それはお絹が若い男をからかうことが好きで、兵馬はかつて江戸でお松と再会した際、お絹に面倒な目にあわされたからである（第一回連載「大菩薩峠」第七三回―七八回）。このシーンの原文にも、お絹は「純潔な男を翻弄することに興味を覚える」女であり、「此の遊戯がして見たかった」から兵馬を呼び出した（「間の山」第六三回）、とある。しかし、これらの記述は削除され、単行本では二人の会話だけが残されている。

また、兵馬と道庵の関係も同様である。単行本「間の山の巻」のラストの、大湊から船が出発するシーンで、兵馬とお松は道庵と再会する。道庵は兵馬のことを思い出せず、そこで兵馬は「浪士に追われて、先生のお宅へ走り込んだことがありました、その節はえらいお世話になりました」（②二二九）と述べる。つまり、原文では、兵馬は龍之助と果し合いをするために土方歳三の協力をあおぎ、その計画が芹沢鴨に漏れて浪士に襲撃されたことがあった（第一回連載「大菩薩峠」第一二〇回―一二三回）。兵馬はそのときのことを道庵に話しているのだが、このシーンは削除されているので、読者には何が何だか分からない。知らないところで二人の関係性を匂わされて、奇妙な感じを受けるのである。

一方、「間の山」で削除されたシーンのなかで、おそらく読者の興味をひくのは、米友の処刑の場面であろう。すでに述べたように、単行本の『大菩薩峠』では物語が突如として数行のあらすじで省略されることもしばしばで、米友の処刑の場面は次のように書かれている。

【単行本】

《気の毒な米友は、この騒ぎのうちに隠ケ岡から地獄谷に突き落とされてしまい、役人も非人も刑の執行を済まして、今ゾロゾロと山を下って帰って来るところであります》(「間の山の巻」②二〇三)

米友が処刑場に運ばれていくシーンは描いておきながら、肝心な場面がこの二行の文章で終わってしまうことに、読者は納得できるだろうか。

原文では、以下の通りである。

【都新聞】

《高手小手《たかてこて》に縛られた米友が隠《かく》れケ岡の上に立たせられている。

「米《よね》、何か食いたいものがあるか」

「何も食いたくは無《ね》えが、水を一杯飲まして呉れ」

米友は水を一杯柄杓《ひしやく》で呑まして貰った。

米友の面《かお》の色は存外平気なもので、沈痛の色などは少しもない。

「まあ皆《み》んなの人の面《かお》を立てる為に俺が死ねば可《い》いんだな」

というような面《かお》をして、自分からズカ〳〵と断崖の上へ進んで行って下を見おろす。

久しいこと此《こ》んな罪人は無かったが、古老の話によれば此処《ここ》へ立たせられた時には、それ〴〵一場《じよう》の悲劇があって、涙の雨が降るそうだが米と来ては、そんな芝居気が少しもなく、

「役人様」

米友はこれから自分の突き落とされようとする地獄谷の底を見きわめてから、役人を顧みる。

「何だ」

「若《も》し此の崖から突き落とされて俺等《おいら》が死なゝかったら如何《どう》したもんだ」

「ふん」

役人達は笑う。

「笑っちゃ可《い》けねえ、俺等《おいら》の身体《からだ》は此の通り、並《なみ》の人間の半分しきゃ無《ね》えから、下の当りも半分で済むわけだ、並の人間なら四に割れる処も俺等《おいら》は二つで済む、二つに割れる処ならば

無事で助かるんだ、若《も》し此の身体《からだ》が下へ落《おっ》こって割れなかった処で、また引上げて突落《つきおと》しのやり直しなんていうんじゃあるめえな」

「心配するな、若《も》し助かったらお前の儲け物だ、二度のお仕置というのは御規則にも先例にも無い」

「そうか」

米友はまた高い崖の下を見る、こゝから落《おと》されては誰だって堪まるものではない、万一下まで命の緒を取り止めて、虫の息で落着《おちつ》いていた処でその儘《まま》置きっぱなしにされて助かる気遣いはない。米友の心でその万一を僥倖《ぎょうこう》しているらしい口ぶりを役人や非人が可笑《おかし》く思った。

「さあ米友、そろ〳〵覚悟をしろよ」

非人が三人、米友の左と右と後《うしろ》から寄って来た。

「旨く突いて呉れ」

「ひい！、ふう！」

非人はハズミを附ける。

「三《みい》！」

の声で一斉に突き落そうとすると

「待って呉れ」

米友が急に叫び出した。

折角《せつかく》、ハズミをつけた三人の非人は此処《ここ》で米友に、待って呉れと言い出されて、拍子が抜ける。

「どうした米友、往生際が悪いぞ」

米友は、隠《かくれ》が岡《おか》の麓の方を振り返って耳を傾ける。

「ムクだ、あの吠える声はムク犬の声だ」

「ムク！」

こゝに居た者は、同じように麓の方を見て耳を傾ける。

成程《なるほど》、犬の烈《はげ》しく吠える声が聞こえるには聞こえるがそれがムクであったにしろ他の犬であったにしろ役人は深く頓着する場合でない。

「早くやってしまえ」

「一《ひと》ツ！　二《ふた》ツ！　三《み》ツ！」

「ムクやーい」

一声を残して米友の身は、トンボ返りのような形になって隠《かくれ》が岡《おか》の頂から地獄谷の底へと舞い落ちた。

ムクは麓で烈しく吠《ほえ》ている。》（「間の山」第五五回）

原文の流れは常に自然であり、物語を語るに雄弁である。

（3）死出の旅

では、第四回連載「間の山」のテーマについて見ていきたい。
「間の山」は、次の第五回連載「大菩薩峠（第五篇）」と連続しており、その〝序章〟的な役割を果している。そして、この仕切り直しにともない、物語はいくらか変容する。まず、龍神で再会してから一緒に逃げ、龍之助の東下りのパートナーとなるはずのお豊が、物語の冒頭ですぐに死んでしまう。一方、龍之助は船大工の与兵衛の家から動かず、お玉などの新たな登場人物と恋愛関係になるわけでもない。

つまり、今回の物語は、男女の悪縁というテーマの延長上にありながらも、お豊が死んだこと自体に意味がある。そして、その死を「間の山節」が象徴している。それは、第二回連載「大菩薩峠（続）」において、西行の歌が物語のテーマをあらわしていたのと同じである。
「間の山節」の歌詞とは、以下のようなものである。

　《夕べあしたの鐘の声
　　寂滅《じゃくめつ》為楽《いらく》と響けども
　　聞いて驚く人もなし

花は散りても春は咲く
鳥は古巣へ帰れども
生きて帰らぬ死出の旅》（「間の山の巻」第七回、②一〇四）

第四回連載「間の山」のテーマは、死出の旅である。死んだお豊はまさにそうであるが、実はこれは龍之助にこそあてはまる。

龍之助は第二回連載「大菩薩峠（続）」以来、〝死ぬしかない人間〟として描かれ、さらに第三回連載「龍神」では、〝それでもなお死ぬことができない人間〟として位置づけられたが、実は龍之助はこのあと東下りをして兵馬の手によって死ぬことが決まっている。なぜなら、あとで詳しく述べるが、介山はたびたび連載終了時のあいさつで、龍之助が兵馬に討たれて死ぬことを明かしており、次の第五回連載「大菩薩峠（第五篇）」は、物語を完結させることを宣言して執筆に臨むからである。つまり、その最終章のはじまりとしての「間の山」は、龍之助にとって、死出の旅への序章なのである。

また、「間の山」で新たに見出せるのは、龍之助のキャラクターの変化である。龍之助はもともとニヒルな性格であったが、それと同時に人間臭さや激情も持ち合わせていた。それはこれまでに示したとおりであるが、この人間らしい感情が「間の山」以降はほとんどあらわれなくなる。まったくではないが、それまでと比べてかなり後退するのである。(1)

おそらくこの変化は、第三回連載「龍神」の後半部分において、龍之助が「最初から俺の心は闇であった」と述べたことによる。これにより、龍之助は今まで以上に、尽きない業を背負った、沈んだ人物として設定されたのである。よって、与兵衛の家に龍之助を訪ねたお玉も、お豊の死を伝えても「感情の動き」が「微塵も認められない」龍之助を見て、「この人は、情というものも涙というものも涸《か》れ切った人なのか、そうでなければ天性、そういうものを持って生れなかった人なのか」(「間の山」第二九回)と感じる。要は、第三回連載「龍神」の後半までは、龍之助は情や欲望に翻弄されて人生を踏み外して落ちて行っていたが、「間の山」以降は、業によってがんじがらめに支配され、感情が表に出される機会はほとんどなくなり、龍之助のなかで何が起きているのか外からは分からなくなるのである。

では、序章としての「間の山」を受けて、第五篇で龍之助の運命は一体どうなるのだろうか。

第四回連載「間の山」の内容と削除の割合は、巻末の表(二三二頁)に示す通りである。全体の削除率は、二十一%と算出した。

(1) ただし例外として、第三回連載「龍神」の末尾で、郁太郎の夢を見て血の涙を流したことが挙げられる。郁太郎をめぐる今後のストーリー展開については、第六回連載「大菩薩峠(第六篇)」をとりあげる場面で、改めて言及する。

5　第五回連載「大菩薩峠（第五篇）」（大正七年一月一日〜大正八年十二月十七日）

⑴　概要

通算で五回目の連載である「大菩薩峠（第五篇）」が『都新聞』に掲載されたのは、大正七年一月一日から大正八年十二月十七日にかけてのことである。連載期間は二年間で、掲載回数は計七一五回であった。巻名では、「東海道の巻」から「黒業白業の巻」までの部分に相当する。（筑摩書房版の文庫本では、第二巻の二二一頁から第五巻三九一頁）

現在の『大菩薩峠』におけるこの部分のあらすじは、およそ以下のとおりである。該当範囲が長いため、巻ごとに示す。

〈龍之助は東海道を下る。浜松で武士たちとモメていたところを、通りがかったお絹が仲裁に入る。龍之助はお絹の家に案内されるが、夜中にお絹に誘惑される幻覚を見て、翌日起きると龍之助の眼は完全に失明している。七兵衛は同業のがんりきと出会い、盗みを働きながら龍之助を追う。三保の松原で兵馬と龍之助の果し合いの場を設けるが、がんりきに出し抜かれ、龍之助とお絹は逃亡する。その夜、お絹は島田虎之助が毒殺されたことを龍之助に告げる。お玉（以後、本名のお君を名乗る）は途中で道に迷い、寂しくなって自殺を図るがムクに救われ、その後、江戸を目指す米友と出会う。(「東海道の巻」)

龍之助、お絹、がんりきは裏街道で江戸を目指す。途中、徳間峠で龍之助はおもむろにがんりきの右腕を切り落とす。その後、昏倒した龍之助だが、お徳という行商の女に救われて一緒に暮らす。お絹とがんりきは、金掘りを職業とする忠作という少年の家でかくまわれるが、兵馬と七兵衛が追ってきたため、お絹はがんりきを置いて逃亡。お徳と奈良田の温泉を訪ねた龍之助は、悪事を働くニセ役人を槍で突き殺す。(「白根山の巻」)

道庵は訪ねてきた与八を江戸見物に連れ出し、そこでお君と米友が所属する軽業師の興行を見る。米友はインド人を演じて芸をするのを嫌がって辞め、金貸しをしていた忠作とお絹の店で奉公をはじめるが、やがてそこも辞める。お君は軽業の興行で甲府へ。折助との騒動に巻き込まれ、男にさらわれるが、兵馬がそれを救う。兵馬は七兵衛とともにがんりきを発見したのち、山の中で龍之助を探しており、救われたお君は兵馬に好意を抱く。(「女子と小人の巻」)

再び山間部に入った兵馬は、龍之助に突き殺された男のさらし首を発見。龍之助が向かった神尾主膳(甲州に赴任していた)の屋敷付近を偵察するが、七兵衛の盗みの濡れ衣を着せられて捕まり、投獄される。江戸では、「貧窮組」(金持ちに施しを求め、貧乏人に食事を与える民衆運動)が忠作の店を襲い、それに乗じて武士に金を盗まれた忠作は没落して、以後その犯人を追う。がんりきは床屋を開業し、軽業の親方であるお角に惚れられる。船で江戸に着いたお松は、兵馬が捕まったことを七兵衛から聞き、神尾主膳とゆかりのあるお絹とともに甲州へ。その旅路を、甲州から戻らないお君の捜索をかねて、米友が同行する。（「市中騒動の巻」）

甲州には新たな勤番支配として駒井能登守《のとのかみ》が赴任する。神尾主膳は、この人事を苦々しく思う。駒井は甲府への途上で、がんりきを追うお角や、騒動を起こす米友と遭遇。猿橋では、鳥沢の親分という俠客の指図で橋から吊るされたがんりきを助ける。黒野田の宿では、同宿のお絹とお松に面会し、お松は兵馬の無実を訴える。その間、がんりきがかねてから執着していたお絹を連れ去る事件が起きるが、翌日、お絹とお松は迎えに来た神尾主膳の一行と無事に落ち合う。お絹は米友に金を渡して暇を出すが、使用人のような扱いに怒った米友は、金を投げ返して出て行く。（「駒井能登守の巻」）

兵馬を追って山に入ったお君は、動けなくなったところを馬商人の幸内《こうない》に救われ、馬大尽《だいじん》の屋敷へ。その娘のお銀様は、妙齢の女性だが、顔が焼けただれている。ある日、幸内はお銀様から名刀〝伯耆の安綱〟を借り受け、神尾の屋敷でおこなわれた品評会に参加するが、そのまま行方不明になる。馬大尽の屋敷には、駒井が馬を選びにやってくる。そこで駒井は、病床の妻とそっくりなお君と出会う。その頃、甲府の町では辻斬りが連続しており、躑躅《つつじ》ヶ崎の神尾の古屋敷では龍之助が刀を手入れし、その傍らには幸内が捕えられている。お銀様とお君は、幸内のことを相談するため、城に駒井を訪ねる。（「伯耆の安綱の巻」）

お君は駒井と面会し、駒井の好意を知る。それに嫉妬したお銀様の元を離れ、お君は駒井の屋敷へ。お銀様には神尾との縁談がもちあがるが、駒井がそれに注文をつける。神尾は腹いせに古屋敷で幸内をいたぶり、幸内は逃走。龍之助は相変わらず辻斬りをしている。米友は闇夜で龍之助と遭遇して、にらみ合う。その後、米友はムクに導かれて行き倒れた幸内を救い、駒井の屋敷でお君と再会する。一方、獄中で病気となった兵馬は、勤皇派の南條らとともに脱獄し、駒井の屋敷へ逃げ込む。(「如法闇夜の巻」)

幸内はお銀様の屋敷に運び込まれるが、忍び込んだ神尾によって殺される。何も知らないお銀様は、神尾に導かれて古屋敷へ。酒に酔った神尾は、自分が伯耆の安綱を奪って幸内を殺したことを明かす。そしてお銀様を襲うが、龍之助が制止。古屋敷に残された龍之助とお銀様は相結ばれて、辻斬りが止む。兵馬は駒井の屋敷で静養し、お松とも再会。名を伏せて流鏑《やぶさめ》馬大会で活躍し、駒井を喜ばせるが、脱獄の身であるため甲府を離れて恵林寺に身を隠す。お君は駒井の屋敷で正式な妻として暮らし、米友やムクを顧みなくなる。米友はそんなお君の態度に腹を立てて家を飛び出す。(「お銀様の巻」)

龍之助とお銀様は、神尾の計らいで八幡《やはた》村の小泉家へ。やがて龍之助は、その家がお浜の実家であることを知る。龍之助は八幡村でも辻斬りをはじめ、お銀様に自分が殺した人間のリストを作らせる。兵馬は恵林寺で慢心和尚に仇討ちを否定され、急にお松が恋しくなって甲府に戻る。この頃、お君が卑しい身分の出身であることが噂となり、城内の会議で神尾がそれを指摘して、駒井は失脚する。妊娠しているお君は、恵林寺の近くの尼寺へ。さらにそこから兵馬に付き添われて、江戸に向かう。同じ頃、お松も江戸へ出発。米友も大菩薩峠で与八と出会い、ともに江戸を目指す。（「慢心和尚の巻」）

江戸の道庵の家の隣りに、成金の鰡八《ぼらはち》大尽の妾宅が建ち、道庵は長者町の名物としてお株を奪われる。さらに、その高慢な態度に怒った道庵は、意地を張って嫌がらせをおこない、手錠三十日の刑となる。失脚した駒井は江戸に戻り、火薬製造所で研究をしながら、洋行を夢みる。兵馬はお君とともに江戸へ到着。お君と駒井のあいだをとりもつが、うまく行かない。お松も南條に助けられて江戸に到着し、浪人たちが集う相生町の屋敷におさまる。そこで兵馬とも再会し、お君もこの屋敷に落ち着く。甲府の神尾は、余興でムクの皮を剝ぐことを命じ、失敗した穢多非人を殺す。（「道庵と鰡八の巻」）

八幡村に大雨が降り、龍之助は屋敷ごと流される。お銀様が外出先から戻ると、ムクに助けられた龍之助をお角が庇護していることが判明。兵馬は神尾が龍之助を隠しているとにらんで甲府に戻るが、穢多非人の暴動により屋敷は焼失し、神尾は行方不明となっている。その後、神尾はお角とともに江戸の染井の屋敷にあらわれ、龍之助とお銀様もそこに同居している。ある日、神尾と龍之助は吉原へ。兵馬は神尾を追って吉原に潜入するが、龍之助を見つけ出すには至らない。龍之助は吉原で吐血し、その際に世話になった米友と一緒に長屋で暮らす。やがて龍之助は辻斬りをはじめ、米友はそれを尾行して、辻斬りから逃れて川に飛び込んだお君を助ける。駒井は洋行に出発。兵馬はそれと知らず船を見つめ、仇討ちのへの想いを強くする。（「黒業白業の巻」）〉

以上、毎日の連載小説の二年分なので、物語としては長いが、きわめて単純化して言えば、『大菩薩峠』の登場人物たちはみなそれぞれ伊勢から江戸へとたどりつき、龍之助と兵馬は遭遇する一歩手前まで行ったが、結局二人が出会うことはなく、兵馬は仇討ちができなかった、ということになる。単行本と『都新聞』では、話の順序が若干異なっている部分もあるが、大体の流れにおいて変わりはない(1)。

(2) 恋愛=殺人という世界観

「大菩薩峠(第五篇)」については、これまでのように、単行本において削除された部分を補うのみならず、連載のなかで話がどのように展開したのかという点を同時に注目して見て行きたい。なぜなら、「大菩薩峠(第五篇)」は完結させることを宣言してはじめられ、結局その目標は達成されなかったからである。では、なぜ物語は完結しなかったのだろうか。また、そこにはどのような意味があるのだろうか。

まず、削除された部分から見て行きたい。「大菩薩峠(第五篇)」の冒頭には、島原で発狂したときと同じように、龍之助が幽霊に(しかもお浜のみならず、大勢の幽霊に)襲われる印象的な場面があるが、単行本ではカットされている。龍之助が幽霊に襲われたのは、浜松で武士の一団といざこざを起こし、それがきっかけでお絹の家に招かれたときのことであり、この場面は殺人と色恋に彩られた『大菩薩峠』の世界観を端的にあらわしている。

《「お前様という人は大へんな罪つくりをして来た人だと、わたしは斯《こ》う睨《にら》んで居《お》りますよ」

「罪つくりとは」

「生え抜きの虚無僧さんでは無論ありませんね、人の二人や三人はお斬りなすったことのある……」

「そんな事があるものか」

龍之助は横を向く。

「そんな事が……なら宜《よろ》しゅうございます、人を一人殺せば、どうしても其の怨霊というものが一つずつ其の人に取付くものですね、それは当人は気が着《つ》かないで居ましても、他《はた》から見れば、そうなのでございます、いくら隠したって隠せるものではありませんよ、二人殺せば二つ、三人殺せば三つ、それだけずつ怨霊がついて廻るものでございますから、どうしたって、そういう罪を作った人は、見る人の眼で見ればようくわかります」

「ふむ――」

「お前様などが、それでございますね、いくら業《わざ》がよくお出来なされても、筋がよく生れつきなさっても、人の命を取っているから、それで出世が出来ませぬ、失礼ながら、それが為に折角の男が廃《すた》って、旅を歩いてお出でなさる……」

「……」

龍之助は沈黙する。

「女がやはり其れでございますよ、どんなに繕《つくろ》って見た処で、男を知ってからの女は駄目ですね、一人知れば一人だけ、二人知れば二人だけ男の怨霊がたかって居ますからね」

「そうして見ると此の世の中は怨霊の鉢合せだな」

「ほんとに怨霊の鉢合せ、それに違いありません、一旦人に怨みを受けた上は、それが何処までもついて廻りますから」》（「大菩薩峠（第五篇）」第七回）

そしてお絹は、徳川家康の正室で、医者と不義をしたなどの疑いによって殺された築山御前《つきやまごぜん》の話をする。築山御前は嫉妬深い女性として有名だが、お絹は彼女の不義にも同情的で、浜松の墓所へ供養しているという。そののち、二人がそれぞれ布団に入ると、龍之助に不思議な現象が起こる。


《十畳の一間へ床を展《の》べて貰って龍之助は寝る。

寝ながら頭に残る今の話。

築山夫人という見もせぬ人の面影と今話をしたお絹という女の姿がごっちゃになる。築山夫人がお絹で、お絹が築山夫人で、二つの者が、ついに一つになってしまうと、島原で乱れた時の怨霊。（……）

廻り舞台のように動いている襖《ふすま》の秋草の間から、髑髏《どくろ》が一つころ〳〵と転がり出でた。

「骸骨《しゃれこうべ》！」

龍之助が、その髑髏を睨みつけると、髑髏は自《おのず》からクル〳〵と舞って美人の姿に変《かわ》る。

「三郎、三郎、岡崎三郎いのう、信康は居《お》らぬか、母は此処《ここ》で殺されるわいのう、痛《いた》や、苦しや、この首に縄がついた、解いて呉れ、ほどいてくりやれいのう」

絶叫する女の形相。姿は紛れもなき大名の奥方。面《かお》はやはりたった今話しをしたお絹。

「何しに来た」

龍之助は枕許の刀を取ろうとしたが刀が無い。袋に納めて別笛のように見せた脇差。

その手へ取りついた女はお浜であった。

龍之助の手を左で抑えて、右は延ばして、龍之助の咽喉《のど》をグイ〳〵と押えてくる。

「苦《く》！」

龍之助は悩乱した。

今龍之助の周囲には築山夫人やらお浜やらお豊、お絹、お松、文之丞、それ等の人が尽《ことごと》く集まっている。築山夫人は、わが身に巻きついた縛《いましめ》を解いて呉れとて岡崎三郎を呼ぶ。

お浜は、芝の松原で胸元を刺し貫かれた時の血まぶれで龍之助を押えて来る。

宇津木文之丞は真蒼《まつさお》な面をして睨《にら》めて居る。》（「大菩薩峠（第五篇）」第九回、口絵④）

この小説の世界観においては、恋愛と殺人は、相手の魂を奪う行為として同一視されており、その行為をおこなった者には相手の怨霊がつきまとう。また、片思いや嫉妬はその一歩手前の行為であり、「大菩薩峠（第五篇）」でもがんりきやお角、お絹が嫉妬に狂う様子が見られるが、原文を読んだときにもっとも激しい書かれ方をしているのはお君である。

お君は、駒井能登守と結ばれることになるが、それ以前には兵馬に激しく恋をしている。「間の山」ではお君はその種の女ではまったくなかったが、ここにきて小説における〝女の魔性〟の要素を一手に背負わされてしまったかのようである。

《お君は古市にある時分から男に目ざされていたけれど、男にはつれなかった女であります。（……）お君の母親は其《その》部落以外の何者とも知れぬ人と契ってお君を生んだ、それがお君の母親の不幸でもありお君自身の不幸でもあった。

他の部落の人と契れば其人《そのひと》の血を汚《けが》し自分の血も汚れるものと教えられていたから、恋ということを断念していたお君、兵馬の親切な介抱が仇となって、お君の淫蕩な血――というと穏やかでないが、其《その》母が部落の掟を破って仇《あだ》し人に許して、お君を生んだ情熱の血がお君の肉身の何処《どこ》かに残っている筈であります。

無学なお君、正直なお君、世間を渡って歩いているようで、其《そ》の実、世間の風を些《ちっ》とも知らないお君、一度、そういう血が燃え出すと其《そ》れが無学であり単純であるだけに危ない事であります。

伊勢の大湊から船へ乗せられた時にお君は兵馬とお松との仲を知っていた、その仲と云った処で、人をして忌《い》やな感じを起させるような仲でもないし、二人の仲の良い事を見ても嫉《ねた》みを起したわけでもなし、兵馬は淡泊《さつぱり》したものであったけれども、お松の方では、行く行く自分が兵馬のお神《かみ》さんになるのだというような口ぶりが聞かれ、船の人なんぞも大方其《そ》んな事だろうと推察はしていたようでした、それはドチラであってもお君に取っては当りさわりの無い事でした、今それが差しさわりのある事になってしまいました。

「お松さんが怒るだろう」

お君は斯《こ》う思いました、お松の恋人を自分が取ってしまったようにまで思いました、よしお松に怒られるまで自分は兵馬を思い切れなくなりました、お松から嫉刃《ねたば》を揮《ふる》って仇《かたき》呼ばわりされても、兵馬を譲ることは忌《いや》だという気になりました、兵馬の胸には何の交渉もないのに、斯《こ》う突き進んで行くお君の血は、たしかに狂いはじめたものと見て差支《さしつか》えありません。

これを外にしてはお君は単純な女、正直な女、寧ろ礼儀の正しい女でしたけれども、此の血が出て掻き廻されるとドロ〳〵になってしまいます、真黒くなってしまいます、相手が兵馬だから宜《い》いようなもの、若《も》し女たらしの悪漢でもあったならお君は斯《こ》ういう機会に於《おい》て、どんなにでもなる女でした、男が盗みをしろと云えば盗みもし兼ねない、男が人を殺せといえば人も殺し兼ねない女に、お君は変って行き得る女なのでありました。

男を思い初めたという事と、それを自分のものにしたという事と、自分のものにしてからの苦労というもの、それが混合《ごっちゃ》になってしまうのが斯《こ》ういう女の癖であります。
「お松さんには済まないけれど……わたしは如何《どう》してもあの方を取って見せる、お母さんの遺言は大方こんな時の事であろうけれど、わたしは如何《どう》なっても構わない、身分が違う、そんな事も思っては居られない、たとえお松さんに殺されても、わたしはあの方の傍にいて見たい、お松さんが邪魔をしたら、わたしはお松さんを殺しても……そんな事が出来るものか、人がよく心中をするというけれど、こんな苦しい心から其《そ》んな気にもなるのでしょう、あの方とならば心中をしてもよい、わずかの病気でさえも、あんなに親切にして呉れるお方、わたしの此《こ》の心がわからぬ筈はない、わたしの心を察して下さらぬという事があるものか」》
(「大菩薩峠(第五篇)」第一七〇回)
また、お君は駒井能登守と結ばれてからも、兵馬とお松の関係に激しく嫉妬する(第四三八回)。そして、駒井能登守を失ってからは、気が狂う(第六八六回)。これらはみな単行本では削除されているが、『都新聞』版の「大菩薩峠」では、様々な登場人物が恋愛や殺人によって魂を奪いあっており、単行本以上に嫉妬や欲望が渦巻いているのである。

(3) 島田虎之助の死と物語の停滞(連載半年〜一年)

「大菩薩峠(第五篇)」で龍之助は、失明したまま東下りをおこなう。しかし、そもそも龍之助は何のために江戸を目指しているのだろうか。一緒に江戸に行く約束をしたお豊はもういない。第三回連載「龍神」では、夢の中で郁太郎への未練が語られたが、その気持ちがいまだに継続しているかどうかは定かではない。ともかく、これまでと同じく、武士として生きることも死ぬこともできずに、ただ彷徨うようにして東海道を下るのである。そしてお絹に出会い、ともに江戸に向かう途中で、龍之助はお絹から思いがけず島田虎之助の話を聞く。

《「けれども、その島田先生も可哀想なことをなさいました」

「可哀想なこととは」

龍之助は聞き耳を立てる。

「まだお聞きになりませんか」

「まだ聞かない」

龍之助は、我知らず声が撥《はず》む。

色々の人にも会い、色々の目にも遭ったけれど、要するに龍之助の眼中に残り、脳裏に留まって去らざるは唯《ただ》その人あるのみ(……)

「島田先生は毒で殺されたのでございます、只《ただ》の死にようではございません」》(「大菩薩峠

（第五篇）」第六〇、六一回、②三一三―三一四）

龍之助はすでに剣に生きる身とは言いがたいが、それでも自分が討ち取ることを生き甲斐としていた人物をここで失う。原文には、島田が死んだと聞いた龍之助の胸中が詳しく記されてある。（2）

《「あゝ、惜しい事をした」

（……）惜しいことをしたという一語、そういう言葉は、仮にも今まで龍之助の口からは出て来なかった言葉であります。

彼は最愛の何物を失なっても、未だ其れを惜しい欲しいという未練を口から出した事は無かったのです。

父に勘当されて、程経て父の真価が訳《わか》った時も、詫《わび》て其処へ行こうとはしなかったのです、自分から人を殺し、或いは自分の為に人が死んでも、それを不憫に思い、有難いと云って心から悔いた事はないのです。

故郷にいる時も多くの武術家と立合った、江戸へ出てからも相当の人と付合った、京都へ行って、また更に多くの人が其眼《その》に触れたけれども、龍之助は今まで誰の為に尽し、何の為に働くという事は無かったのです。

（……）

不孝の子であり、不慈の父であり、信を以て交るという友達が一人もなく、そうして今は両眼の明さえ奪われた此の男、何に依って生きているかゞ不思議です。他から見て不思議なばかりでなく龍之助自身にとっても不思議の至りでありながら、未だ曾《かつ》て自殺をしようと思い至った事がないのが尚お更ら不思議です。

生きて無用の命《めい》を貪るよりは潔く自決することが、武士の慣例でもあり、其の面目でもあった、龍之助も自殺すれば宜《よ》い機会が今まで無かったのでも無かろうに、飢えて斃れるとも、自ら死のうとした事はなかったのです。

自ら死のうとした事が無かったばかりでなく他から我が生命を覘《ねら》うものがある時に、必ず其れを冷笑し且つ反撥する、それが

「あゝ、惜しい事をした」

と云う、お浜を殺した時にもそうは云わなかった、郁太郎を失うた時もそうは云わなかった、両方の眼が見えなくなった時も、お豊が古市で死んだと聞いた時も、惜しいとも欲しいとも云わなかったのに、島田虎之助毒殺の物語によって、初めて大山《たいざん》眼前に崩るゝの思いがしたものと見えます。(「大菩薩峠（第五篇）」第八二、八三回)

引用箇所にあるように、まともに生きることも死ぬこともできない龍之助だが、このときばかりは龍之助は心を動かされた。そして、生き甲斐を完全に失ったのである。もはや龍之助に生き

る理由はない。

その後、龍之助はお絹と別れ、徳間峠で昏睡したところをお徳に救われるが、そこでも奈良田の温泉に入りながらこうつぶやく。


《「どうも早《はや》や、おれも永らく身世漂浪《しんせいひょうろう》の体《てい》じゃ、今まで何をして来たともわからぬ、これから如何《どう》なるともわからぬ、それでも世間はおれを、まだ殺さぬわい」》(「大菩薩峠(第五篇)」第一〇七回、②三七八)

つまり、連載から三ヵ月経ち、龍之助はいつ殺されてもいいような地点まで来ている。まだ殺されはしてないが、物語はある種の行き止まりまで来ているのである。このまま龍之助は江戸に向かい、御岳山で兵馬に討たれれば、物語は終わる。

しかし、このような龍之助の状況に反して、物語は仇討ちがおこなわれるラストシーンへとは進んでいかない。なぜなら、突如として兵馬が盗みの容疑で捕まり、投獄されてしまうからである。一方の龍之助も、奈良田の温泉で偽者の役人を殺してからは姿をくらまし(実は、神尾主膳の所有する古屋敷に潜んで、夜な夜な辻斬りをしているのだが)、物語の表面上にはあまり登場しない。このあと、連載では神尾主膳と駒井能登守の物語が展開され、龍之助と兵馬はほとんど姿をあらわさないのである。

これを連載における時系列で言うと、兵馬が捕まるのは連載開始から半年が経つ頃（第一七七回）である。だが、それから兵馬にも龍之助にも動きがなく、兵馬がようやく牢屋を脱出するとき（第三六九回）には、連載はすでに一年を経過している。『都新聞』における連載小説の期間は、およそ三ヵ月から半年が相場であって、連載が一年を越えたケースは過去にほとんど存在しない(3)。慣例的にあまりの長期連載は無理なのであって、「大菩薩峠」が一年を越えて連載されることは、読者にとっても編集部にとってもまったく想定外だったのではないだろうか。しかも、完結に向かうどころか、物語は一向に進展しない。結末がまったく見えないのである。

（4）龍之助と兵馬にあらわれた変化（連載一年〜一年半）

「大菩薩峠（第五篇）」は、連載から一年経っても、終わる気配がない。この間、お松は投獄された兵馬を救うために、お絹や米友とともに神尾主膳を頼って甲州に向かい、お君は豪商の娘であるお銀様の家に助けられて、新たに甲州の勤番支配となった駒井能登守と神尾主膳のいざこざや、駒井とお君のロマンスが描かれながら物語はすすむ。それは新たな物語の発展ではあるが、仇討ち物語としては間違いなく停滞である。

そして同時に、介山は「大菩薩峠」を長篇小説として明確に意識し始める。あとで詳しく述べるが、介山はこの時期に連載の執筆と並行して単行本『大菩薩峠』を刊行しており、新たな巻が出るたびに連載の片隅でその宣伝をしているのだが、連載が一年を過ぎた頃、そこに次のような言葉が掲載される。

《大菩薩峠の第六巻「間の山の巻」が漸く出来ました。（池田）輝方《てるかた》画伯の口絵は美しくて物哀れな間の山のお玉の姿であります。第七巻は多分「東海道の巻」とするつもりでありま す。それから此の小説は、昔の源氏物語や八犬伝よりもまだ〳〵大部の小説になるのでありま す。わざとそうするつもりでは無く、ひとりでに、そうなって行くのであります。》（「大菩薩峠（第五篇）」第四〇九回）

完結させるとして連載をはじめたはずが、終わらないうえに、まだまだ長くなるというのだろうか。

また、このような物語の停滞や長篇への手ごたえとともに、主要な登場人物である龍之助と兵馬にも変化があらわれる。龍之助にあらわれた変化とは、人を殺す意味の変化である。龍之助は神尾の所有する躑躅《つつじ》ヶ崎の古屋敷にいて、夜な夜な辻斬りをして歩いているようだが、辻斬りの被害が報告されるだけで、その様子が直接的に描かれることはない。しかし、連載から一年が経つ頃、龍之助がたったいま辻斬りをして屋敷に戻ってきた場面が描かれ、龍之助は殺す際にしがみついた女の手首を胸元につけたまま、神尾に次のように述べる。

《「おれは人を斬りたいから斬るのだ、人を斬らねばおれは生きていられないのだ——百人まではキット斬る、百人斬った上は、また百人斬る、おれは強い人を斬って見たいのじゃない、弱い奴も斬って見たいのだ、男も斬って見たいが、女も斬る（……）あゝ、人を斬った心持、その時ばかりが眼の明いたような心持だわい、助けて呉れと悲鳴を揚げるのをズンと斬る、あゝ胸が透く、堪まらぬ（……）

おれも前には強い奴でなければ斬りたくなかった、手ごたえのある奴でなければ斬って見ようと思わなかった、この頃になっては、弱い奴を斬って見たい、助けて呉れと泣く奴を斬るのが好きになったわい、あゝ咽喉《のど》が乾くように人が斬りたい」》（「大菩薩峠（第五篇）」第三六〇回、④九七）[4]

これまで龍之助は、剣の強さを求めて生き、そのなかで人を殺してきた。大菩薩峠で老巡礼を斬り捨てたのも、実際に生身の人間を斬ることが、剣の腕に違いをもたらすからである。お浜や金蔵を殺したこともあるが、それは彼らが邪魔だったからだ。しかしここで龍之助は、剣の腕やそのときの事情とは関係なく、むしろ弱者を対象としてただ人を斬ることを渇望し、そうしないと生きていけないと感じるようになるのである。

ここに、「大菩薩峠」という物語のテーマ、および龍之助の存在意義についての、大きな転換がある。生きることも死ぬこともできない、というのが作品における龍之助の位置づけであったが、ここではその延長上に、人を殺さないと生きられず、殺すことでかろうじて生きていると感じられるようになるのである。つまり、生きる理由が無い状態が転じて、人を殺すことが生きる理由となる。あくまでも剣の強さを求めるなかで人殺しをしていた頃とくらべると、龍之助はある面では完全に堕落したことになる。

また、同じ時期に、兵馬にも変化があらわれる。牢屋のなかで病気を患った兵馬は、脱獄後に駒井邸で療養したのち、身を隠すために恵林寺に向かう。しかしそこで、恵林寺の慢心和尚に敵討ちを否定される。

《慢心和尚は宇津木兵馬から其の身の上と目的を聞いて後、（……）斯《こ》う云いました
「わしは其の敵討《かたきうち》というのが大嫌いじゃ（……）この世に敵討という事ほど馬鹿馬鹿しいことはない、それを忠臣の孝子のと賞《ほ》める奴が気に食わぬ（……）わしは敵討という話を聞くと虫唾《むしず》が走るほど忌《いや》だ、誰が流行らせたか、あんな事を流行らせたお蔭に、いゝ加減馬鹿な人間が、また馬鹿になってしまった（……）わたしは敵討をする暇があれば昼寝をする」
「然らば和尚には、親を討たれ、兄弟を討たれても無念とも残念とも思召《おぼしめ》されないか」
「そんな事は討たれて見なけりゃわからぬわい、その時の場合によって無念とも思い残念とも思い、どうもこれは仕方が無いとも思うだろう」》（「大菩薩峠（第五篇）」第四八七回、④三八一―三八三）

慢心和尚は、第二回連載で登場した拳骨和尚の再来でありながらも、その豪快さにユーモラスな雰囲気を加えた新たなキャラクターである。もちろん、そんな初対面の人間に自分の人生を否定されても、兵馬は敵討ちを諦めたりはしない。だが、心の中では強いショックを受けたのだろう。敵討ちを否定された兵馬は、急に寂しさをおぼえて、お松に会いたくてたまらなくなる。「この時は兵馬は、龍之助を追い求むる心よりも、お松を思い遣る心が痛切になりました、明日の晩は甲府へ入ってお松を訪ねてやろうという心がむらむらと起りました」（第四八八回）。そして翌日、兵馬は実際にわざわざ甲府までお松に会いに行くのである。

いったい、どこの仇討ち小説に、仇討ちを否定され、それでしょんぼりして女が恋しくなるような話があるだろうか。曽我物語や忠臣蔵では、そんなヤワな展開は考えられない。しかし、「大菩薩峠」は、そのありえない方向へと進んでいく。つまり私は、連載から一年を越えたこの時期に、仇討ち小説としての「大菩薩峠」が、脱力したような感じを受けるのである。

（5）終わらないエンディング（連載一年半〜二年）

第五回連載において、「大菩薩峠」は以上に述べたように停滞し、脱力しながらも、仇討ち小説としての体裁を完全に逸脱することもない。そして、連載が一年半に差し掛かる頃になると、まるでエンディングを意識するかのように、登場人物たちがみな一斉に江戸に向かう。

兵馬はお君を連れて、お松はがんりきや南條に付き添われて、駒井や神尾はどちらも甲州で失脚するかたちで江戸に戻る。龍之助の場合は、神尾の古屋敷で出会ったお銀様とともに、なんの因果か八幡村のお浜の実家を経由して、江戸にやってくる。では、第五回連載の終盤において、「大菩薩峠」という物語のテーマ、および龍之助の存在意義は、どのようにとらえられているだろうか。

龍之助は、甲府から移ってきた八幡村でも辻斬りをはじめるのだが、やがてお銀様の愛情に溺れていく。

《龍之助とお銀様の間は、何だか無茶苦茶な間でありました。それは濃烈《のうれつ》な恋であったかも知れないし、自暴《やけ》と自暴《やけ》との怖ろしい打着《ぶつ》かり合いであるようでもあるし、血の出るような膿《うみ》の出るような熱苦しい物凄《ものすさま》じい心持がこゝまでつゞいて、お互いにどろ〳〵に溶け合って、のたり着いて来たようなものであります。お互《たがい》に光明もなければ前途もあるのではありません。たゞ此の熱苦しい心持の圧迫が続く間のみ其の生命がつゞくようなものであります。

龍之助に対するお銀様の愛情は、圧し潰し蒸し殺すような愛情であります。冷然として其れに圧し潰され蒸し殺されて甘んじている龍之助は、その後、また暫く人を斬ることをしませんでした。》（「大菩薩峠（第五篇）」第五八七回）

一見すると、お銀様の愛が龍之助を救ったかのようにも見えるが、そうではない。「恋愛と殺人はいずれも相手の魂をとる行為である」というのが、この小説の世界観であることはすでに述べたとおりで、龍之助はここでお銀様と互いの命を奪い合いながら、生きているのである。

業を背負い、苦しみ、それでも殺生を重ねながら生きて行く。苦しみから逃れようと他者の魂を欲望し、それを奪いとってむさぼる瞬間だけは満たされたようでいて、しかしそこから脱け出すことができず、圧迫されるような熱気と苦しみばかりを感じる。それは、もがき苦しみながら永遠に落ちていくような道行きである。依然として龍之助は救われることも、落ちきって死ぬこともできない。生きることもできず、死ぬこともできない龍之助は、このような苦しみから永遠に逃れられないかのようである。

そしてこの直後、八幡村には猛烈な雨が降り、大洪水が起きてしまう。龍之助は屋敷ごと流され、水にのまれた龍之助は何とか屋根の上にはいあがるが、そのまま力尽きたかのようである。単行本には収録されていないが、『都新聞』には次のようなシーンが続く。

《こゝで此の人は力が尽きてしまったものゝようであります。屋根は洪水の中で漂って行くけれど、それは他の家につっかかり、大木の幹に遮られ、山の裾に堰き留められて或は暗くなり或は明るくなり、或時は全く見えなくなったりして流れて行くのであります。

八幡の社の大鳥居へ此の屋根が打着《ぶっつ》かった時は其の揺り返しで屋根の上の菖蒲《しょうぶ》を摑んでい

た龍之助の手が外《はず》れました。そのはずみに水の中から不意に其の足を引張《ひっぱ》るものがあること
によって愕然として醒めました。
足を持って引張るものがあるのみではなく、後《うしろ》から頭を押えてグン〳〵と押落《おしお》とそうとす
る者さえあるのであります。それと張合って満身の力を籠めるには龍之助の眼は余り眠くあ
りました。
眠いうちに刀を抜いて自分を押し落とそうとする真黒《まつくろ》いものを取って押《おさ》えて柄も通れと刺
し貫いて、やっとい、心持になりました。処が刺し貫いたと思っていた真黒いものがムク
〳〵と刎起《はね》きようとするから、それをまた取って押えて二刀三刀刺し透して、その上から刀
諸共《もろとも》、しっかり押えていました。押えていると、真黒いものは、その手の透間からムク〳〵
と起き上って来ます。
その真黒いものが何者であるかを見定めようとはするけれど、眼が眠くて〳〵、どうして
もそれを見定める事が出来ないのでありました。
屋根の上で其の真黒いものと格闘している間に足を引張る力はいよいよ強くなるのであり
ます。それは何者が引張るのだか見定めようとしても眠くて眠くて如何《どう》しても見定める事が
出来ません、自分が屋根の棟で押し伏せているのは真黒い入道で、自分の足を水の中から引
張っているのは真白い海坊主のようなものでありました。
真黒い入道が刎《はね》起きようとする力は如何《どう》しても押え切れないほどに強く、真白い海坊主が

足を持って引張るその手先は我慢の出来ないほど冷たいものでありました。それよりも堪らない事は、やはり自分が眠くて眠くて堪らない事であります。

幾刀刺《いくかたな》しても刺しても生きて起き上がろうとする真黒い入道は此の上もなき厄介なものであります。氷よりも冷たい手で自分の足を引張っている海坊主は小癪にさわって堪らないものであります。けれども其の二つは眠たいもの丶仕業に比べると、遥に危険の乏しいものであります。眠りは心持がよいけれど、眠れば再び醒める事は出来ないに定《き》まっている。この眠りきらない間、龍之助は黒い入道と、白い坊主とを相手に上下《うえした》から力を極めて争っていましたけれど、何時《いつ》まで其の精力がつゞくものではなく、やがて真黒い入道と真白い海坊主も何処へかと姿を消してしまった時分には昏々として其の快き眠りに征服されてしまいました。

もう其の手は菖蒲も摑んでいなければ、屋根に縋《すが》っているのでもありません。たゞ不思議にも仕合《しあわ》せな事は、今力を極めて真黒い入道を突き刺していたハヅミに、自分の着物の片袖を刀と諸共に屋根の棟へ深く突き透していた為に、それに支えられて、龍之助の身体《からだ》は吊下《つりさ》げられたもの丶ように残されているのであります。

袖が裂けるか、或は帯が解けた時には、そのまゝ濁流の中へ呑まれてしまうべき者が、たゞそれだけに支えられて屋根の棟から破風口《はふぐち》へかけてダラリと下がり、屋根と一緒に何処となく流れ且《かつ》漂って行くばかりでありました。》（「大菩薩峠（第五篇）」第五九一回）

この場面は、何をあらわしているのだろうか。また、「真黒い入道」と「真白い海坊主」とはいったい何なのだろうか。

はっきりとは分からないが、この前後の場面が収録された巻名が「黒業白業の巻」であり、仏教の用語で「黒業」が悪い結果をもたらす因縁、「白業」が良い結果をもたらす因縁をあらわしているということであるから、前世や現世の様々な因縁と龍之助が格闘していることを暗示しているのかもしれない。そして結局、彼らを倒すことができず、格闘の末に精根尽きて眠ってしまっても、宙吊りとなって溺死しない姿は、生きることも死ぬこともできない龍之助の姿を象徴しているかのようである。

この時点で、「大菩薩峠（第五篇）」が終わるまではあと百回。約三ヵ月である。終了の期日が決まっていたかどうかは定かではないが、介山はこの段階でもまだどこかで物語を終わらせることを意識し、少なくともその努力はしていたのではないだろうか。登場人物たちが一斉に江戸に集まったなかで、龍之助と兵馬は吉原で急接近する。

兵馬は龍之助の居場所を知っているはずの神尾を追って吉原に向かい、そこにはまさに神尾と龍之助がいる。もしも、兵馬が龍之助を見つけ出し、そこで果し合いをおこなって文之丞の仇を討てば、「大菩薩峠」は大団円を迎える。しかし、物語はそうならない。兵馬は龍之助とニアミスしながらも遭遇せず、これまでにたびたび果し合いのセッティングをしてきた七兵衛も、なぜかこのときはあらわれず、何も協力しない。しかも、兵馬が龍之助に逃げられてからも連載は一ヵ月ほど続き、龍之助が江戸の町で辻斬りをするなかで、そのまま物語は終了するのである。

(6) 終わらない物語と介山の思想

これをどう考えればいいのか。物語が完結しなかったことに、いったいどのような意味があるのだろうか。結局、このあとには『都新聞』における最後の連載となる「大菩薩峠(第六篇)」が執筆されるため、詳しい分析はあとまわしにするが、ここで確認しておきたいのは、介山は「大菩薩峠(第五篇)」を終わらせることができたのに、そうしなかったということである。物語を完結させることができなかったのではなく、完結させなかった。つまりそれは、介山が「大菩薩峠」という物語の本質を見極め、物語のあるべき形と方向性を追求した末に選びとった、ひとつの結論なのである。

私が考えるに、「大菩薩峠(第五篇)」におけるこれらの様々な変化は、すべてに意味がある。つまり、物語が広がりを見せるとともに停滞したこと、連載が一年を越えた頃に長篇小説が意識されたこと、龍之助と兵馬の性質に変化があらわれたこと、仇討ち物語として脱力したこと、最終的に物語が完結しなかったことは、それぞれが密接に関係している。物語は停滞すべくして停滞し、停滞することによって脱力し、脱力したために完結しなかった。そして、このように物語の枠組みにまで変化をもたらすのだから、この作品は単なる小説というだけでなく、思想表現のひとつである。「大菩薩峠」のあり方や行き先を決定しているのは、究極的には、介山の思想なのである。

では、介山の思想とは何か。たとえば、「大菩薩峠（第五篇）」には、龍之助に仮託されて、以下のような世相観が述べられている。

《その時代の武士には、幾つかの流れがある、表面に立ったのを大別すれば、勤王と佐幕とです。

勤王は西の方で佐幕は東の方、勤王は長州薩摩等の大藩を中心にし、佐幕は倒れかゝった徳川を中心にしている、双方共に血眼になって争っている。

龍之助其の人は東から出て行ったけれど、何も徳川に身を捧げねばならぬ義理を感じたわけではなし、そうかと云って、勤王方が喋々する議論を聞いても、成程一応の理屈は聞こえるが、なあに彼等とても名分を択《えら》んで実は、自家の権勢を欲しいからに過ぎない。

徳川がやって行こうとも、長州が取って代ろうとも、彼等は彼等の権勢欲を勝手に満足させるが宜しい。

いつも龍之助は、其の様に感じて、火のような舌端を以て、説きに来る志士達に対しても冷々水の如く其れを聞き流していたのです。慨世とか憂国とかいうような熱は、丸きり龍之助の血を沸かせる力が無かったのです。

「アメリカが来る、ロシアが来る、イギリスが隙を覘《ねら》う、国危うし」

というような議論を以て、龍之助に臨む、その時もやっぱり冷やかで、

「斯《こ》うして見れば敵は寄せない、斯《こ》うしている事が出来なければ敵に打たれる」

竹刀があれば竹刀、木刀があれば木刀、それが無ければ、手真似を以て刀を構える形をして見せる。

彼の心では、いくら外敵が覘《ねら》った処で国に其の力があれば寄りつけるものではない、また慨世憂国の力瘤《ちからこぶ》を入れた処で、国に其の力が無ければ亡びる、恰《あたか》も剣を執《と》る人の術に於けると同じように解釈しているらしいのです。

それが為に、彼は当時の武士の二大潮流の何れにも触れる事が出来なかったのです、自然其の何《いず》れへも身を入れて働くことが出来なかったのです。

右の二大潮流の外《ほか》に、また二通りの武士の流れがある、それは何方《どっち》附かずで形勢を見ている連中と、一つは箸にも棒にもかゝらぬ遊蕩武士であります。

この遊蕩武士は徳川の旗下《はたもと》に多かった、爛熟しきった江戸文明が、もう此の時は腐れて落つる時で、主家が亡びようとも、武士の面目が立とうとも潰れようとも、そんな事の頓着は一向に無くして、其の欲望と云えば酒と女を抱いて眠る事。

此の四通りの武士の流れ、それは畢竟《つまり》、いつの世も同じこと、欲（権勢）と色（頽敗）との二つで説明が尽きる。

権勢は児戯のようなもの、龍之助は其れの争奪を冷やかに見る、そうかと云うて彼の遊蕩武士のように、色の世界を、人生の全部として其処《そこ》に溺没《できぼつ》して行くことも龍之助には出来ないのです。》（「大菩薩峠（第五篇）」第八二、八三回）

介山はここで、世の武士を四つに分類している。まずは、「勤王」と「佐幕」で、彼らは「慨世とか憂国とかいうような熱」を帯びている。さらに「形勢を見ている連中」と「遊蕩武士」がおり、彼らは一見すると主義主張のある武士たちと異なるようだが、所詮、「欲（権勢）と色（頽廃）」にうつつをぬかしている点では同じである。介山は龍之助を、それらの主義主張の熱さや、色や欲への没入から逃れた、型にあてはまらない（型からはずれた）別種の人物として比定している。

また、前掲の引用と同じく単行本では削除されているが、「大菩薩峠（第五篇）」では医者の道庵が次のような時勢論を説く場面がある。

《慶応二年は多事なる年でありました。

その第一は孝明天皇の崩御であります。この事は申すも畏《かしこ》し、次は十四代将軍の薨去であります。民間では高島秋帆先生が亡くなりました。長州征伐の幕軍は利を失いました。猫も杓子も尊王攘夷であります。

尊王は別の事、この時代に於て攘夷なるものは行われるか行われないものか位の事は、先学者としてわからない筈はないのであります。それを何でも彼でも尊王攘夷で押し詰めて、幕府を困らせようとするのが、この時代の権略であります。

笠《ママ》にかゝって責任ある当局者を苛めようとするのは一種の折助根性で是非のない事でありますÎ。堂々たる慨世憂国の士はさて置き、片々たる志士論客や青公卿までが、大藩の威光を背後《うしろ》にして、痩臂《やせひじ》を張って吠え立てるのは見苦しい事であります。それでまた如何ともする事が出来なかった徳川幕府の威光も衰えたといえば衰えたことも甚だしいものであるが、是も時勢の転変で如何ともする事が出来ません。すべて運動を起すには旗色が肝腎であります。その時代の気運が向って来た旗色を上手に択《えら》んで、それに人気を集めなければ大事を成すことは出来ないらしくあります。「尊王攘夷」はよい旗色でありました。それから後の「自由民権」だの「憲政擁護」だのという旗色も、かなりの人気を集める事が出来ました。いくら道庵先生だからと云って、此の時代に「普通選挙」を担ぎ出すほどにデモクラでもなかったのだろうけど、先生にはまた先生で、ちゃんと一つの見通しがついて居りました。勝てば官軍負くれば賊と云ったような動揺時代に、その辺には一向当り触りのない道庵先生を呼び起して聞いて見るのも一興であります。

「時に先生、如何《いかが》でございます当世の時勢は、先生なんぞも斯うして酒ばかり召上って泰平楽を並べては居られない時勢になりましたぜ、今にもあれ、上方《かみがた》の大軍が此の江戸へ押かけて参ったら、何となされます、憎いじゃあございませんか、薩州とか長州とかいう奴等、尊王攘夷で候《そうろう》の何のとい丶加減な名前をこしらえて、実は徳川家を倒して、自分達が代わって権勢を振いたいからでございますな」

「は、は、は」

道庵先生は笑いました。

「天下は廻《まわ》り持《もち》だから、徳川さんだって、そう長く勤めてはいられねえ、関ヶ原以来、もういい加減御馳走にありついているから、こ丶いらでお鉢を西の方へ廻してやっても宜かろうではないか、西の方ではお鉢の廻るのを待ち兼ねてガツ〳〵しているんだ、時たま廻り持をさせねえと恨みっこになる」

これだから悲憤慷慨も先生の前では張合《はりあい》が無いのであります。(「大菩薩峠（第五篇）」第六八九回)⑸

ここにも介山の同様の思想がうかがえる。主義主張の徹底性や熱さからは一歩引いて、一見したところ、張り合いのなさや脱力感を感じるが、実は、無思想のようでいても、ネガのようなかたちである種の思想を表現している。

私は、「大菩薩峠」という物語（特に、第五篇での変容）とこのような介山の思想に、一種の共通性を感じるのである。「人菩薩峠」には、もともと龍之助が島田の剣の強さに見とれてしまったり、兵馬との果し合いから逃げたりと、剣豪小説に似つかわしくない〝ゆるさ〟が独自の味わいを生み出しながら存在していたが、その〝ゆるさ〟は王水のようにすべてを腐蝕させ、ついには小説の形式までをも溶かしているのではないだろうか。

第五回連載「大菩薩峠（第五篇）」の内容と削除の割合は、巻末（二三五頁）に示す通りである。全七一五回中、一回分まるごと削除されているのは計三十一回。全体における削除の割合は、二十四％である。

（1）第五篇では、「白根山の巻」の前に位置する第六六回から八〇回が「女子と小人の巻」へ移動し、「道庵と鰡八の巻」のなかの第五八七回から五九七回が「黒業白業の巻」へと移動している。これは単行本化の際に、巻名にあわせて同系統の話を編集した結果で、物語の内容に特別な影響を与えるものではない。

（2）しかし、ここでも語り手が龍之助の胸中を推し量っているのであり、龍之助の内面が見えるわけではない。「間の山」以来の、龍之助の内面で何が起こっているか分からない状態に変わりはないと言えよう。

（3）『都新聞』に掲載されたすべての連載小説については、土方正巳『都新聞史』（日本図書センター、一九九一年）の巻末に一覧が作成されているが、介山以前に一年を越えて連載されたのは、明治三十三年（一九〇〇年）の森林黒猿講演、今村次郎速記「北清戦争・日本の旗風」（計四五六回）のわずか一例しかない。「大菩薩峠（第五篇）」が連載された大正七、八年（一九一八、一九一九年）の前後を見ても、およそ三ヵ月から半年の連載がほとんどである。

（4）同様の言葉は、その後龍之助が八幡村で辻斬りをおこなっているときにも、お銀様を相手に語られている。

《「昨夜はまたむらむらと其の病が起って、居ても立っても居られぬから、つい彼《あ》んな事をし出来《でか》した」

「あゝ、何という怖ろしい事、人を殺したいが病とは」

「病ではない、それが拙者の仕事じゃ、今までの仕事もそれ、これからの仕事もそれ、人を斬って見るより外に、おれの仕事はない、人を殺すより外に楽しみもない」

「わたしは何と云って宜いかわかりませぬ、貴方は人間ではありませぬ」

「もとより人間の心ではない（……）おれは人が斬りたいから生きているのじゃ」》（「大菩薩峠（第五篇）」第四八五回）

単行本とは、若干言葉遣いが異なる部分がある。

（5）他にも「大菩薩峠（第五篇）」には、以下に示すように、頼山陽『日本外史』を単に志士たちの主義主張を高揚させるための書として規定するなど、随所に主義主張に対する一種の冷やかさとゆるさが見出せる。なお、老女の屋敷で浪士が書物を読んでいるこのシーンも、単行本には未収録である。

《読まれている書物は申すまでもなく日本外史の楠氏の巻の論文であります。読んでいる人は尊王攘夷の浪士でありましょう。この書物は、此の種類の人に愛読されていました。頼山陽その人はそんなに大した人物ではなかったけれど、その著した書物が、当時の人に読まれた文章の力はかなり大きなものでありました。斯様《かよう》な文章を作って此の種類の人の血を沸かせるのが頼山陽の壇場であります。》（「大菩薩峠（第五篇）」第七一〇回）

6　第六回連載「大菩薩峠（第六篇）」（『都新聞』大正十年一月一日〜十月十七日）

（1）概要

通算で六回目の連載である「大菩薩峠（第六篇）」が『都新聞』に掲載されたのは、大正十年一月一日から十月十七日にかけてのことである。連載期間は十ヵ月間で、掲載回数は計二九〇回であった。単行本では、「安房の国の巻」「小名路の巻」「禹門三級の巻」の部分に相当する。（筑摩書房版の文庫本では、第五巻の三九二頁から第六巻四三五頁）

現在の『大菩薩峠』におけるこの部分のあらすじは、およそ以下のとおりである。

〈房州の清澄寺に起居する盲法師の弁信と、鳥獣と遊ぶ茂太郎。女軽業の親方お角は、茂太郎をスカウトに行く途中で嵐にあい、船が難破して、洲崎にいた駒井に助けられる。兵馬は吉原の女に夢中になり、大切な刀を売ってしまうなど、お松をひどく心配させる。その後、江戸でお角がおこなった茂太郎の興行は大盛況となり、山を下りた弁信が茂太郎の楽屋を訪ねるが、とりあってもらえない。仕方なく帰る途中、並はずれて勘のいい弁信は、龍之助の辻斬りを察知する。殺されたのは若い女。その現場に龍之助を尾行してきた米友もかけつける。翌朝、米友が問いつめると、龍之助は人を殺さないと生きていけないと告白する。（「安房の国の巻」）

米友の長屋にお銀様がやってきて、龍之助に会わせてくれと頼む。駒井は柳橋の宿で船大工と船の建造の相談をしていると、外で辻斬りが起こる。斬られたのは兵馬の同志三人。辻斬りをした龍之助は吉原へ。隣りの部屋から尺八が聞こえ、龍之助は帰りに尺八を購入する。弁信は龍之助の尺八の音に惹きつけられて神尾の屋敷に迷い込み、神尾の怒りを買って井戸に落される。兵馬は吉原の女の身請けを南條に相談。代わりに山崎譲の暗殺を請け負うが、別人を殺してしまう。混乱した兵馬は路頭に迷い、龍之助と知らずにすれ違った瞬間、尺八で小指を砕かれる。龍之助は不義をした女を助け、女とともに夢うつつを彷徨う。(「小名路の巻」)

米友は不動明王の夢を毎晩見るようになり、長屋の不動明王の掛け軸を捨てに行くが、いたずら心から侍の槍を奪って騒ぎを起こす。相生町の屋敷には、兵馬に狙われた山崎が直々にやってきて牽制。江戸から逃げた茂太郎と弁信は、下総の小金ケ原でその姿が人気を集め、群衆の踊りの中心に祭り上げられるが、米友と道庵に救出される。神尾は、弁信を井戸に落した際につるべで額を怪我して寝ていたが、その怒りから酒を飲んで暴れ、ついには屋敷に放火する。龍之助は高尾山の参籠堂にこもり、滝を浴びている。そのおかげで視力も若干回復し、龍之助は山頂でお徳と待ち合わせ、酒と松茸を楽しむ。(「禹門三級の巻」))

第六篇では、弁信と茂太郎が登場するが、新たな人物を描くことで物語の世界を広げていくのは介山の常套手段で(「龍神」ではお豊と金蔵、「間の山」ではお君と米友を新たに登場させた)、新しく連載をはじめる際には、よくこの手法が用いられる[1]。さらに、新たな土地を舞台とすることにも同じねらいがあり、第六篇の物語は安房の国からはじまるが、やがて登場人物たちは江戸に戻り、第五篇に続いて江戸を舞台として物語は展開する。

また、第六篇では特に「夢」がテーマのひとつとされている。あらすじに示したとおり、龍之助は夢とうつつの境をさまよい、米友も夢に驚かされて放浪したりするが、すでに述べたように、「大菩薩峠」の小説世界では殺人や恋愛（さらには嫉妬）によって魂を奪い合うことで幽霊や生霊がとりつくのであり[2]、それは単なる怪奇的な演出ではなく、登場人物たちの心理やさらには因縁や宿命を表現するものとして用いられ、夢もその舞台のひとつとなっている[3]。

（2）堕落する兵馬

では、「大菩薩峠（第六篇）」についても、原文に沿って、削除された部分を補いながら、第五篇で明確となった物語や登場人物における変化が、その後どのように展開したのか見ていきたい。

その変化とは、兵馬においては、慢心和尚に否定されて敵討ちに対する気持ちがゆるんだことであり、龍之助においては、剣の道に生きることも死ぬこともできず、弱い人間を殺すことに楽しみをおぼえるようになったことである。これらは「大菩薩峠」における仇討ち小説としての枠組みを壊しかねない変化であるが、第六篇で兵馬と龍之助はさらにどのように変わっていくのだろうか。また、龍之助の場合は、その生き様が第五篇の延長上にどのように描かれ、完結するはずの第五篇で終わらなった物語は、どのような結末へと導かれていくのだろうか。
　まず、兵馬については、登場した段階からすでに敵討ちへの気持ちを失いかけている。第五篇では、慢心和尚に仇討ちを否定されてシュンとなり、お松がたまらなく恋しくなって会いに行くなどしていたが、最終回には駒井が洋行する（はずだった）船を見つめながら、仇討ちの気持ちを新たにしていた。しかし、その気持ちは継続しなかったようである。単行本では削除されているが、この連載で兵馬が最初に登場したシーンの記述は、その辺の兵馬の内面をよく説明している。

《宇津木兵馬は物を考えながら両国筋違《すじかい》橋の処を通りました。それは丁度夕暮の事でありましたが、ふと甲高い声で
「世の中は金と女が敵《かたき》なり　早く敵《かたき》にめぐり逢ひたし……」
　という声に驚かされて立ち留まりました。
　それは葭簀張《よしずばり》の中から洩れた大道《だいどう》講釈の冒頭《まくら》であります。兵馬は、ひどく此の声に驚かされたものだから、葭簀張のほとりに立ち留まったが、講釈師がつゞいて語り出すのは、たしか金比羅利生記《こんぴらりしょうき》あたりと思われましたが、その口調の下卑《げび》た事と、銭の欲しそうな面構えを見るとむっとした不快な気持ちに襲われて足早にそこを歩み出しました。講釈そのものは兵馬も嫌いではありません、名人上手の講釈を聞くと、忠臣義士と相交《あいまじわ》るような心持になるこ

ともあって、どちらかと云えば、随分好きな方でしたけれども、この時覗いて見た大道講釈の下卑たのには面を向けることも出来ないで歩み去ってしまいました。（……）

兵馬は其処《そこ》を大急ぎで走《は》せ去って、人通りの少ない処へ出て、その不快な印象は薄らいだがどうも消えないのは、たった今の冒頭の一句

「世の中は金と女が敵なり 早く敵にめぐり逢ひたし」

のその文句です。この卑近な俗歌が、いたく兵馬の頭を刺激しました。

それは兵馬が多年、兄の仇《かたき》の机龍之助を狙うて、うき身をやつしつゝ、今も苦心惨憺している其の急所を衝《つ》いたというのみではありません、実際、この在《あ》り来《きた》りの俗歌が、この場合、兵馬の見た此の世界の一切を説明しているものゝように大きく驚いて、曾《かつ》て、塩山の恵林寺の慢心和尚にオドかされて、

「仇討《かたきうち》をする隙があれば昼寝をする」

と冷笑された時よりも、もっと激しい心の動揺を感じたからです。

要するに、多くの人が、金と女とを目の敵にして血眼になって走っている、古来、武士の階級だけは、相当の知行を戴いて、生活の圧迫からだけは解放されて、名節を磨いているようだが、実際武士の階級だとて、金と女とを外《ほか》にして、どれだけの魂を持ったものが何人あるかということは純良な兵馬の頭には、近ごろ漸く疑問になりかけているのです。

金があれば女が欲しくなる、女を手に入れれば、いよ〳〵金が欲しくなる、金と女とに浮

身をやつすようになっては、功名も栄達も大して有難いものだとは思えなくなる、魂が抜けて、学問も芸術も何だか味気が無くなってしまう、一歩、上へ登ろうとする奮発心が、すっかり萎えてしまって、将来の希望は無惨に打捨《うっちゃ》られ、その日〳〵の歓楽を追うことのみに急になって、歩む足さえ地には落着かなくなる。それが天下の万人の常態であって兵馬は、そこに人間の浅ましさを感じて、達観した心持で、それをつく〴〵と浩嘆《こうたん》しているのではありません。

情けないことには、兵馬自身が現在この二つのもの丶為に、おぞくも心を奪われんとして、そうして今までの張りつめた心が漸く崩れんとしているからです。》（「大菩薩峠（第六篇）」第四一回）

そしてその後の兵馬は、仇討ちの気持ちがゆるむどころか、東雲《しののめ》という吉原の女にすっかり入れあげてしまう。さらに、そのせいで借金を重ね、ついには自分の刀さえをも売る算段をするほどである。そんなすっかり変わってしまった兵馬を見て、お松はいつも泣いている（第四四回、一四一回）。ときには、その想いを兵馬にぶつけるが、兵馬は東雲に夢中になるばかりで、仇討ちのことなど頭にないようだ。

《今や兵馬は真実《まこと》の敵《かたき》を忘れて新しき敵《かたき》を追い求める身となりました。新しき敵とは即ち金と女とであります。

駒井から贈られた金子《きんす》のあるがまゝに宇津木兵馬は、ついに其の日も東雲の許に流連《いつづけ》してしまいました。夜も昼も女の情に包まれて骨も身も溶《とろ》けるような楽しみに浸されていると兵馬はわが身の浅ましさを思い出す隙もありません。

一歩足を外へ踏み出すと堪らないような不安やら嫉妬やらに取り巻かれて息が詰まるような思いです。》(「大菩薩峠(第六篇)」第一四七回)

さらに兵馬は嫉妬と独占欲から東雲を身請けせずにはいられず、南條に相談したところ、その交換条件のようなかたちで山崎譲の暗殺を依頼される。その際、旧知の山崎の暗殺に一旦は返事を保留するものの(第一四九回)、ある大問屋の主人が東雲を身請けする話を聞きつけ、また、その客のために東雲に会えずに部屋で待たされた兵馬は、嫉妬に狂って山崎暗殺を決意するのである(第一五〇回)。

《女はいつものように早く帰って来ません。兵馬は他の客がまだ残っているのだなと思いました、その客というのは東雲を身請《みうけ》をしようという年甲斐のない商人であろう。今宵に限って女は兵馬を疎かにしてその客をもてなしているらしい。兵馬は漸く不愉快な心に充たされます。それが嫉妬というもの、種類であることを知らないで独り懊悩煩悶しました。

「どうあっても此の儘には置けない、宜しい、山崎譲を手にかけよう」

遂に兵馬の決心が此処まで上りつめました。多年の仇敵に向ける刃を、己には罪も悩みもない山崎譲に向けようとする兵馬の心には天魔が魅入りました。》（「大菩薩峠（第六篇）」第一五〇回(4)）

そして早速兵馬は、ある夜に覆面をして闇にまぎれ、馬に乗っていた山崎譲を斬り落とす。しかし、実際には山崎はその直前に別人と入れ替わっており、兵馬はまったく関係のない人物を単に殺したに過ぎなかった。もはや兵馬は、その行為において、辻斬りをしてまわる龍之助と変わりないのである。

思い悩んだ兵馬は、この件をお松に白状する。お松はかねてより兵馬の様子を心配しているため、むしろ同情的に兵馬の話に耳を傾ける。

《「そういう訳だから山崎に恨まれるのは仕方がないが、壬生にいる人達までが、わしを裏切者のように思うて憎み出すかも知れぬ、何にしても自分の心が自分ながら恨めしい」

兵馬は腕を拱《こまぬ》いて、なお思案に暮れているのであります。

「それでは兵馬さん、寧《いっ》そ、山崎さんに会って委細を打ち明けて御覧になっては如何《どう》でしょう、話がわかれば、お互いに男同志ですから笑って済むかも知れませんね」

お松は却って慰め面《がお》でありました。

「そうも思っているのだが、この事は、存外込み入っていて、もと〱私《わたくし》の恨みに出でたのではなく、党派が違い主義が違って其処から出たのだからそうは容易《たやす》く話が打ち解けられまい」

「困ったものでございますね、南條様は勤王でいらっしゃるのに、あの山崎譲は新撰組においでになったそうですから徳川様のお味方でございましょう、お互いに探り合って、仕事の邪魔をして壊してしまおうとなさるのは、どうにも仕様がございません、そうして、兵馬さん、あなたの御本心は一体、どちらのお味方でございますの」

お松から斯《こ》う聞かれて兵馬は確《しか》と返答することが出来ません。どちらへ身を寄せるのも、主義思想に合してゞはなく、云わば自分の唯一の目的即ちかたきを討とうという方便の為に過ぎませんでした。》(「大菩薩峠(第六篇)」第一八六回)

回を重ねるにつれて、兵馬がすっかり堕落してしまって、龍之助と似てくるような印象を受けるのは私だけだろうか。二人とも明確な主義主張や思想信条を持たず、その場の流れで勤王と佐幕のどちらにも肩入れし、自分の都合だけで人を殺し、しかも仇討ちや剣の道という目標も失いかけている。

こうした兵馬の変化を肯定的に見るのは、兵馬の敵討ちを否定する慢心和尚くらいであろう。

慢心和尚は兵馬の置かれた状況を知らないが、あるとき兵馬やお松が暮らす屋敷を訪れ、次のように述べている。「どうだ、宇津木は壮健《たっしゃ》かな、この頃は如何《どう》してる。相変らず敵討《かたきうち》商売に凝っているだろう、あれでは可《い》かん、時々は女郎買《じょろうかい》にでも出かけるようにならなくちゃ可《い》かん」（第二二八回）。ともかく、この小説では話が進むほどに、登場人物たちの力が抜けていき、ダメな人になっていく。そして小説としては、仇討ち小説としての体をなんとか保ちつつも脱力し、ほとんど仇討ちとは関係のない内容となるのである。

なお、単行本版ではこのまま兵馬についての物語は終了するが、『都新聞』版ではもう少し続きがある。兵馬の様子を心配するお松は、屋敷に出入りしていた忠作（もともと金掘りの少年で、江戸で高利貸しを始めたが貧窮組に襲われ、その後は奉公をしていた）に兵馬の素行調査を頼み、兵馬が吉原の女郎である東雲の家に出入りしていることをつきとめる。（ちなみに、東雲を身請けしたのは大国屋六兵衛という商人で、駒井とは旧知の人物であるが、この二人の話も単行本では削除されている。）

しかし、忠作の報告によると、兵馬は以前ほど東雲に入れ込んでいない。むしろ、江戸市中でなにかと騒動を起こしている志士たちが集う薩摩屋敷に、頻繁に出入りしているという。とはいえ、これは兵馬の立ち直りを意味するものではないだろう。その直前の場面には、山崎譲と七兵衛の次のようなやりとりがある。

《「どうも人間て奴は、あゝして集まって人気が立つと、逆上《のぼ》せあがって人間が別になってしまうんですね（……）」

「そうだ、（……）今時の尊き攘夷のうちの攘夷と云う奴も、それと同じで、その事が出来ようと出来まいと其れを云わなければ人間でないように心得ている、流行り物という奴は全く厄介物だな（……）人間は踊りたがるように出来てるんだ、それが男だけでは熱が出て来ないんだ。女が出て踊るようになるから熱が出て逆上《のぼ》せあがってしまうのだな」》（「大菩薩峠（第六篇）」第二二〇回、⑥三七三－三七四）

ここからは、主義主張のようなものも、所詮、恋愛や踊りのような熱狂に過ぎないんだというような、介山の思想が透けて見える。兵馬は、急に倒幕に熱狂しているわけではなかろうが、真面目なだけに、仇討ちにも吉原の芸者にも、のめりこんでしまう。そして、熱中しているからこそ、そのうち冷めてしまう。兵馬はそこまで単純でないつもりでも、そのくり返しから容易には抜け出せないようである。

そんな兵馬が第六篇で唯一、以前のような勇姿を垣間見せたのは、剣術の試合の場面である。あるとき、相生町の屋敷で慢心和尚の説法があり、三十余名の浪士たちが集まった。慢心和尚の立会いのもと、彼らはやおら剣の腕を競い始める。そこで兵馬は年若でありながら、荒々しい男たちを相手に五人抜きを演じる。お松にとっても、兵馬の剣の腕を見るのはこれがはじめてで、その強さに嬉しくてたまらない。しかし、兵馬は龍之助に尺八で砕かれた小指の傷が痛んで、益満休之助（西郷の側近として活動した薩摩藩士）と思われる隼人武士に負けを喫し、道庵に診察を求めることになる（第二二九回、二三〇回）。そしてその後兵馬が登場する場面はなく、やはり『都新聞』版においても、兵馬がその後に龍之助と出会うことはないのである。

(3) どん底の龍之助と彼方の光明

一方、龍之助は相変わらず、江戸市中で辻斬りをしている。連載の序盤で龍之助がじわじわといたぶりながら殺すのは、単なる通行人ではなく、第五篇のときに吉原で会った白妙《しろたえ》という芸者である。第六篇から登場した盲法師の弁信は、目は見えなくとも怖ろしく勘が働く人物で、龍之助がこの女を殺している状況を手に取るように把握する。そして、女がなぶり殺しにあっているのを聞きながら、なぜか弁信は「却《かえっ》ていい心持ち」になってしまうのである（第七〇回）。また、不思議なことに、悪い人間には決してなつかないムクも、龍之助にはなついている（第七五回）。これはいったいなぜだろうか。

考えるに、弁信やムクが龍之助に憎しみや悪意を感じないということは、龍之助が生きることも死ぬこともできないような状況で、ある面ではもはや主体的にではなく、因縁そのものに支配されたようなかたちで人殺しをしているからだと私は思う[5]。辻斬りをした翌日、米友から問いつめられた龍之助の答えは、そのことを如実に物語っている。

《「済まない、友造どん〔米友の別称〕、お前には何とも済まない事だが、筋が立つの立たぬのと、いうたちの仕事ではないのだ、拙者というものは、もう疾《と》うの昔に死んでいるのだ、今、斯《こ》うやっている拙者は、ぬけ殻だ、幽霊だ、影法師だ、幽霊の食料《くいもの》は、世間並のものでは可《い》けない、人間の牛命《いのち》を食はなけりゃ生きて行けないのだ、だから、無暗《むやみ》に人が斬って見たい、人を殺して見たいのだ、そうして、人の魂が苦しがって脱け出すのを見ると、それでホッと生き返った心持になる、まあ、筋を云えば、そんなやうなものだが、この頃はそれさえ、根っから面白くなくなったわい、人を斬るのも壁を斬るのと同じやうに飽気《あっけ》ないものじゃ、辻斬りが嫌になったら、その時こそ此《こ》の幽霊も消えて亡くなるだろう、まあ、それまでは辛抱していて呉れ」》（「大菩薩峠（第六篇）」第七七回、⑥一一七–一一八、傍点原文）

龍之助はここで、第五篇で弱者を殺すようになって以来の心境を告白している。龍之助が人を殺すのは、いわば自分が死んだも同然であり、人の生命を奪うことでしか生を実感できないためであろう。しかし、ここにはこれまでとはひとつだけ異なる点がある。それは、もはや人を殺すことすらもおもしろくなくなった、ということである。そして、辻斬りが嫌になったら自分も消えるだろうというのだから、龍之助の最期もそう遠くはないのかもしれない。龍之助の症状は、第五篇のときよりもさらに一段階進み、もはやどん詰まり、どん底、最果てにいると言えるだろう。

また、第六篇の中盤には、このような龍之助の状況について、語り手（介山）が詳しく説明をする場面がある。このとき龍之助は再び吉原に姿を現すが、何か特別な事件が起こるわけではない。ただ、そこで一日を過ごすだけである。龍之助は着いてすぐに、気分が悪いと言って横になってしまう。

《抑《そもそも》今夜斯《こ》うして此処へ、女の名を覚えていてやって来たのも裏を返すというような遊蕩気分に駆られて、やって来た訳ではあるまい。すべてが闇黒《あんこく》であって、たゞ人を斬って見る瞬間だけで全身の血が逆流する。その時丈《だ》けが此の男の人生の火花なのだから恋とやら情けとやらいうものはもう荒《すさ》み切っている筈《はず》です。（……）

女を欲する時には女を買わないで女を殺す、殺さなければ気が済まない。だから、此の人は遊里に来た時は、却《かえっ》て女を避けて、飽くまで、ひとりで寝る。静かな処には到底寝ていられないから此処へ来て寝るのでしょう。

この男にとって最も悲惨なのは、夜中に夢が破れることです。その夜中に夢が破れた時、お銀様がいれば辛うじて、その裂け目をお銀様が繕うて呉れた。宇治山田の米友が一緒にいた時は、その率直な一種の真実味が彼を慰めて呉れました。それでも堪え切れない時に一刀を帯びて、血を啜《すす》りに出かける。

思うに此の男が、唯一《ただ》つの望みというのは、よく眠りたいことである、一つの眠りから眠《ねむり》までの間を、途中の綻《ほころ》びなしに眠って行きたいことである。（……）此処へ辿りついた後は定めてグッスリと熟睡に落つべき予定であった処が、それが外れて、此処で眼が醒めた、実際それは残酷なものです。》（「大菩薩峠（第六篇）」第一一九回）

どうやら龍之助は眠れないらしい。では、眠れないときはどうなるのか。龍之助の内面についての記述が以下に続く。

《夜半に夢が破れた時には、その破れ目の傷口から有《あら》ゆる過去が流れ出すのです。怖るべきものは、その苦しみと、苦しみの予想です。だから龍之助は力を極めて、いろ〳〵の方法を以て、その苦しみから逃れようとしました。今はもう逃るゝ事が出来ません。（……）

今までの過去という過去が残りなく、そこに並べられる最後に、その中へ現れるのは、いつも我子の郁太郎の面影でありました。（……）幾度か、故郷へ帰って、その見えぬ眼に、わが子を抱いて後死にたいと思い立ったけれども、今となっては、もう其んな心持はないらしい。それでも紀伊の国龍神の祠《ほこら》で見た夢ばかりは、うつゝにも繰り返される。その次に来るものはお浜です、その次に来るものは文之丞であります。それからお豊であります。島原の角屋の狂乱の時の心持に引き入れられると再び心頭が狂い初めて、見えない眼がクラクラと眩《くら》みます。三輪の上田丹後守の面影が懐かしいものにうつると、父の弾正の慈愛が身に沁《し》みないことはない、父の面影の次に来《きた》るものは島田虎之助であった。可哀相に、多年、彼を仇として附け覘《ねら》っている宇津木兵馬などは彼の眼中にうつって来た事はない。あっても、それは滞りなく消えて行ってしまう。

四隣人《あたりひと》定まった時に過去の事と人を思い出すことが彼に取っては、ひた〳〵と四方から鉄壁で押えつけられるように苦しい。龍之助は、その苦しさに悩まされて起きる事も出来ない、寝ていることも出来ない》（「大菩薩峠（第六篇）」一二〇回）

これまで龍之助はいつも無感動で冷淡であったが、内面ではこれほどまでに苦しんでいたのだ。第一回連載から第三回連載にかけては、龍之助の内面の葛藤がはっきりと描かれていたが、「間の山」以降の龍之助はそうした人間くささを失っていた。龍之助の内面がこれほどはっきりと描かれたのは、それ以来である。また、郁太郎は長い間ほとんど話に登場しなかったが、龍之助にとってこんなに大きな存在だったのである。こうした記述は、なにかこれまでの龍之助の印象や物語の展開とはそぐわない感じもあるが、ともかくこのときの介山には苦しんでいる龍之助が見えているということだ。

そして単に苦しむだけでなく、苦しみからの免れうるひとつの道筋も示されている。それは尺八である。吉原の遊郭の一間で、苦しくてどうすることもできない龍之助だったが、隣の部屋で童子たちが尺八を吹いて歌うのを聞いて、龍之助は「この世からなる地獄の責めを免れ」るのである〔第一二三回〕。そして吉原を出た龍之助は、尺八を買い求める。この笛の音に惹きつけられて、弁信は神尾の屋敷にやってくるのだが、そのとき弁信は龍之助の「眼の状態」と「笛の音」について、次のように述べている。

《「同じ眼の見えないに致しましても、そのお方〔龍之助〕の眼の見えないのと、私の見えないのとは性質が違うんでございますね、わたくしの眼は全くつぶれてしまった眼でございますが、その方のは、どうかすると開きます、再び眼が開くべき筈のものを、開かせて上げることが出来ないのでございます、それですから、わたくしの眼は全く闇の中へ落ちきった眼でございますけれど、そのお方のは天にも登らず闇にも落ちない業にからまれた眼でございます（……）

本手《ほんて》の鈴慕《れいぼ》というのをお吹きになりましたね、俗曲の恋慕とは違いまして、鈴慕と申しますのは、御承知でもございましょうが、普化《ふけ》禅師の遷化なさる時の鈴の音に合せた秘曲なんでございます、人間界から天上界へ上って行く時の音があれなんだそうでございます、わたくしは其の方がお吹きになった鈴慕を聞きまして下総小金ヶ原の一月寺のことを思い出しました、あれは普化宗の総本山でございます（……）そこに尺八の名人が其の時分おいでになりました、以前、私はその方から鈴慕を聞かせていただいたのが忘れられません。その時の心持と今晩の心持とが同じことでございます、人間界を離れて天上界にうつる心持というのは此れかも知れません」》（「大菩薩峠（第六篇）」一五四回、⑥二三〇-二三一）

つまり、業にからまれて生きることも死ぬこともできないような龍之助が、人間界から天上界へのぼるときの曲とされる「鈴慕」に救われ、その曲を吹く龍之助の笛の音も不思議と同様の心情を湛えている。ここに感じられるのは、完全などん詰まり状態にある龍之助が救われるかもしれないという一筋の光明である。(6)

そしてそのことによって、龍之助の視力も回復するのかもしれない。なぜなら語り手は龍之助について、「浜松へ来て、お絹に逢ってから尺八を捨てました。少しく光明を得ていた眼が、再び無明の闇路に帰ったのも其の時からでありました」（第一二〇回）と述べているからである。

だが、この浜松のシーンが書かれた第五篇の冒頭を読む限り、実際には、龍之助の眼が見えなくなったのは尺八を捨てたからではない。まず、お浜をはじめとする様々な幽霊と生霊にとり囲まれたために、龍之助の眼からは力が失われた（第五篇、第九回）。さらに、お絹が誘惑してくる夢を見て、翌朝目覚めると目が見えなくなっていたのである（第五篇、第十回）。しかしここで重要なのは、物語の整合性ではなく、龍之助は異常な苦しみを感じているが、尺八を再び手にすることによって、鈴慕の曲に象徴されるように天上に登りうる、と介山が龍之助を位置づけ直していることである。もしかすると、龍之助の苦しみをあえて説明したのは、物語の先の展開に龍之助の救済を見据えてのことかもしれない。

そして以後、龍之助は刀を持たずに尺八を持って夜歩きするようになり、ある時、不義をしてリンチにあっている女を助けたことをきっかけに、その女に導かれ、夢うつつのなかで八王子の小名路へとたどり着く。さらにその後、龍之助は高尾山の参籠堂や蛇滝に現れるが、高尾は「大菩薩峠（第六篇）」連載当時の介山が原稿を書いていた旅館があった場所で、この翌年に介山は高尾山麓に草庵を結んで移り住んでいる。介山には、業が尽きない龍之助の人生になんらかの光明を見出すべく、修験道の霊山である高尾の地が意識されていたことだろう。単行本のこの巻のタイトルとなる「禹門三級」も、中国の古事で、黄河上流の禹門にある三段の滝登りに何度も何度も挑戦してすべて登りきった鯉が、やがて龍に変じて天に登るという意味をもつという。

この間、夢うつつを彷徨う龍之助は、先の吉原のシーンで説明されていたように、絶えず過去に襲われているようである。不義をした女を救う場面では、その男女がお豊や金蔵と重なって見えて、男を斬り捨てる。また、その女と板橋の宿に泊まっているときには、龍之助は夢の中で東海道を上っていて、宿屋に入るとお浜が郁太郎の着物を繕っている。さらに、再び夢路に迷い込んだ龍之助は、見覚えのある女が手紙に「間の山節」の一節を書きつけているのを見る。これはおそらくお豊であろう。そして、夢のなかで高尾の蛇滝へとたどりついた龍之助は、第六篇のラストシーンにおいて、いつの間にか現実の世界でも高尾山上に姿を現す。

(4)「大菩薩峠」の完結

第六篇のラストシーンは、単行本の「禹門三級の巻」では、高尾山の参籠堂に籠り、滝に打たれて再び眼が見えるようになった龍之助が山頂でお徳と再会し、酒とまつたけを楽しむ場面で終わっているが、『都新聞』の連載にはその続きがある。それは、実はお徳との再会は夢であり、龍之助は参籠堂に籠り、弁信と茂太郎は高尾山薬王院を目指し、龍之助を高尾に連れてきたお若という女は行方不明だった子供を引きとりに行く、というものである。

この部分は、四年後に「大菩薩峠」の新聞連載が別の新聞紙上で再開されたときの冒頭にそのまま再利用されるが、大きく異なるのは、第六篇ではお若が引きとりに行った子供が、実は郁太郎だということである。郁太郎は、江戸市中で米友に連れられている際に、お若の子と勘違いされて奪い取られ、すでにお若の兄の手によって高尾にほど近い分倍河原《ぶばいがわら》まで連れて来られている。

おそらく第六篇で介山は、龍之助と郁太郎が出会うような筋を考えていたのではないだろうか。第六篇になって突如として龍之助の内面の苦しみが描かれ、郁太郎の存在が大きくとりあげられたのも、おそらくその伏線であろう。また、単行本ではすべてカットされているが、それまであまり登場しなかった与八と郁太郎のストーリーが、計十二回(第二五二一－二六三回)にわたって展開されているのも、同様の目的によるものだと考えられる。この連載ではきっと、龍之助と郁太郎の親子の再会と、龍之助という人間がいかにして救われるか(解脱するか)が、中心的なテーマとなるはずだったのである。

しかし、第六篇はこれまでの場合とは異なり、小石川伝通院にいる米友を描いている場面で突如として連載終了となった。その背景には、社内の反対意見があったと言われているが、終わり方からして、連載中止はかなり急に、強引に決定されたことが推測される。いつも連載終了時には長々と語る介山が、この第六篇の終了時だけは何も語っていない。最終回の紙面には、「大菩薩峠」が本日で終わり、明日からは別の小説を掲載するという編集部からの一言があるだけである。

ただし、介山はこのような終わり方でも、「大菩薩峠」という物語はこれまでの部分だけで十分に成立していると考えていたようだ。つまり、龍之助と郁太郎の再会や、龍之助の最期を書かずとも、物語として一応は書ききっている。介山は第六篇の連載終了（大正十年十月）の翌年に、第六篇の終わりまでを単行本にして刊行しており、これをもって『大菩薩峠』は完結したと述べている。

《大菩薩峠第廿巻（完結の終りに）

「大菩薩峠」は一先ずこれで完結ということになりました。これまでに御尽力をして、世に出して下すった総ての皆様に深くお礼を申上げねばなりませぬ。

或る友人は此の小説はカルマを書いたものだと申しました。若し、カルマならば涅槃に到るまでは終りなく始めなきものでありましょう。大菩薩峠は此の意味に於て、一先ずの完結という事も出来るし、これからが本題に入るのだということも出来ると思います。この一先ずの完結を何れの意味にお取り下されても差つかえはございません。》（『大菩薩峠　第廿巻　禹門三級の巻』春秋社、一九二二年）

完結とも、そうでないとも判別しにくい内容だが、この小説が一種の〝終わらない物語〟である限り、著者は終わりに際してこう言うしかない。少なくとも、介山が『大菩薩峠』はこれで完結として問題ないと考えていたことは確かである。そして介山は、完結に際して、修行により眼が見えるようになった龍之助がお徳と出会い、酒と料理を楽しむシーンで物語を終えた。しかも、それが夢だとは判断できないかたちで。つまり、「大菩薩峠」という小説は終わりがなく、業が尽きない龍之助が生きることも死ぬこともできない状態を永遠に脱出できないが、でもその先にかすかな光が見えるような、そういう小説なのである。

単行本『大菩薩峠』は、当時の文壇の寵児であった菊池寛が作中に描かれた真剣勝負の迫真性を賞讃したほか、沢田正二郎による舞台も話題を呼んだが、まだこの頃の『大菩薩峠』は地方紙の連載小説で局地的な人気を得たに過ぎない。しかし、介山が『大菩薩峠』の完結を宣言した翌年、一九二三年九月に関東大震災が起こり、その復興のなかで大衆文学ブームが巻き起こる。同時代でこの現象を見ていた中谷博によると、当時は第一次世界大戦による好景気で民衆向けの読み物が急激に増加したにもかかわらず、文壇の心境小説や私小説は停滞し、講談や人情噺はすでに人気を失っていたという。そこで白井喬二、吉川英治、大仏次郎らによる新しい髷物小説、時代小説が流行し、大衆小説として花開くのであるが、介山の『大菩薩峠』は、このムーブメントの原点に位置するような作品であった(7)。

もしもこのブームがなく、大阪毎日新聞（東京日日新聞）が介山に続編を依頼することもなければ、「大菩薩峠」は書き継がれなかったかもしれない。そして、この大手新聞社への連載がなければ、『大菩薩峠』（特に昭和二年から刊行された『大菩薩峠』普及版）の爆発的な売れ行きはなかっただろう。しかし、まさに介山がこの作品で描いたような様々な運命の綾により、その後も「大菩薩峠」は書き継がれることになるのである。

第六回連載「大菩薩峠（第六篇）」の内容と削除の割合は、巻末の表（二七四頁）に示す通りである。

全二九〇回中、一回分まるごと削除されているのは計六十八回。

全体における削除の割合は、三十四％である。

本文中でほとんど触れることができなかったので、特にまとまって削除されている場面について、以下に挙げておく。

○七兵衛が新撰組の近藤勇を訪れるシーン（第一二六回－一三〇回）

○駒井が洲崎で大国屋六兵衛や金椎《キンツイ》という少年と会うシーン（第一九九－二〇六回）
○お松が忠作に兵馬の身辺調査を頼むシーンなど（第二二一回－二三三回）
○与八が江戸市中で郁太郎を奪われるシーン（第二五二回－二六三回）
○龍之助が高尾山にたどりついて以降のシーン（第二七六回－二九〇回）
最後に挙げた第二七六回－二九〇回の一部は、四年後に書かれる「無明の巻」の冒頭部分に反映されている。

（1）　このうち弁信は、「眼の不自由になった」のは「つい近頃」で、それは「前世の業」であり「無明長夜の闇に迷う身」であるとして（第三回）、龍之助とほとんど同様の状況にある者として登場する。

（2）　たとえば第六篇には、次のような記述がある。
《男は七人の敵、女は幾人の男に恨まれているか知れたものではありません、男は刃物で人を殺しますけれど、女はえくぼで人を殺します。考えて見れば男の人殺しよりは、女の人殺しが罪でございます、寧《いっ》そ心中が宜《よろ》しゅうございますね、心中は相対死《あいたいじに》ですから、恨みっこはありません、殺したり殺されたりするのは罪でございます、そんな事をするとお化《ばけ》が出てまいります》（「大菩薩峠（第六篇）」第一一七回）

（3）　単行本では編集時に順序が変えられているが、『都新聞』ではたとえば龍之助が吉原で夢に苦しめられるシーン（第一一六－一二三回）の直後に、米友が夢に動揺するシーン（第一三一－一四二回）が登場するのであり、本連載における「夢」というテーマがより明確に感じられる。「夢」がテーマとされたことには、同時期に書かれた小説「夢殿」の影響もあると思われるが、詳しくは別稿で改めて論じたい。

（4）最後の三行は削除されず単行本にも残されている。（「小名路の巻」⑥二二二）

（5）第六篇に弁信が「いい心持ち」になってしまう場面はもう一箇所あり、それは、神尾主膳に井戸に投げ込まれたシーンである。このとき弁信はお銀様に救出されたのち、「井戸へ落ちてしまった時に、生きていたいとか助かりたいとかいう心持がすっかり無くなってしまいました。たいへん良い心持になりました」と述べている。つまり、ある種の生死を超越した心境に及んだとき、「いい心持」になってしまうとも考えられる。

（6）「鈴慕」の曲のみならず、第六篇には他にもそうした彼方の光明を思わせる記述がある。弁信が琵琶について語る場面で登場する巌窟尊者《がんくつそんじゃ》はその一例である。

《「お釈迦様のお弟子の中に巌窟尊者という方がございました。この方がやはり盲目《めくら》でいらっしゃいました。処で、お釈迦様が可哀相に思召《おぼしめ》されて、お前は目が見えないで可哀相である、その代り心眼を開くが宜しい、心眼を開いて悟《さとり》に入《い》れば、なまじい眼の見える為に五欲の煩悩に迷わされる人達よりは遥《はるか》に幸福《さいわい》であるとお教えになりました。そこで巌窟尊者が一心に修行を致されまして遂に心の眼を開くようになりましたのでございます。いよいよ尊者が心眼をお開きになりました時に妙音弁才天が十五童子を引《ひき》つれてお釈迦様の御前で琵琶の妙音曲を厳窟尊者にお授けになりました。」》(「大菩薩峠(第六篇)」第二三六回)

(7) 中谷博「大衆文学本質論」(中谷博『大衆文学』桃源社、一九七三年)。初出は、昭和九年の『新文芸思想講座』である。

第二章　「大菩薩峠」とはいかなる小説なのか

以上、部分的にではあるが、「大菩薩峠」を『都新聞』で読むことを追体験していただくべく、連載ごとにその内容を紹介し、物語の展開について論じてきた。そこで次に、『都新聞』版の「大菩薩峠」の主題と内容を総括しながら、結論として「大菩薩峠」とはいかなる小説であるのか(第二章)、また、なぜ単行本の出版時にこれほど多くの部分が削除されたのか(第三章)、についいて考察してみたい。

『都新聞』版の「大菩薩峠」は、長期の連載のなかで小説のテーマを変化させながら、書き進められた。言い換えれば、「大菩薩峠」のテーマの変容の歴史は、中里介山がこの小説の本質をとらえるまでの道程でもある。もちろん介山は小説を構想する段階から、このような物語の展開を予定していたわけではない。当時の介山の創作メモが残っているが、そこから読みとれるのは、龍之助と宇津木文之丞が御岳山上で試合をおこない、主に江戸や武州を舞台として物語が進み、七兵衛が最後に捕われて処刑される、というような程度の内容である。(1)

以下、本章では『都新聞』における各連載開始時の予告や、終了時のあいさつなどから、その時点で介山が考えていた小説のテーマや執筆の意図を探ってみよう。

1　「大菩薩峠」のテーマの変遷

【第一回連載「大菩薩峠」】

第一回連載「大菩薩峠」の開始時の予告では、作品は次のように紹介されている。

《次に掲ぐべき新読物《しんよみもの》

大菩薩峠

中里生

大菩薩峠は甲州裏街道第一の難処《なんしよ》也《なり》、徳川の世の末、こゝに雲起りて風雨関八州《かんはつしゆう》に及びぬ、剣法の争いより、兄の仇を報いんとする弟、数奇の運命に弄ばるゝ少女、殊に一夜に五十里を飛ぶ兇賊《きようぞく》の身の上甚だ奇なり、記者は故老に聞ける事実を辿《たど》りて、読者の前に此の物語を伝えんとす》（『都新聞』大正二年九月一一日）

つまりこの作品は、仇討ち小説であるとともに、青梅に伝わる盗賊七兵衛の伝説を、古老の証言をもとに物語化するものだということである。よって、物語の結末は、兵馬が龍之助を討つことであり、七兵衛の処刑であろう。

では、なぜ第一回連載の「大菩薩峠」は完結しなかったのか。それは単純に、連載回数のなかに物語を収めきれなかったからだ、と私は考える。つまり、介山はひろげた風呂敷を、たたみきれなかったのである。先に述べたように、『都新聞』の連載小説は、平均的に一〇〇回前後（三、四ヵ月）で交代し、続編がつくられることはほとんどない。「大菩薩峠」は一五〇回（五ヵ月）にわたって連載されたが、前掲の予告に従えば、この物語は（1）兵馬による龍之助の仇討ち（2）お松の数奇な運命（3）七兵衛の活躍と処刑を描けば終わる。

そこで、第一回連載「大菩薩峠」の連載終了時に立ちもどって考えてみると、このうち、兵馬が龍之助を討つことに、もはや支障はない。赤羽橋での果し合いの直前に、お浜は龍之助の右の二の腕に深い傷を負わせており、文之丞の妻と弟の協力によって龍之助を討ちとることになるのだから、敵討ちには格好の状況である。お松も、お爺さんを殺した龍之助を敵とする兵馬と出会ったり、奉公先の神尾主膳の屋敷から逃げ出したり、伯母に冷遇、搾取されたりと、かなり波乱万丈な人生を送っている。しかし、七兵衛に関してだけは、まだまだ書き尽くされていない。七兵衛伝説についても一部しか書かれておらず（残りは、第二回連載「大菩薩峠（続）」で書かれることになる）、介山の創作メモによれば、七兵衛は大金を盗んで捕まり処刑されるはずだが、まだ金を盗んでさえいない。つまり、連載終了の期限を迎えようとしているのに、七兵衛の物語がまったく書けていないために、終われないのである。

連載終了時のあいさつで、介山は次のように述べている。

《中里生曰《なかざとせいいわ》く、この物語りは、京都から再び大菩薩へ帰るまで、まだまだ長いのですが、もう大分回数も積りましたから、兎も角此処で切り上げます、材料を与えられ或いは同情ある書面等を寄せられし方々へ、お礼を申上げます、知りつつ年代を超越した処などもありますが、後日に訂正致しましょう》（『都新聞』大正三年二月九日）

しかし、物語が長いというよりも、所定の回数に収めきれなかったと言う方が実態に近い感じであり、ともかくこの物語を先に持ち越すために、登場人物たちが京都に向かうという筋が考え出されたのではないだろうか。事実、連載終了の目安となる三ヵ月を迎える頃、もともと「天保年間」（一八三〇-四四年）とされていた物語の時代設定は「幕末」へと変更され（第八七回）、龍之助は新徴組（新撰組）や天誅組と交錯しながら幕末の動乱に巻き込まれていく。『大菩薩峠』が無類の長篇小説であることがあたり前の現在からは想像しにくいが、連載当時に戻ると、そうした内幕が見えてくるのである。

【第二回連載「大菩薩峠（続）」】

第二回連載「大菩薩峠（続）」の開始時の予告では、作品は次のように紹介されている。

《机龍之助は、終《つい》に如何なる運命を遂ぐべきや、都は島原傾城《けいせい》町と呼び交わして、壬生の地蔵には関東武士の剽悍なるを集め、風雲を覘《ねら》う長州其他《そのた》の士は頻りに出入《しゅつにゅう》すそれ等は点景にて、事実及び想像の綾は、再び大菩薩に帰る時ぞ知られん、前篇を読まざる人と雖《いえど》も、また纏《まと》まりたる感興を得《う》べきなり》(『都新聞』大正三年八月十九日)

これを読むと、この連載は後篇であり、物語は完結するかのようだが、その宣言とはうらはらに、連載自体は完結を意識せず、ゆっくりと進んでいく。

そして、第一回連載において単純に連載回数が足りずに書ききれなかったことが、第二回連載「大菩薩峠(続)」において新たなテーマを生む。それは、「妻を殺し、子供を捨てた龍之助の身の上は、この先どうなるのか」というもので、龍之助は西行法師がかつて浮世を捨てて鈴鹿山を越えたときのように、不安を抱えながら京都へ向かう。そして最後には、島原でお浜の霊を見て不安と自責の念が爆発し、狂乱するのである。龍之助を支えているのは、島田虎之助を討ちたいという一心しかない。しかし、狂乱から覚めた龍之助は、刀さえも手離してしまう。

第二回連載「大菩薩峠(続)」はこの場面で終わるが、介山はまたもや完結させられなかったので読者に配慮したのだろう。最終回のあいさつでは、今後の物語の展開を以下のように記している。(2)

《これより机龍之助は一旦、十津川の乱に加わりて戦い、硝煙《しょうじん》の為に両眼の明を失い、杖にすがりて辛くも東《あずま》に帰り、見えぬ眼に郁太郎を抱きて、幽冥を隔てつゝ父弾正の事を思う時、兵馬はたずね来《きた》り、共に御岳山上に登りて白刃の間に相見《あいまみ》ゆ、眼盲《めし》いたる後《のち》の龍之助が剣法、なお精妙にして人の膽《たん》を奪う、されど結局は兵馬の手に死ぬる也、七兵衛と与八との間にまた綿々たる悲情あり、お松及び郁太郎等の成行《なりゆき》についても語るべきもの少からず、恩讐共に大菩薩に帰るまでを、此の調子もて誌《しる》し行かば、尚《な》お数百或は数千の回数を要すべし》（『都新聞』大正三年十二月五日）

これを見ると、龍之助が盲目となるという設定が加わったが、結末では当初の予定通り、兵馬による敵討ちと七兵衛の処刑がおこなわれて、この物語が完結することは間違いない。介山は、まだかなりの回数がかかると言ってみせるが、もちろんその一方で常識的に連載小説としての限度は理解している。そして実際に、物語はこの筋にしたがって、進んでいくのである。

【第三回連載「龍神」】

第三回連載「龍神」は、次のような予告ではじまる。

《明日より掲ぐる

龍神　中里介山
大菩薩嶺《れい》の上には常に遊戯三昧《ゆげざんまい》の雲漂えども、峠の路は甚だ険《けん》にして、或は断、或は続、行人《こうじん》転《うた》た歩み艱《なや》むに似たり、こゝにまた続稿をつくりて、題して「龍神」という》（『都新聞』大正四年四月六日）

ここでは、毎回少し進んでは立ちどまる連載が、旅人になぞらえている。また、「遊戯三昧」という表現が登場する。のちに介山は小説『大菩薩峠』の目的を、大乗遊戯の境に参入するカルマ曼陀羅を描くことと規定しており、これはその難しい表現を思わせるものである。(3) しかし、介山がそう述べるのは十年後のことであり、この時点ではまだ用語として出てきているに過ぎず、その思想が小説の本質とされるまでには到っていない。

そして「龍神」では、前回の最終回で示された通りに、龍之助が天誅組の十津川の乱に加わって失明するまでが描かれ、連載終了時には、再び物語のその後の展開が予告される。

《龍之助は、お豊に介抱されながら東下りをするのです、その眼はよくなったり悪くなったりしますけれど、その剣法の一念は容易にとれません、盲目になって却《かえつ》て剣法が上達するのです、

龍之助の東下りにつゞいて局面が関東に戻ります、江戸で、また一波乱が起ります、七兵

衛が役人につかまって首を斬られます、その首が水の流れを流れ〳〵ます、与八は其の首を拾い上げて悲しみます、与八は七兵衛の子であったのです、

剣に活《い》きて剣に死ぬのですから、善悪邪正に拘らず、龍之助は龍之助らしく一生を終ります、けれども、七兵衛の亡きあとも、龍之助の亡きあとも、その後生は皆与八の役目です、郁太郎を育てゝ人にするのも与八の役目ですから、或意味では、与八というものが、この小説の主人公であるかも知れません》(『都新聞』大正四年七月二十三日)

ここでは、龍之助が今後お豊に介抱されながら東下りをすることや、実は与八が七兵衛の子であることが語られるが、予定される物語の結末は以前と変わっていない。

また、読者へのあいさつでは、介山は次のように述べている。

《大菩薩峠のうち、「龍神」の巻は、これで終ります、全体からいえば、まだ〳〵永いので、この上ドノ位の回数を重ねたら完結するか、ちょっとわかりません、併し大体の結構はあるのですから、拡げ過《すぎ》て纏《まと》まらなくなって、途中で逃げるわけではありません、ドンな小さな事でも始めから終りまで書けば随分長いものになります、ドンな複雑した事件でも、或点《あるてん》まででわかれば、あとは大抵想像がつくものですから、途中で切ったとはいえ読者諸君に対して無責任とも存じません、想像して御覧になれば篇中の人が、どんな路を辿って、どの辺で落

つくかは容易《たやす》くわかる事と存じます、たゞ、従来の仇討《かたきうち》が仇討《かたきうち》だけで納まるのにこれは恩と怨《うらみ》とを通り越したところまで行かねば納まらないことが、自然に因縁の糸を長く引《ひっ》ぱって行くのでした》（同上）

ここには、後年のように泰然とした介山ではなく、決して逃げるわけではないと弁解しながら、作品の意味や価値を必死に模索する発展途上の介山がいる。そして見逃せないのは、彼がここで従来の仇討ち小説を通り越したようなものを書こうと考えるようになったことである。この段階では、介山は龍之助や七兵衛の死後を与八が引き受けて生きる様子まで描こうとしており、そのことが単なる仇討ち小説と異なるところであるようだが、定かではない。それが明らかになるのは、連続して掲載された、第四回連載、第五回連載においてである。

【第四回連載「間の山」】

第四回連載「間の山」は、次のような予告ではじまる。

《明日《みょうにち》より掲ぐる読物《よみもの》は
　　間の山　中里生
間の山にはお杉お玉という女乞食が通る人の投げて与える銭《ぜに》を三味線の撥《ばち》で受けている、

このお話は、其のお杉お玉から始まるお話、これを前《さき》の大菩薩峠の続きとして御覧下さるもよし、また全く別な読物として御覧下さるもよし。》（『都新聞』大正六年十月二十五日）

たしかに、この連載は龍之助や兵馬ではなく、お玉と米友の話が中心である。介山はのちに、『大菩薩峠』に主人公は存在しないと言うようになるが、介山は新たな登場人物を出すことで物語を展開することを得意とする書き手であるため、必然的にあとから振り返るとそう見えるのだろう。介山がそれにどのような思想的意味を与えるのかは、また別の問題である。

第五篇の〝序章〟とも言える「間の山」で、死出の旅をうたう間の山節を登場させるのは、お豊のみならず龍之助も死出の旅に向かうからであり、龍之助を支えて東下りをする予定であったお豊を物語の冒頭で自殺させたのは、介山の構想になんらかの変更があったことを思わせる。しかし、小説の全体的な構想や結末は変わらないようで、「間の山」の最終回で介山は次のように述べる。

《「間の山」の巻は是《これ》で終《おわ》る。主なる人の運命はいつか申した通りです。（……）さて来年よりは題を改めて最初の

大菩薩峠

に戻し、第五篇一回として稿を続けます、この続き物も継続数年に亘りましたが今度はこ

れで完結させることに致します。》（『都新聞』大正六年十二月三〇日）

こうして第五篇は、完結篇としてはじまるのである。

【第五回連載「大菩薩峠（第五篇）」】

第五篇の掲載には、『都新聞』の連載小説のなかでも異例の二年間（計七一五回）が費やされた。同紙でこれほどの長期連載がおこなわれたのは他に例がなく、その行為自体がかなり型破りである。これは、単に好評を博したというだけでは説明できない。

そして、すでに指摘したように、第五篇では主要な登場人物である龍之助と兵馬が変容していく。どんなに落ちぶれても一応は剣の道に生きようとしていた龍之助が、強い人間ではなく、弱い人間を殺すことに楽しみをおぼえるようになり、龍之助を殺すために生きていた兵馬は慢心和尚に仇討ちを否定されて、気持ちがゆるんでしまう。そして結果として、「大菩薩峠」は完結しなかった。いわば、第五篇では登場人物の性格も、また小説の枠組みやプランも崩れていったわけで、これも従来の仇討ち小説の定型から見てかなり型破りである。

連載に際して介山は、小説の結末は前に述べたとおりであると宣言したが、執筆するなかで考えは改められたのだろう。結局、兵馬による仇討ちはおこなわれず、七兵衛が捕まって処刑されることもない。また、従来の仇討ち小説を越えたものを書くために、龍之助と七兵衛の死後を引き受けて生きる与八の姿を描くというプランも採用されなかった。

そして、これらの道筋を捨てた新たな「大菩薩峠」では、仇討ちにたどりつかないため、仇討ちによって終わるはずの小説が終わらない。これは一見すると、またまた介山が広げた風呂敷をたためなかった結果のように見えるかもしれないが、決してそうではない。むしろ、作者としての介山のひとつの達成であろう。つまり、介山は書き終わらなかったのではなく、従来の仇討ち小説を越えたものを目指して、「終わらない物語」を書きあげたのである。だが、終わらないのであるから、物語は永遠に続きうる。第五篇の最終回で、介山はつぎのように述べている。


《著者曰く、この辺で一休み致しましょう。この一休みは一休《いっきゅう》の歌に「有漏路《うろじ》より無漏路《むろじ》に帰る一休み、雨降らば降れ、風吹かば吹け」といったような一休みでありましょう。（……）

或《ある》友人が斯う云う事を云って呉れました。「君の小説には及び難き事が幾つもある、量に於て前人未到の事を為そうとするのも慥《たしか》に其の一には相違ないが、僕の服する処は其れでなくして形式を通俗に取って内容を測るべからざる処に置くそれである。卒然として之を読めば演義講談の類で、再び之を読む時に大乗不可思議の処へ持って行かれる心持がしないではない。篇中箇々の人物に就ては一々興味を感ずる、而《しか》も其の興味が怪奇を弄するが如くして決して怪奇でない、有り得べからざる人の如くして決して有り得べからざる人ではない、また其の趣向と脈絡とも波乱錯綜を極むるに拘らず無理と不自然とを感ぜしめない事は確かに驚異に値する。この点は君が水滸伝や八犬伝の作者に超越することを断言して憚らぬ、つとめて已《や》まざれば此の方面に於ける君の将来は、ほとんど前後に追従者を見出し難い処に立ち得るだろう、といっても君の作全体に心酔している訳ではない……形式は小説でも講談でも何でも宜しい。有らゆるものを取って、それを投げ込み得る力量と消化力とが問題である。そうして君は確かに其の任に堪え得る人である……」。これはもとより友人としての贔屓目であります。斯う云はれたからとて、それで宜い気になっている私ではありません。遊戯三《ゆうぎざん》昧《まい》という事が私の一生の目的でございます。可《か》なり長く紙面を汚しました上にまた此《こ》んな蛇足を書《かき》添えて重重申訳ございません》（『都新聞』大正八年十二月十七日）

「有漏路」とは仏教用語で、煩悩がある者たちの世界のことであり、つまりはこの世を意味する。対して「無漏路」は、煩悩がなく迷いのない世界のことである。こうして介山は、「大菩薩峠」という「終わらない物語」の展開や、この小説を書く行為自体を、悟りの境地までの無限に遠い道のりに重ねるようになる。

思えば、介山は以前も（第三回連載「龍神」）少し進んでは立ちどまる連載を旅人になぞらえ、「遊戯三昧」と表現するなどしていた。しかし、第五篇を書きあげた介山は、その頃と変わらないようでいて、実はまったく別の場所にいる。なぜなら介山は、この小説の意義についても、またこの小説を書くことの意味についても、第五篇を書くなかで、答えを新たに獲得しているからである。つまり、同じようなことを言っていても、第五篇を書いた介山には実践や達成がともなっており、具体的なイメージがある。そして、介山の思想は中身をともなうにつれて、仏教的な言葉で修飾されていくのである。

介山は「大菩薩峠（第五篇）」を計画的にではなく、模索しながら書いた。この物語がどのように進むのか、自分で決めるというよりも、作品や登場人物に耳を傾けながら懸命に書き進んだ。そして、最初に予定していたものとは、まったく違うものができあがった。そのため、自分の書いた作品から逆に教えられるようなかたちで、この小説が持つ力や思想的な意味を発見する。それが、大乗不可思議な所へ読者をいざなう力であり、怪奇的でありながら無理や不自然を感じさせない味わいであり、遊戯三昧と言うべき創作態度であり人生哲学なのである。(4)

【第六回連載「大菩薩峠（第六篇）」】

「大菩薩峠（第六篇）」は、次のような予告ではじまる。

《去年の暮に、此《こ》の小説の第五篇を切り上げましてから、再び都新聞紙上でお目にかゝれまいと思っていました処、社中の諸君や、愛読者の方から、是非後をつゞけるようにとの懇《ねんごろ》なる御勧告を蒙ったことを有難く存じます。それに私自身も、兎に角、この未曾有の長篇を諸君の御力によりて完成し、終《おわり》あるべきものは終あらしめ、新たに生るべきものは生れしめなければならぬ義務もあるようだし、また其処《そこ》に非常な興味を持っているのでございます。新春の紙上から、新たなる勇気を振い起して、天上、人間、修羅、畜生、餓鬼、地獄の境に出没する心を以て読者諸君に見《まみ》ゆることを願ひ且《かつ》喜びと致します》（『都新聞』大正九年十二月三十日）

「完成」という言葉が便宜的に登場するが、おそらく「大菩薩峠」という終わらない物語に完成はないだろう。万物が流転するように、終わるものは終わり、始まるものは始まる。そして、終わらない物語を書くうちに、介山は自分が作品を通して六道輪廻を描いているような自覚を持つに到るのである。

第六篇では、第五篇で龍之助と兵馬にあらわれた傾向が、さらに深化していく。二人は剣の道を踏みはずしてどんどん堕落していき、救いようがなくなっていく。兵馬は、仇討ちを忘れて吉原の女に溺れ、さらには金と女が原因で人殺しまでしてしまう。龍之助も、人を殺すことさえおもしろくなくなり、あとは死ぬだけというところまで来る。しかし、龍之助には、夢うつつのなかで、その先になにかの救いがあるような光明が示される。それは、介山がこの小説を仏教の六道輪廻に重ねたからであり、そうなるとその先には解脱があるからだろう。こうして、『都新聞』に連載された「大菩薩峠」は幕を閉じる。

2 「大菩薩峠」があらわす思想

では最後に、以上の総括をもとに、「大菩薩峠」とはいかなる小説であるのか、結論を述べたい。「大菩薩峠」を『都新聞』で読んだ結果、「大菩薩峠」という小説は仇討ち小説であり、剣豪小説でありながら、その設定を無化するかのように主人公たちが剣の道からはずれて堕落していく話であり、また、小説という枠組みにおいても、最初の連載で単に完結できなかったことをきっかけに、結果として終わらないことに意味を見出した、きわめて特異な小説であることが分かった。

龍之助や兵馬が剣の道からはずれてダメになることと、「終わらない物語」を書きあげたことには、密接な相関関係がある。それは、介山が仇討ち小説を〝越えた〟地点まで書きたかったからであり、介山にとってその地点とは恩讐が極まることではなく、恩讐がゆるんで、一種どうでもよくなることであった。したがって、仇討ちが果たされることはなく、物語が完結することもない。ただし、それは単に未完ということではなく、あくまでも完結しないものをその度ごとに書きあげているのである。（よって、逆に言えば、物語をどこまでも書き継ぐことができる。）

「大菩薩峠」が他の小説と決定的に異なり、「大菩薩峠」を「大菩薩峠」たらしめているのは、この点にある。仇討ち小説において、仇討ちを書かないということ。そして、「終わらない物語」

を書くということ。いわば、物語が内容においても、構造においても、従来の小説のあり方をはみだしている。しかも、はみだそうとして作為的にはみだすのではなく、「脱力」することによって自然とはみだしているのである。

敷衍すれば、こういうことだ。あたりまえだが、仇討ち小説という器には、通常は仇討ちの話が盛られる。ほかの小説においても、その器にはそれにふさわしい内容が盛られる。しかし、「大菩薩峠」に限っては、仇討ち小説という器に、仇討ちの話が盛られない。あくまで表向きは仇討ち小説の体裁や設定を保ちながらも、内容は仇討ちからどんどん離れていく。だからそれは単なる「逸脱」ではなく、「脱力」なのである。

これは、あらゆる小説のあり方とは逆を行くようなふるまいである。もしくは、あらゆる言説と逆だと言ってもよい。本来ならば、書きたい物語を書くために、小説を書く。また、すべての言説は、言いたいことを言うためにある。だから、それらには目的があり結論がある。途中でそれをうやむやにしてしまうことはない。(たとえば小説ならば、主人公が物語の設定や目的から脱線してしまうようなことはない。また、主張や論証の途中で、それまで論じていたテーマからはずれてしまうことなどありえない。) しかし、介山の場合は、そのありえないことをする。自分で設定した物語の背骨を、みずからの手で引き抜いて「脱力」させるのだ。

ちなみに、この「脱力」は仇討ちの否定を意味するものではない。仇討ちを肯定するにしても、否定するにしても、それがある種の意思表示である点では同じである。しかし、「大菩薩峠」

は、そのようなあり方とは異なる。つまり、「賛成」でも「否定」でもない。「仇討ち小説」でも「反・仇討ち小説」でもない。それは、ＹｅｓでもＮｏでもない、それらとは次元を別にする第三の道。「大菩薩峠」は「仇討ち小説」でありながら、その内容が「仇討ち小説」であることを裏切っている結果、あらゆる範疇におさまらない、まったく異質の小説となっているのである。

そして、こうすることによって、「大菩薩峠」では結果的に、本来ならば物語という器に乗らないものが乗り、物語が表現できないものを表現することが可能となっていると私は考える。つまり、人はものを書こうとして書く。すべての言説は必ずこのような〝圧力〟をかけることで存在しており、ひらたく言えば、目的があったり、がんばったりしないと、言説にはならない。では、やる気がなかったり、どうでもよかったりすることは、どうすればそのままのかたちで表現できるのだろうか。もちろん、それを単に言葉にするだけではダメである。なぜなら、そこにはどうでもよさを表現して何かを伝えようとする主張や熱気が必ず入り込んでしまい、どうでもいいということの本質的な部分が失われてしまうからだ。

要するに、世の中には言説にうまく乗せることができないものがあり、それは無目的や無原則なダラダラやグチャグチャである。もしくは、わざわざものを書いたり、主義主張を述べたりする意気込み、前のめり、がんばりなどの〝圧力〟や〝熱気〟のようなものに無言で抵抗するものの総体である。つまり、「どうでもいい」と思って声をあげずに無視をした場合は、当然のごとく言説として形にならず、また、言葉にあらわせない感情（もしくは、言葉にはあらわしたくない感情）も言説には乗らない。そして実際には、世の中にはそうして言葉にならないもののほうが圧倒的に多いのである。

しかし、「大菩薩峠」にかぎっては、一般的な書き手が物語を書こうとする意志に支えられてストーリー（話の筋）をつくりあげていくのとは反対に、まるでその過程が逆回転して分解するかのようにストーリーは崩れていき、作品を書く意志は徐々に軽くなって、「遊戯」としての意味あいが強くなる。そしてこの作用により、書き手の意志や物語の統制というかたちで作品にかけられた圧力が抜け、物語を形成する恣意性は無化され、物語が作られる順路をさかのぼるようにしてフィクションの枠を越えていく。

つまり、現実世界にいるわれわれがフィクションをつくりだすという位置関係を逆転させるような作用を「大菩薩峠」は生み出しているがゆえに、フィクションでありながら現実世界さながらの感覚を読者に体感させ、さらには現実世界を越えて、底知れぬ縁や宿命さえをも映し出すことに成功している。物語が現実世界のなかでつくられる異世界で、現実世界の奥にはさらに人知が及ばない深遠な宇宙があるとすると（フィクション∧現実世界∧深遠な宇宙）、介山は望遠鏡を逆側から覗き返すようにして、フィクションの世界から現実やその奥の世界までをも見通し、照らし出そうとする。実際に、「大菩薩峠」を『都新聞』という媒体で読み、同時代的に新聞小説という枠組みのなかで味わったときに読者が感じるのは、物語の大前提が消え、それゆえにリアルかつ幽玄な世界が眼前に広がるような、不思議な感覚なのである。

これらのことを介山が意図的におこなっているかどうかは別として、「大菩薩峠」を読む限り、おそらく介山には小説をそのような展開に導くだけの思想がある。たとえば、龍之助と兵馬はどちらも行きがかり上、尊王にも攘夷にもコミットするのであり、二人には主義主張がない。主義主張に関心がないから、主義主張に反発することもない。だからといって、「昨日勤王、明日は佐幕、どうせおいらは裏切者よ[5]」などと、どこかの歌の文句のように言ってしまっては、一種のスローガンになるのであり、この点で介山は非常にうまい書き方をしている[6]。主義主張と出会っても、すべてを受け流して付き合わない態度を、小説の主人公たちも、作者の介山も、身につけている。そこには決して大っぴらにされないが、あらゆる主張や言説に違和感をもつような思想が、確実に存在する。

「大菩薩峠」がこうした思想を体現するような小説となったのは、第五篇における変化を経てからのことである。龍之助と兵馬が堕落し、仇討ち物語としての枠組みが脱力するなど、物語の大前提が崩れたことで、小説を統制する圧力が抜けてしまう。これにより、介山は思いがけず、〝小説とは何か〟というような根源的な問題に直面している。なにしろそこにあるのは、これまでの小説にないような、小説の大前提を踏み外した小説なのである。物語は、通常考えられる小説の約束ごとに沿って進まない。そして主人公たちは、当初の目的から離れてゆき、物語は終わらない。しかし、同時に「大菩薩峠」は物語がどこへ進むかまったく分からない無原則性や無方向性を獲得し、単なる言葉のうえでの〝おはなし〟ではなく、小説という器に本来は乗せられない感覚や世界観を表現するに至るのである。

つまり、「大菩薩峠」とはいかなる小説か。それは、物語の内容と形式が「脱力」した小説である。そのため、物語は永遠に終わらない。そして何よりも、小説の約束ごとを故意なく踏み外すことにより、物語が小説世界を飛び出し、現実のようにリアルでしかも深遠な宇宙さえをも感じさせる、小説を超えた小説なのである。

（1）『大菩薩峠』の創作メモは、『中里介山（新潮日本文学アルバム37）』（新潮社、一九九四年）のほか、中里健『兄中里介山』（春秋社、一九五七年）、柞木田龍善『中里介山伝』（読売新聞社、一九七二年）、松本健一『中里介山』（朝日新聞社、一九七八年）などに部分的に紹介されている。これらの資料や介山の日記についても、将来的に刊行されることが望まれる。

（2）おそらく話の筋を記した本当の理由は、本文中に示す第三回連載「龍神」の連載終了のあいさつにあるように、「風呂敷をひろげすぎて畳めなくなった」と思われたくないためだと考えられる。

（3）このような小説の規定がおこなわれたのは、昭和二年に春秋社から刊行された『大菩薩峠』普及版の「緒言」においてである。この点についてより詳しくは、次の注4を参照されたい。

（4）介山が「大菩薩峠」について『都新聞』紙上で語ったものは本文中に示したとおりだが、それ以外にも単行本『大菩薩峠』のまえがきやあとがきでこの小説の意味について語っている。ここでは、介山が自身の小説を「カルマ曼陀羅」や「大乗小説」と規定するまでの流れをまとめておきたい。

【春秋社版『大菩薩峠』第一巻緒言：大正十年五月】

まず、大正十年の春秋社版『大菩薩峠』第一巻の「緒言〔春秋社より出版するに就いて〕」で、介山は「此の小説は、いろいろの意味に於て破格の小説である」と述べ、その特徴として（1）長さと『都新聞』での長期連載、（2）「純粋に日本の材料によって、従来の小説のドの系統をも踏まずして書いたといふ事」、（3）「単に講談流の通俗小説に過ぎないものか、或は写実や理想を踏み越えてその奥に参入するつもりであるのか、少くとも其の辺の疑問をほのめかすことの出来る」点を挙げている。そして、「今の文学には細かいものを作る指物師に精妙巧緻なるものがあって」、「堂塔伽藍を作るもの」が少なく、筆者は「腕が未熟の癖に、其の設計と建前だけが方図もなく大きな馬鹿大工である」と述べている。これは、介山が『都新聞』紙上に「大菩薩峠〔第六篇〕」を連載している期間にあたる。

【春秋社版『大菩薩峠』第二十巻あとがき：大正十一年六月】

大正十一年には、介山は『大菩薩峠』の最終巻のあとがき「大菩薩峠第廿巻〔完結の終りに〕」で完結を宣言するとともに、次のように述べている。カルマという言葉が登場するのは、おそらくこれが最初である。「或る友人は此の小説はカルマを書いたものだと申しました。若し、カルマならば涅槃に到るまで終りなく始めなきものでありませう」。また、「一種異様なる作物」である『大菩薩峠』を「戯作」と呼び、その意味を次のように述べている。「大菩薩峠は本当の意味に於ての戯作だということを云って貰えるようになれば作者の本望はこれに過ぎたものはない」。「作者は遊戯ということを大乗の極と信じ、すべての宗教も——道徳も、芸術も、此處へ来なければ徹底したものと思うことが出来ないと信じています。（……）すべての喜怒哀楽が遊戯相であって、戯作の本旨はその遊戯相の表を描き裏をうつすものであるとも信じています。一事一物の間に、色と形があって、色と形のうらには生命がある。その生命に波を揚ぐつものにカルマがあり、カルマを踴躍した處に遊戯があります。誰が此の小説を遊戯三昧の作と申しませう。また此の小説の作者を其の境地を味讃し得た者と申しましょう、ただ辛うじて、此處までカルマの相をうつし来つたのみであります」。

【春秋社普及版『大菩薩峠』緒言：昭和二年】

こののち、大正十二年の関東大震災後には、「人間の業悪を通して菩薩の遊於を仰ぐことのみが此の小説の願である」（「大災後の出版にあたりて」）と示されるのみだが、昭和二年の『大菩薩峠』普及版の緒言において、「カルマ曼陀羅」という用語が登場する。「この小説『大菩薩峠』全篇の目的とする處は人間の諸相を曲尽して、大乗遊戯の境に参入するカルマ曼陀羅の面影を大凡下の筆にうつし見んとするにあり、読者、一部一曲の好憎褒貶に執したまふ事なくんば幸甚」。

【大菩薩峠刊行会大乗普及版『大菩薩峠』緒言：昭和七年】

その後、介山は春秋社の普及版の第七冊「巻頭言」（昭和三年）や、第九冊「新刊序文」（昭和六年）において、『大菩薩峠』は純文学でも大衆文学でもないと述べているが、昭和七年の大乗普及版（いわゆる文庫版）の刊行にあたり、これを「大乗文学」と規定している。「この『大菩薩峠』に大衆文学とか少数芸術とかいうような杓子定規を以て向はんとすることが滑稽千萬ではあるが、世間往々にして衆口の禍を蒙るものが無いとも云えない、よって特にこの小説が決して大衆文学云々の祖にも流にもあらず、強いて名づくれば唯一無二の大乗文学と称すべきものであらうことを宣言する」（「大乗普及版のはじめに」）。

（5）昭和初年に大流行した『侍ニッポン』という映画の主題歌の一節。原作は、郡司次郎正の同名の小説である。本文中に引用したのは、二番の歌詞「昨日勤皇、明日は佐幕　その日その日の出来心　どうせおいらは裏切り者よ　野暮な大小、落とし差し」の一部である。作詞は西条八十。

（6）ほかにも、たとえば南條らが天狗党の乱に積極的に関与しているにもかかわらず、物語のなかではそのことがほとんど描かれないことなどが、介山による小説内でのイデオロギーの扱いの一例として挙げられる。

第三章　「大菩薩峠」はなぜ大幅に削除されたのか

1　削除の割合とその経緯

では最後に、『大菩薩峠』の単行本で、なぜこれほど多くの部分が削除され、荒い編集がおこなわれたのかについて考察してみたい。『都新聞』に連載された計一四三八回の原典と現在のテクストを比較調査した結果、「大菩薩峠」は単行本に編集する際に、全体のおよそ三〇％が削除されていることが分かった。[1] その内訳は、次の通りである。

第一回連載「大菩薩峠」：四三％
第二回連載「大菩薩峠（続）」：四九％
第三回連載「龍神」：二四％
第四回連載「間の山」：二一％
第五回連載「大菩薩峠（第五篇）」：二四％
第六回連載「大菩薩峠（第六篇）」：三四％

これを、単行本化された際の巻ごとに示すと、以下のようになる。各巻の削除率のほか、テクストの改編がおこなわれた時期や、単行本の分量、価格などの情報もあわせて示す。[2]

巻名	『都新聞』	合計	削除	単行本	定価	刊行日	改編時期
①甲源一刀流の巻	第一篇 一〜九八回	九八回	四三％	二二八頁	一円	大正7年 2/10	「間の山」執筆時
②鈴鹿山の巻	第一篇 九九〜一五〇回 第二篇 一〜一五回	六七回	四五％	一五二頁	一円	大正7年 4/15	第五篇冒頭
③壬生と島原の巻	第二篇 一六〜一〇八回	九三回	四九％	二〇四頁	一円	大正7年 7/5	第五篇序盤
④三輪の神杉の巻	第三篇 一〜六六回	六六回	二九％	一九〇頁	一円	大正7年 9/15	第五篇序盤
⑤竜神の巻	第三篇 六七〜一〇八回	四二回	一五％	一四二頁	一円	大正7年 11月	第五篇中盤
⑥間の山の巻	第四篇 一〜六七回	六七回	二一％	二三八頁	一円	大正8年 2月	第五篇中盤
⑦東海道の巻	第五篇 一〜六五回	六五回	四一％	一七九頁	一円	大正8年 8/27	第五篇終盤
⑧白根山の巻	第五篇 八一〜一二〇回	四〇回	一八％	一六二頁	一円二〇銭	大正9年 3/21	第五篇終盤か終了後
⑨女子と小人の巻	第五篇 六六〜八〇回 一二一〜一七〇回	六五回	四三％	一八二頁	一円二〇銭	大正9年 6/15	現代小説「雪路」連載時

⑩市中騒動の巻	第五篇 一七一〜二二八回	五八回	二六％	二〇五頁	一円二〇銭	大正10年 6／15	第六篇連載時
⑪駒井能登守の巻	第五篇 二二九〜二七八回	五〇回	二一％	一八五頁	一円二五銭	大正10年 9／10	第六篇 連載終了間際
⑫伯耆の安綱の巻	第五篇 二七九〜三二三回	四五回	二三％	一六九頁	一円二五銭	大正10年 10月	第六篇 連載終了間際
⑬如法闇夜の巻	第五篇 三二四〜三九二回	六八回	九％	二九四頁	一円五〇銭	大正10年 12／20	以下、連載終了後
⑭お銀様の巻	第五篇 三九三〜四七六回	八四回	一九％	三二五頁	一円五〇銭	大正10年 12／20	
⑮慢心和尚の巻	第五篇 四七七〜五四三回	六七回	一二％	二八五頁	一円五〇銭	大正11年 3／26	
⑯道庵と鰡八の巻	第五篇 五四四〜五八六回 五九八〜六一七回	六三回	一三％	二六一頁	一円五〇銭	大正11年 3／26	
⑰黒業白業の巻	第五篇 五八七〜五九七回 六一八〜七一五回	一〇四回	三六％	三一四頁	一円五〇銭	大正11年 5／17	
⑱安房の国の巻	第六篇 一〜七七回	七七回	一五％	三一四頁	一円五〇銭	大正11年 5／17	

⑲小名路の巻	第六篇 七八〜一三〇回 一四四〜一八〇回	九〇回	二四%	三二五頁	一円五〇銭	大正11年 7／15	
⑳禹門三級の巻	第六篇 一三一〜一四三回 一八一〜二七五回	一〇八回	五三%	二七〇頁	一円五〇銭	大正11年 7／15	

まず、単行本が刊行された経緯について見ていきたい。

『大菩薩峠』がはじめて単行本化されたのは、介山が『都新聞』に「大菩薩峠（第五篇）」を連載していた大正七年（一九一八年）のことである。これを出版した玉流堂は、介山が弟の幸作にやらせていた古本屋の名前で、実態は自主出版に近く、第二巻「鈴鹿山の巻」までは介山が自分で活字を拾い、版木を組み、印刷をした。奥付には、「著作印刷兼発行人 中里彌之助」の名がある。つまり、ずさんな編集作業をおこなったのは、介山自身であることは間違いない。

そして介山は、「大菩薩峠（第五篇）」の執筆と並行して、二、三ヵ月に一巻のペースで、単行本の出版を続けていった。第三巻からは印刷を業者にまかせたとはいえ、二年間にわたる長期連載中に（しかも物語の核心部分を模索しながら描いている最中に）、一方でこれらの編集作業をするのは、かなりの労力を強いられたことだろう。さすがに手がまわらなくなったのか、翌年にはペースダウンするが、この時期の介山の仕事量はたいへんなもので、その忙しさゆえにずさんな添削や編集がやむをえない状況であったことが想像される。それでも介山は、第五篇の連載中（大正八年）に第七巻「東海道の巻」までを刊行する。

その後も、大正九年には「雪路《せつろ》」という現代小説を、大正十年には「大菩薩峠（第六篇）」をそれぞれ約一年間連載するなかで単行本『大菩薩峠』の出版は続けられ、それらの連載から解放された大正十一年（一九二二年）に残るすべての単行本を出版して、『大菩薩峠』は一応の完結を見た。この間、大正十年九月（第十一巻「駒井能登守の巻」）からは、春秋社が出版に関するすべての作業を請け負い、介山の負担は軽減されることとなる(3)。

次に、単行本の編集に目を移そう。

前掲のデータからは、多少のばらつきはあるものの、単行本を刊行した当初は、巻として区切ることのできるまとまりを考えながら、およそ二〇〇ページ前後の分量に編集されていることが分かる。そして、定価が一円五〇銭に値上がりした第十三巻「如法闇夜の巻」以降は、三〇〇ページ程度の分量を費やすことが可能となり、削除率が平均的に下がる。これらのことから、『都新聞』版の「大菩薩峠」が単行本刊行時にまんべんなく削除されたのは、一冊の本に許されるページ数が限られていたためだと考えられる。おそらくそこにはコストや労力など、制作上の問題があったのだろう。はじめの方に削除が多いのも、すべての工程を自分でやることに限界があり（介山自身は楽しんでやったそうだが）、単純に作業が大変だったことが原因かもしれない。

しかし、削除された部分を見ていくと、それは制作上の都合ばかりが原因ではないことが分かる。つまり、介山はテクストの分量を減らす際に、あとから見て不都合であったり、小説の世界観にそぐわなくなってしまった部分を取り除いたのではないだろうか。テクストの削除のされ方を見ると、介山がどこまで自覚的であったかはともかく、そこにはある種の意図が認められるのである。

2　削除による物語の改変

各連載で削除された箇所としては、主に以下の場面が挙げられる。（このうち、分量を減らすための単なる削除ではなく、何かしらの介山の意図が感じられる削除については、◎をつけて示す）

第一回連載「大菩薩峠」

◎水車小屋（お浜を手籠めにする場面）：第一四回

◎霧の御坂（追っ手を斬り捨てる場面）：第三二回、三三回

◎兵馬とお松が出会う場面：第三五回〜四一回、第六九回〜七〇回

◎兵馬が文之丞の墓参りをする場面：第五六回、五七回

◎お絹がお松のことで兵馬をからかう場面：第七三回〜七八回

○道庵が浪人から兵馬をかくまう場面：第一二〇回〜一二四回

○与八がお浜の死に自分の罪深さを感じる場面：第一四一回

第二回連載「大菩薩峠（続）」

◎拳骨和尚：第九回～一二回

○兵馬が盗賊を撃退した場面とその顚末：第二九回～三九回

○芹沢鴨とお梅の話：第六五回～七三回

○与八と郁太郎の話：第七四回～七六回

◎兵馬とお松が登場する場面：第九四回～九八回、第一〇四回～一〇七回

第三回連載「龍神」

◎兵馬とお松が登場する場面：第三〇回～三四回、第四二回～四四回

◎お豊が龍之助を探す場面：第五三回、五四回、五七回

第四回連載「間の山」

○お松が兵馬を待つ場面：第四二回

○米友が処刑される場面：第五五回

◎お絹が兵馬をからかう場面：第六〇回

第五回連載「大菩薩峠（第五篇）」

◎龍之助が浜松で幽霊に襲われる場面：第八回、九回

○兵馬と通りすがりの武士とモメる場面：第四六回～四八回

○道庵が毒草を盗まれる話：第六九回、七〇回
○島田虎之助が死んだと聞いた龍之助の心境：第八二回、八三回
○お君の嫉妬について：第一七〇回、四三八回
◎黒い入道と白い海坊主：第五九一回
○道庵の時勢論：第六八九回、六九〇回

第六回連載「大菩薩峠（第六篇）」
○兵馬が俗歌を聞いて心を乱す場面：第四一回
○七兵衛が新撰組に手紙を届ける話：第一二六回〜一三〇回
○駒井と金椎が出会う場面：第一九九回〜二〇六回
○お松が忠作に兵馬の尾行を依頼：第二二一回〜二三二回
○与八が郁太郎を奪われる話：第二五二回〜二六三回
○高尾山で夢から覚めた後の場面：第二七六回〜二九〇回

これらの部分が削除されたことには、「大菩薩峠」のテーマの変容が関係していると私は考える。介山が『大菩薩峠』の単行本化のために文章の添削（主に削除だが）をはじめたのは大正六年（一九一七年）で、ちょうど第四回連載「間の山」を執筆する頃のことである。この時点で、すでに介山は、当初はベタな仇討ち小説として書き始めた「大菩薩峠」を、単なる仇討ち小説で

はなく、恩讐の果てまで描くような特別なものにしよう、と考えを改めていた。そのため、はじめの頃に執筆したものほど、内容的に気になる部分や、今となっては削除しても構わないと感じられる部分は多かったであろう。

さらにその後、単行本の刊行を開始した頃はまだ明確に定まっていなかった物語の方向性が、第五篇を連載するうちに固まってくる。具体的に言えば、それ以前は、龍之助や七兵衛が死んだあとに、二人の死後を受けて暮らす与八の姿を描くことで、恩讐の果てを描こうとしたが、実際には、介山は龍之助と兵馬が仇討ちや剣の道からはずれていく「脱力」型の物語の展開を選んだ。また、第六篇においては、その路線を深化させつつも、その先に解脱的な光明が見えるようにと、設定を微妙に修正する。そして、これらの新たな設定に反する部分は、隠そうとする意志はないまでも、単行本化の添削の際に削除の対象となったのである。

「大菩薩峠」は長期連載のなかで、三回にわたるテーマの変容を経験している。一回目は第三回連載「龍神」の後半、二回目は第五回連載「大菩薩峠（第五篇）」の中盤（連載開始から一年が経つ頃）、三回目は第六回連載「大菩薩峠（第六篇）」である。

【一回目：第三回連載「龍神」の後半】

「龍神」の後半における変化は、ひとつは龍之助がもともと心の闇を抱えた人物であると設定されたことであり、もうひとつは「大菩薩峠」という物語がこれまでの仇討ち小説とは異なる小説として位置づけられたことである。

たとえば、物語の冒頭部分では、龍之助がお浜を手籠めにする水車小屋のシーンやお浜と逃げることを決心する霧の御坂のシーンなど、龍之助が女の魔性にひきこまれていく様子が中心的に描かれている。しかし、思いがけず「大菩薩峠」が完結しなかったことにより、第二回連載「大菩薩峠（続）」からは生きる理由を失いながら落ちていく龍之助の姿に意味が見出され、第三回連載「龍神」の後半では、龍之助は自身の心の闇を失明と重ねながら「最初から俺の心は闇であった」と述べるまでになった。要するに、作品を書き継ぐなかで、介山にとって、龍之助をそのような救い難い状況に引き込んだのは、女の魔性よりもさらに深い業によるものとされたのである。

それにつれて龍之助の人間臭さは薄れて行き、救われずに迷いさまよう、仏教で言う「無明」を体現したような存在となる。だが、あとの地点から見ると、初期の人間くさい龍之助は、その後の龍之助のイメージに合っていない。そこで、介山は単行本刊行時に、お浜やお豊の魔性的な誘いにほだされる場面や、ほかにも龍之助が自分の罪を反省する場面や、拳骨和尚に圧倒されて気弱になる場面など、龍之助の人間くささがあらわれたシーンを大胆にカットした。その結果、誰にも理解できないような、あの不思議な水車小屋のシーンができあがり、物語全体において、より受動的な龍之助像ができあがったのである。

また、水車小屋のシーン以上に大胆で不可解な省略は、第五篇までに兵馬とお松が出会っていた場面のほぼすべてを削除したことであるが、これは「大菩薩峠」が単なる仇討ち小説ではない特殊な小説として位置づけられたことに関係している。つまり、「龍神」までの兵馬とお松の甘い恋愛の物語や、二人が力を合わせて龍之助の仇討ちを目指す展開は、それ以降の「大菩薩峠」の雰囲気になじまなかったのである。

なにしろ「大菩薩峠」を書き始めた頃の介山は、後年の介山とは異なり、ベタな設定や展開をも厭わない作家である。さらに若い頃の介山は、他愛のない男女の恋物語を扱った作品を軽蔑していたのだが[4]、新聞の連載小説を書くにあたってその辺のこだわりはすでに捨てている。しかし、介山自身が「大菩薩峠」をただの仇討ち小説ではなく、特別な小説と位置づけてからは、兵馬とお松の恋愛模様に関する部分が、たまらなく低俗で凡庸に見えたのではないだろうか。そのため、二人のシーンは跡形もなくなり、これに関係して、お絹がお松のことをネタにして兵馬をからかう場面なども一緒に削除されることとなるのである。

【二回目：第五回連載「大菩薩峠（第五篇）」の中盤】

「大菩薩峠（第五篇）」の連載が一年を経過する頃にあらわれた変化は、単なる仇討ち小説ではなく、それらの恩讐の果てを描く特別な小説として、龍之助や兵馬が仇討ちや剣の道からはずれていく「脱力」型の物語の展開を選んだことである。

介山は第五篇の途中まで、龍之助が堕落して人間的に弱くなるような展開を想定していなかった。たとえば、龍之助が失明した第三回連載「龍神」の最終回にも、「剣法の一念は容易にとれません、盲目になって却《かえっ》て剣法が上達するのです」（第一〇八回）とある。しかし実際には「剣法の一念」はなくなるわけで、たしかに龍之助の剣の腕は衰えるわけではないが、上達するわけでもない。(5) また第五篇でも、連載開始から十ヵ月後の時点で依然として、「ひとり龍之助にあっては沈んで行くことがその人を弱くはしませんでした」（第三〇六回）という表現がある。これらはいずれも単行本から削除されるが、「脱力」型の物語の展開がその直前まで十分に意識されず、土壇場で選ばれたことがよく分かる。

そして、単行本化の際に削除された箇所を細かく見ていくと、以上の変化にともない、幽霊が龍之助に襲いかかる場面を介山が削除したり、表現をあいまいにしたりしていることが分かる。もっとも顕著なのは、「大菩薩峠（第五篇）」で龍之助が浜松でお絹に誘われて宿泊した際に、お浜、文之丞、お豊などの幽霊に襲われたシーンである。この場面が削除されたのは、「脱力」するかたちで仇討ち小説を越えた作品を目指したことによって、殺した人間たちが現れて龍之助を責めるという設定が合わなくなったためである。「責める」というスタンスだと、仇討ち小説の恩讐を脱け出せない。だから第六篇以降では、たとえお浜が夢の中などに登場しても、龍之助の罪を責めることなく、「あなたとの間の事なんぞは、どうでも宜《よ》いではございませんか、恨みを云えばお互《たがい》に際限がありませんからね」（第一七七回）などと言うようになるのである。

だが、もとをただせば、当初の「大菩薩峠」は自分が殺した人間の霊に苦しめられるかたちで展開しており、文之丞は郁太郎のまなざしにあらわれてお浜を苦しめ、その後、殺されたお浜は夢や幽霊となって現れ、龍之助を苦しめた。そして、龍之助は霊（死霊・生霊）に苦しめられると昏倒するのであり、島原で刀を振りまわして錯乱したのがその始まりである。しかし、単行本では龍之助が錯乱したシーンから、明らかに作為的に、「浜！　悪縁だから是非もない、何故拙者《わし》を恨む」（第二回連載第八八回）というセリフだけが削除されている。これにより島原のシーンでは、龍之助がいったい何によって錯乱しているのかが分からなくなる[6]。

また、龍之助は徳間峠でがんりきの右腕を切り落とした際にも、直後に昏倒してしまうが、削除された原文には次のような記述がある。「斯《こ》ういう事は前に京都に於て一度あった事で、その時は必ず、曾《かつ》て自分が手にかけた色々の人が現われて来て責めるのであった」（第五篇第八七回、傍点引用者）。ここでも、介山は幽霊や恩讐が直接的に龍之助を襲っているような表現を削除する。つまり、介山による編集時の削除は、単に分量をスリム化するだけでなく、確実に物語の内容を変更しているのである。

【三回目：第六回連載「大菩薩峠（第六篇）」】

そして第六篇では、第五篇の路線を深化させつつも、龍之助の人生の未来に何らかの光明が見えるように設定を変えた。この変化は第六篇の中盤以降に突如としてあらわれるもので、それまでの物語の印象とは若干の齟齬をきたすが、世界観において接合しないものではない。そこで、この変更による改編は最小限で済んだが、削除を必要としたのは、第五篇の「黒い入道」と「白い海坊主」が登場するシーンである。このシーンは、おそらく因縁にがんじがらめになりながら死ぬことのできない龍之助の状態をあらわしていると私は解釈するのだが、もしそうだとすると、救われない龍之助を描いた象徴的な場面であるだけに、第六篇以降の設定がこれに合わない。そこで必然的に、削除せざるをえなくなる。

また、付言すれば、龍之助の人生における彼方の光明は、第六篇で描かれるはずであった郁太郎との再会とも何らかの関係があると想像されるが、その翌年に単行本化の終了とともに完結が宣言されたことで、その後の展開につながりうる話の芽は、大半を削除するかたちで編集がおこなわれた。これにより、第六篇の後半部分にあたる単行本の最終巻「禹門三級の巻」の内容は、『都新聞』版と比べて乏しいものとなっている。

以上を総括すれば、『都新聞』版の「大菩薩峠」が編集時に大幅に削除された要因としては、紙幅や労力などの「制作上の理由」のほかに、変化していく小説のテーマに合わせて内容を改編しようとする「物語上の理由」が挙げられる。介山は単行本化に際して、編集作業時の「大菩薩峠」のテーマや世界観になるべく整合性をつけようとして原稿に手を入れているのだ。ただし、改めて書き直すだけの時間も余裕もない。加筆する気もほとんどない。ともかく、分量を減らすなかで、削除することだけで可能な限りの整合性をつけようとしているのである。

だが、介山がとりつくろった整合性は、果たしてこの「大菩薩峠」という複雑で奇妙で行き先のない作品のなかで、どれほどの意味を持つものだろうか。前章で述べたように、「大菩薩峠」はもともとの仇討ち小説から、その設定を食い破るようにして「終わらない物語」、「脱力した物語」という別種の小説へと変容したからこそ、通常の小説では表現できないような人生や世の中の不思議さ、果てしなさ、うまくいかない感じなどを表現することができた。また、読者もそうであるからこそ、小説世界の枠組みが溶解し、そこから現実とも小説ともとれない別の世界が胎動するような、不思議な感覚を味わったのである。

もしも当初からこういう異色な物語を書こうとしたら、どうしてもあざとくなる。小説を書くなかで気づかされ、それまでの設定や予定を骨抜きにしない限り、これらのことは表現できない。「大菩薩峠」は、介山が小説を書くなかでそのような問いにつきあたり、小説の枠組みや約束ごとからはずれた結果、わざわざ表現しようとすると表現できない領域の感覚をすくいあげることができた、稀有な小説なのである。

私が考えるに、小説としても、思想としても、「大菩薩峠」の独自性と意義はそこにある。それは、介山自身が第五篇を経ることでこの物語が表現しえたものを特別に感じ、連載終了時に「大乗不可思議」や「遊戯三昧」などの仏教的な用語で意味づけたことからも明らかである。「脱力」というきわめて静的で怠惰な変化に、小説として最大の劇的な転換があったのだ。

つまり、介山は前半の小説世界との齟齬を気にかけて、文章を削ることによって物語のつじつまを合わせようとしたが、実はそのつじつまの合わなさにこそ、この小説の本質があったのである。介山は、この小説が到達した境地から「大菩薩峠」をとらえたがるが（それがつまり〝大乗小説〟）、本当は、矛盾を含んだ道のりや脱線した様が「大菩薩峠」を「大菩薩峠」たらしめているのであり、そのすべてをもって「大菩薩峠」と言うべきだろう。これらの小説の変容を削除によって見えなくしてしまったのは、介山の不見識と言わざるを得ない。

そして、作業上の制約があったとはいえ、オリジナルの文章を切り刻み、結果として全体の三〇％もの部分を削除したことが、この物語の質をどれほど低下させたことだろう。その後、介山がこのずさんな編集を改めなかったところをみると、単行本を丁寧に見直す機会がなかったか、もしくはきわめて荒い編集をとりあえずよしとするしかなかったのではないか。[7] また、『大菩薩峠』の読者や論者たちも、誰もこのことに気づかないできた。それはおそらく、大衆文学のブームが起き、誰もが『大菩薩峠』の内容を常識的に知っていた大正昭和の世の中では、このような断片的な文章でも読むことができたからであろう。

だが、いまやその常識は消え失せ、ただ荒く粗雑に編集されたテクストだけが残された。こうして、『大菩薩峠』という稀有な小説の魅力と本質は、百年にわたって失われているのである。

（1）今回の調査では字数ではなく行数をもとに計算しており、調査方法や解釈によって多少の誤差は生じうると思われるが、三割程度の削除がおこなわれたことは間違いないだろう。本書で提示した全一四三八回分の数字を単純計算すると、全体の削除率は二九・四％と算出した。なお、『都新聞』の一行の字数は、第一回連載から第三回連載が十八字、第四回連載と第五回連載が十六字、第六回連載が十四字である。これは『都新聞』の紙面改良にともなうものであるが、これらを鑑みて計算しても、前記の数値にほとんど変わりはない。

（2）玉流堂版の単行本は見開きで一ページとされているものもあるが、ここでは現在の一般的な形式にあわせて二ページとして換算した。また、単行本の改編時期については、『都新聞』での連載の余白で介山自身が語る新巻の進捗状況や発売の予告などから推測するかたちで示した。

（3）玉流堂は単行本にくわえて、合本も出版していた。合本とは単行本の二巻分を一冊にまとめた洋紙刷の本で、合本の第一冊は大正七年十一月に、第二冊は大正八年四月に刊行されている。この合本の出版作業についても、同じタイミングで春秋社が引き継ぐこととなった。

（4）介山は都新聞に入社する以前の明治三十八年に、当時の文学の流行について次のように述べている。「廂髪《ひさしがみ》文学は泣虫文学也、角帽と海老茶の痴話狂い文学也。ほんとうに貴方妾《あなたわたし》を愛して下すって文学也。かくて彼と此は廂髪の廂と角帽の角の相触るるや両個の口と口との間にキッス行われ、遂に待合となり借金となり、堕落放蕩、お定《き》まりの情死を以て終る。不健全軽佻淫靡嘔吐。而《しこう》して斯《か》くの如き文学が現代の日本の文学を支配しつつある勢力也」（「偶言録」、『新潮』一〇月号）。また、都新聞に入社して二年目にあたる明治四〇年には、今日の小説の欠陥のひとつとして題材が一辺倒であることを挙げ、「タワイない若様とお嬢様の歯の浮くような恋を描く」小説を唾棄している（「今日の小説」、『新声』一〇月号）。その後、介山が『都新聞』ではじめての連載小説（「氷の花」）を書くのは明治四十二年、「大菩薩峠」を書くのはその四年後の大正二年のことである。

（5）『都新聞』連載後の「無明の巻」以降には、盲目だからこそかえって剣術が上達することが描かれた場面も登場する。

（6）ただし、介山がこの箇所を編集したのは第五篇で徳間峠の場面を書いた直後であり、このときはまだ、介山は作品における幽霊の性格を完全に変えるには至っていない。場合によっては、浜松で龍之助がお浜や文之丞の幽霊に襲われ、また徳間峠の場面でもいろいろな死霊生霊に襲われていることに合わせて、幽霊をお浜だけに限定しないためにその名を消したとも考えられる。

（7）介山が自身が編集した単行本『大菩薩峠』の文章を読み直したのは、昭和二年に普及版を刊行した際だと思われる。このとき介山は、「校正のあとを読み返して見ると、自分ながら慙汗背をうるほすものが多い（……）一昔以前の執筆を今日の理想通りにするには筆を改めて根本的に書き直さねばならないが、それは事情ゆるさぬ故単に字句の修正だけで我慢して置いた」と述べている。また、昭和四年（一九二九年）に出版した特製本『大菩薩峠』という豪華な装丁の本の前書き（「出版にあたりて」）では同様のことを述べつつ、「第一冊に於て、殊にそのうらみが多」いとしている。しかしこれらは編集に限らず、小説の内容のことを言っているのであろう。介山の実感としては、物語がすすむにつれて著者の着想は自然となり、筆も熟練しているとのことであり、「大菩薩峠は初め《ママ》ほどよい」と言う評家を冷笑するとまで述べている。

資料編　「大菩薩峠」書き換え一覧

第一回連載「大菩薩峠」（大正二年九月〜大正三年二月）書き換え一覧

回	削除	全体	削除率	掲載日	内容 【】は備考
一	二八	六四	四四％	9／12	大菩薩峠に机龍之助が登場【削除のほかに、単行本には書き加えあり】
二	一五	六五	二三％	9／13	老巡礼と女の子（お松）が通りかかる
三	二三	六六	三五％	9／14	龍之助が老巡礼を斬る
四	二三	六七	三四％	9／15	女の子が水くみから戻ると、おじいさんが殺されている
五	五〇	七〇	七一％	9／16	旅人（七兵衛）が通りかかり、女の子をつれて山を下りる
六	四〇	七〇	五七％	9／17	机龍之助の道場で、門弟たちが辻斬りと強盗の噂話
七	三〇	六六	四五％	9／18	道場にお浜が訪ねてくる
八	二二	六八	三二％	9／19	龍之助が帰宅
九	六	六五	九％	9／20	お浜が龍之助に、試合に負けてくれるように頼む
一〇	一	六九	一％	9／21	申し出を断る龍之助
一一	四六	六五	七一％	9／22	龍之助が与八にお浜をさらってくるように命令
一二	六五	六八	九六％	9／23	与八は命令を実行
一三	二	六七	三％	9／24	与八の生い立ち
一四	六七	六七	一〇〇％	9／25	水車小屋での龍之助とお浜【手込めにする時間はない】
一五	四〇	六二	六五％	9／26	盗人あらわる。龍之助は水車小屋の帰りに七兵衛と遭遇
一六	四三	六四	六七％	9／27	七兵衛を斬りそこねる

一七	三七	六二	六〇%	9/28	お浜が帰宅
一八	三	六〇	五%	9/29	今日のことを思って眠れないお浜と龍之助
一九	二	七五	三%	9/30	七兵衛宅で過ごすお松
二〇	一〇	六五	一五%	10/1	盗みが発覚しそうになり、七兵衛はお松と旅に出る
二一	三三	六一	五四%	10/2	龍之助vs文之丞の奉納試合の日。お浜から手紙が届く【手紙の文面「今日の試合に勝ち給え」】
二二	一〇	六一	一六%	10/3	文之丞はお浜に三下半をつきつける
二三	一二	六五	一八%	10/4	試合会場の御嶽山に向かう文之丞
二四	一	七七	一%	10/5	茶屋で龍之助に会うも、龍之助は文之丞に気づかず
二五	一一	五九	一九%	10/6	文之丞が会場に到着
二六	二四	六四	三八%	10/7	試合がはじまる
二七	三〇	六八	四四%	10/8	にらみ合いが続く
二八	一六	六五	二五%	10/9	文之丞の突きをかわし、龍之助が打ち込む
二九	五	七四	七%	10/10	「勝負なし」の判定に不平を言う龍之助
三〇	三	六八	四%	10/11	文之丞はすでに息絶えている
三一	三五	六四	五五%	10/12	帰る途中の龍之助に、お浜が闇討ちの追手が来ると知らせる
三二	六四	六四	一〇〇%	10/13	龍之助が追手を四人斬り殺す
三三	六七	六七	一〇〇%	10/14	龍之助の手当てをするお浜
三四	三八	六六	五八%	10/15	二人で逃げる
三五	六六	六六	一〇〇%	10/16	机弾正は龍之助を勘当して、道場を閉じる

三六	六二	六二	一〇〇%	10/17	兵馬は箱根湯本で祖母と湯治。兄の試合のことを思う
三七	六六	六六	一〇〇%	10/18	ちょうど試合の時分、兄の声を聞く。枕元にも文之丞が登場
三八	七一	七一	一〇〇%	10/19	逗留先の浴場で七兵衛に会う
三九	六七	六七	一〇〇%	10/20	翌日、七兵衛の部屋をたずね、お松と対面
四〇	六六	六六	一〇〇%	10/21	祖父より緊急の知らせ。江戸に帰り、文之丞の死を知る
四一	六九	六九	一〇〇%	10/22	文之丞の兵馬への遺書
四二	六	七〇	九%	10/23	七兵衛とお松が、お松の親戚の店（山岡屋）を訪ねる
四三	一	七五	一%	10/24	門前払いされる
四四	六	六七	九%	10/25	二人は店を出る
四五	四	六一	七%	10/26	花の師匠（お絹）に声をかけられ、世話になることに
四六	五	七三	七%	10/27	青梅街道を行く与八
四七	〇	六七	〇%	10/28	追剝の現場に遭遇
四八	六	六六	九%	10/29	与八、悪者を追い払う
四九	一〇	六六	一五%	10/30	少年（兵馬）を救う
五〇	九	六八	一三%	10/31	互いの素姓を知り、文之丞と龍之助のことについて話す二人
五一	六二	六六	九四%	11/1	七兵衛とお松を門前払いにした当日の夜の山岡屋
五二	五九	六九	八六%	11/2	七兵衛が登場
五三	一三	七五	一七%	11/3	お仕置きをする
五四	五	七一	七%	11/4	七兵衛の生い立ち
五五	一一	七四	一五%	11/5	〃

五六	六六	六六	一〇〇%	11/6	文之丞の墓参りをする兵馬
五七	七一	七一	一〇〇%	11/7	〃
五八	二一	六三	三三%	11/8	兵馬が机弾正と対面
五九	三四	六〇	五七%	11/9	島田虎之助を紹介される
六〇	〇	七四	〇%	11/10	それから四年後、長屋で息子と暮らしている龍之助とお浜
六一	〇	六六	〇%	11/11	二人が口論
六二	二	六五	三%	11/12	龍之助が出て行く
六三	三	六四	五%	11/13	たまたまある道場にやってきた龍之助
六四	一三	六五	二〇%	11/14	道場の中にうながされる
六五	一九	六三	三〇%	11/15	そこは島田虎之助の道場で、兵馬と対戦することに
六六	一八	六七	二七%	11/16	龍之助vs兵馬
六七	四四	六五	六八%	11/17	互いに一本ずつ決めて引き分け 【兵馬も「突き」で龍之助から一本奪う】
六八	六	六九	九%	11/18	それから一ヵ月後、兵馬はたまたまお松のいる家に雨宿り
六九	五七	七二	七九%	11/19	お松と久しぶりに対面
七〇	六七	七二	九三%	11/20	お松は兵馬に身の上の不安を打ちあける
七一	一五	六八	二二%	11/21	お絹に殿様（神尾）の屋敷にあがるように言われる
七二	四八	六四	七五%	11/22	お松はその不安を兵馬への手紙に書く
七三	六二	六二	一〇〇%	11/23	お絹がその手紙を奪って読む
七四	四六	六六	七〇%	11/24	お絹はたわむれにニセの手紙で兵馬を呼び出す

七五	六九	六九	一〇〇%	11/25	同僚に呼び出されたはずの兵馬だが、待ち人は来ない
七六	六七	六七	一〇〇%	11/26	帰ろうとする兵馬に、お絹はお松の手紙を見せる
七七	六七	六七	一〇〇%	11/27	このままではお松は殿様の慰み物になる、といたぶるお絹
七八	六〇	六〇	一〇〇%	11/28	兵馬は煩悶するが、仇討ちという大望を優先してあきらめる
七九	一七	六九	二五%	11/29	神尾邸で与八が奉公している
八〇	三五	六二	五六%	11/30	神尾邸の広間で野球拳のようなゲームが始まる
八一	八	七〇	一一%	12/1	お松も連れて来られる
八二	一〇	六三	一六%	12/2	どんどん脱がされるお松
八三	四六	六三	七三%	12/3	与八が庭で泥棒を発見。その騒ぎでお松は助かる
八四	一〇	七八	一三%	12/4	翌朝、お松と話す与八
八五	一七	六七	二五%	12/5	いつか大菩薩峠に連れて行ってほしい、と頼むお松
八六	五三	六一	八七%	12/6	与八を兵馬の屋敷に行かせるが、兵馬が失踪したと知り落胆
八七	三六	七四	四九%	12/7	新徴組の集まり
八八	〇	六三	〇%	12/8	清川八郎の闇討ちを計画
八九	一七	六七	二五%	12/9	龍之助も参加しており、一隊が闇討ちに出発
九〇	一一	七一	一五%	12/10	清川の駕籠を尾行
九一	一五	七一	二一%	12/11	駕籠を囲むが中にいたのは島田虎之助
九二	三	六九	四%	12/12	島田、大立回り
九三	五	六三	八%	12/13	島田の生い立ち
九四	三二	五七	五六%	12/14	知らせを聞いて清川らが見物に来る

九五	二三	六三	三七％	12／15	島田はすでに新徴組の者を七人切り捨てる
九六	四	七三	五％	12／16	さらに有数の剣客を二人斬る
九七	六	五五	一一％	12／17	土方歳三をも圧倒
九八	三六	六四	五六％	12／18	島田の剣に見とれ呆然としていた龍之助だが、土方の自害を制止
九九	〇	六五	〇％	12／19	その翌日、龍之助とお浜は仲むつまじい【これより、「鈴鹿山の巻」】
一〇〇	〇	七〇	〇％	12／20	二人で故郷へ帰ろう、と龍之助
一〇一	一	七一	一％	12／21	そこに新徴組隊長の芹沢鴨が訪ねてくる
一〇二	三六	六五	五五％	12／22	芹沢となにやら相談
一〇三	七	六八	一〇％	12／23	兵馬が仇討ちを狙っていることを告げる芹沢
一〇四	七二	七二	一〇〇％	12／24	殿様を怒らせ、与八の部屋に隠れるお松
一〇五	四三	六五	六六％	12／25	与八とお松は神尾邸を逃げ出す
一〇六	四二	七五	五六％	12／26	二人が屋台に入ると、おかみさんは零落したお松の伯母
一〇七	二七	六二	四四％	12／27	二人はお松の伯母の家へ
一〇八	三一	六九	四五％	12／28	お松が体調をこわす
一〇九	三一	六九	四五％	12／29	お松の金をせびる伯母
一一〇	四〇	八一	四九％	12／30	医者（道庵）を呼ぶことに
一一一	八	六六	一二％	1／1	龍之助が歩いていると、酔った道庵に出くわす

一一二	七	六八	一〇%	1／2	兵馬はかつて道場で対戦した彼こそが龍之助であると確信する
一一三	七八	七八	一〇〇%	1／3	兵馬の仇討ちの件を知り、協力する土方
一一四	一〇	七三	一四%	1／4	お松の金を使い込む伯母
一一五	三三	七一	四六%	1／5	さらにお松が七兵衛にもらった小刀をも売らせようとする
一一六	六四	七三	八八%	1／6	お松と与八は一緒に沢井に帰ることを夢想
一一七	六四	七〇	九一%	1／7	与八はお松に言われて小刀を売りに行く
一一八	七〇	七〇	一〇〇%	1／8	その帰り道に弾正のことを思い出す
一一九	四〇	七一	五六%	1／9	与八が帰宅
一二〇	七三	七三	一〇〇%	1／10	道庵宅が浪人たちに襲われている
一二一	七一	七一	一〇〇%	1／11	群集が浪人たちを追い返す
一二二	三	七〇	四%	1／12	治療費が安すぎることでもめる与八と道庵
一二三	五七	五七	一〇〇%	1／13	道庵宅に隠れていた兵馬に、土方が会いに来る
一二四	六七	六七	一〇〇%	1／14	兵馬と与八が再会
一二五	一五	六一	二五%	1／15	与八が長屋に戻るも、お松と伯母がいない
一二六	一二	七六	一六%	1／16	龍之助一家が寝ていて、郁太郎がねずみにかまれる
一二七	七	七一	一〇%	1／17	龍之助は医者を呼びにいく
一二八	一〇	六五	一五%	1／18	その間、お浜は郁太郎の視線に怖ろしさを感じる
一二九	七	六一	一一%	1／19	お浜は文之丞の怨みと自分の罪を感じる
一三〇	四	六六	六%	1／20	翌日、龍之助に兵馬から果し状が届く

一三一	三	七三	四%	1/21	お浜は龍之助の冷たい態度に不満がつのる
一三二	○	六五	○%	1/22	龍之助の態度を憎み、離縁を申し出るお浜
一三三	一八	六二	二九%	1/23	出て行く準備をするお浜
一三四	九	六八	一三%	1/24	龍之助はお浜に兵馬を殺すと告げる
一三五	二六	七一	三七%	1/25	お浜は龍之助を殺すことを決心
一三六	一八	七○	二六%	1/26	お浜は寝ている龍之助の首を傷つけ、二の腕を深く刺す 【龍之助は腕に深手を負う】
一三七	四八	六二	七七%	1/27	逃げるお浜、追う龍之助
一三八	四九	七五	六五%	1/28	龍之助、お浜をつかまえて殺す
一三九	四四	七三	六○%	1/29	お浜の叫びを聞いて、兵馬や与八がかけつける
一四○	四○	六五	六二%	1/30	与八と兵馬は、その女がお浜だと気づく
一四一	七四	七四	一○○%	1/31	与八は自分の罪深さを感じる
一四二	三○	六五	四六%	2/1	龍之助は果し合いの場に現われず
一四三	三○	六七	四五%	2/2	七兵衛はお絹を訪ね、お松が逃げたことを知る
一四四	二八	六八	四一%	2/3	お絹はその成りゆきを説明
一四五	六六	七一	九三%	2/4	七兵衛はお松を探しに行く
一四六	一七	七九	二二%	2/5	七兵衛が紙屑買から山岡屋の情報を聞き出す
一四七	九	七四	一二%	2/6	〃
一四八	一二	六九	一七%	2/7	さらにお松が京都に売られたと知る
一四九	一六	六四	二五%	2/8	京都へ向かう七兵衛

一五〇	一	五四	二%	2/9	与八は郁太郎を背負って沢井に帰ってくる

第二回連載「大菩薩峠（続）」（大正三年八月〜十二月）書き換え一覧

回	削除	全体	削除率	掲載日	内容　【　】は備考
一	一二	五〇	二四%	8/20	京都をめざす龍之助
二	九	七一	一三%	8/21	茶店でお浜に似た女が登場
三	一六	六七	二四%	8/22	女は財布をなくして困っている
四	四六	七二	六四%	8/23	駕籠代を払えずに雲助にからまれる
五	一三	六一	二一%	8/24	龍之助が撃退
六	二〇	六七	三〇%	8/25	女の連れがやってくる
七	五〇	六七	七五%	8/26	二人は龍之助にお礼を言って出発
八	一四	六六	二一%	8/27	神社で一夜を明かそうとする龍之助
九	四八	六六	七三%	8/28	先客の旅僧がいる
一〇	六三	六三	一〇〇%	8/29	絵馬を焼いて暖をとる豪快な旅僧【拳骨和尚が登場】
一一	五七	七九	七二%	8/30	なかなか眠れない龍之助【西行の歌】
一二	八一	八一	一〇〇%	8/31	翌朝、僧と別れる【西行の歌】
一三	八	七七	一〇%	9/1	宿屋でお浜に似た女（お豊）と男が思案にくれている
一四	三三	七七	四三%	9/2	女は宿を出る

一五	四〇	七六	五三%	9／3	女が戻ると男は自殺しようとしている【ここまで、「鈴鹿山の巻」】
一六	五七	七七	七四%	9／4	大津の宿に滞在する龍之助【これより、「壬生と島原の巻」】
一七	七	七九	九%	9／5	隣の部屋に偶然例の男女がやってきて心中の相談をしている
一八	一	八一	一%	9／6	翌朝、二人は身投げ
一九	四〇	七四	五四%	9／7	二人のことについて女中と話す龍之助
二〇	一三	七二	一八%	9／8	旅の途中で龍之助は武士（田中新兵衛）に声をかけられる
二一	七	七九	九%	9／9	同行を求められるが、龍之助は自分を斬りに来た者だと感じる
二二	〇	七三	〇%	9／10	いざ勝負
二三	一	七六	一%	9／11	にらみあい
二四	〇	八六	〇%	9／12	龍之助が優勢のときに邪魔が入る
二五	一七	七六	二二%	9／13	仲裁をした山崎譲を含めて三人で山科の茶屋で歓談
二六	二	七六	二%	9／14	山崎と新徴組の話
二七	一五	七二	二一%	9／15	〃
二八	三〇	七五	四〇%	9／16	夜の京都でひとり歩きをする兵馬
二九	五九	七九	七五%	9／17	盗賊が押し入る現場に遭遇
三〇	八二	八二	一〇〇%	9／18	兵馬は盗賊の一人を斬る
三一	七五	七五	一〇〇%	9／19	盗賊を撃退
三二	二一	七八	二七%	9／20	翌日、新徴組で、昨日逃げた盗賊に似た男（井村）を発見

三三	八五	八五	一〇〇%	9/21	盗賊に入られた菱屋の女房（お梅）が清水参詣の支度
三四	八二	八二	一〇〇%	9/22	しかし盗賊の件で取調べが来る
三五	七五	七五	一〇〇%	9/23	女をのせた駕籠は新徴組のアジトである南部屋敷へ
三六	七七	七七	一〇〇%	9/24	するとそこには井村と芹沢鴨
三七	七九	七九	一〇〇%	9/25	主人がお梅を返してくれるように頼むも、暴行を受ける
三八	七七	七七	一〇〇%	9/26	そこに兵馬があらわれ、主人の訴えを聞く
三九	六七	七七	八七%	9/27	ひとまず説得して主人を帰す兵馬
四〇	三五	八四	四二%	9/28	兵馬は井村を尾行
四一	三	七五	四%	9/29	途中で気づかれるも、ごまかして一緒に島原へ
四二	八	七七	一〇%	9/30	島原についての説明
四三	五	七六	七%	10/1	〃
四四	七	七一	一〇%	10/2	〃
四五	六	七七	八%	10/3	七兵衛がお松を探して島原へ
四六	二一	七二	二九%	10/4	お松のいる木津屋へ
四七	五五	七五	七三%	10/5	お松の身受けを相談
四八	七一	七四	九六%	10/6	出先からお松が帰るのを待つ七兵衛
四九	一一	八四	一三%	10/7	お松と七兵衛が再会
五〇	一二	七四	一六%	10/8	身受けの件を伝える
五一	五〇	七八	六四%	10/9	七兵衛は金のありそうな屋敷を物色して南部屋敷へ
五二	一八	七六	二四%	10/10	飯屋に入る

五三	一五	七八	一九％	10／11	怪しい小間物屋がやってくる
五四	九	七六	一二％	10／12	七兵衛は主人に南部屋敷について聞き込み
五五	二二	八五	二六％	10／13	七兵衛伝説
五六	七	七六	九％	10／14	〃
五七	三	七八	四％	10／15	翌朝、南部屋敷から金が盗まれている
五八	五	七六	七％	10／16	七兵衛が小間物屋（山崎譲）につけられる
五九	四四	七九	五六％	10／17	七兵衛を待つお松
六〇	二一	七九	二七％	10／18	屋根からやってきて、もう少し待つように言い残して去る七兵衛
六一	一〇	六七	一五％	10／19	島原の座敷で井村の手の傷の原因を問いつめる兵馬
六二	八	七六	一一％	10／20	さらに盗賊の件の核心にせまる
六三	〇	七五	〇％	10／21	怒って盃を投げつけて去る井村
六四	六七	七八	八六％	10／22	兵馬は今後の身のふり方を考えつつ、菱屋を訪ねるも不在
六五	七二	七二	一〇〇％	10／23	お梅はすっかり芹沢の女になっている
六六	七〇	七〇	一〇〇％	10／24	芹沢とお梅がデート
六七	七三	七三	一〇〇％	10／25	お梅を知る連中に見つかる
六八	六五	六五	一〇〇％	10／26	住吉踊の輿に乗じてお梅をさらう
六九	七〇	七〇	一〇〇％	10／27	喧嘩がはじまる
七〇	七四	七四	一〇〇％	10／28	そこに関取衆が加わり大混乱
七一	六五	六五	一〇〇％	10／29	知らせが奉行所に届く

七二	七一	七一	一〇〇%	10/30	兵馬が近藤勇に暇を申し出たところに、喧嘩の知らせが届く
七三	六九	六九	一〇〇%	10/31	近藤と奉行が喧嘩をおさめる
七四	七三	七三	一〇〇%	11/1	郁太郎を抱き、感慨にふける与八
七五	八二	八二	一〇〇%	11/2	郁太郎のための乳をもらいにいく与八
七六	七五	七五	一〇〇%	11/3	与八が近所の子供たちにいじめられる
七七	五三	七三	七三%	11/4	そこに与八と仲のいい和尚がやってくる
七八	六	七八	八%	11/5	翌日、和尚に和讃を習う
七九	〇	七五	〇%	11/6	〃
八〇	二〇	七四	二七%	11/7	新撰組と関取衆の親睦会がおこなわれる
八一	七	七三	一〇%	11/8	酒を飲む芹沢鴨
八二	一三	七一	一八%	11/9	お松はたまたま芹沢と龍之助の密談を聞いてしまう
八三	二	七八	三%	11/10	それがばれて芹沢につかまるお松
八四	七	七四	九%	11/11	芹沢はお松を龍之助に預けて出て行く
八五	二	七七	三%	11/12	幽霊があらわれる
八六	二	七四	三%	11/13	〃
八七	一	七六	一%	11/14	龍之助が苦しみはじめる
八八	三	七四	四%	11/15	龍之助、狂乱
八九	七	七三	一〇%	11/16	近藤、土方らが芹沢の寝込みを襲う
九〇	七	七八	九%	11/17	芹沢を暗殺
九一	三七	七九	四七%	11/18	お梅の通夜に来た兵馬に七兵衛が声をかける

九二	七四	七四	一〇〇%	11/19	お松の身受けを兵馬に頼む
九三	四	七八	五%	11/20	狂乱、昏倒ののちに目覚めた龍之助
九四	七六	七六	一〇〇%	11/21	兵馬宅を訪れるお松
九五	七八	七八	一〇〇%	11/22	二人で家事
九六	八〇	八〇	一〇〇%	11/23	二人の距離が縮まる
九七	八二	八二	一〇〇%	11/24	龍之助の話に
九八	七三	七三	一〇〇%	11/25	七兵衛が来て、その龍之助がお松の仇でもあることを告げる
九九	四七	七七	六一%	11/26	龍之助、これからの人生を想う【西行の歌】
一〇〇	二四	七五	三二%	11/27	腹が減って饅頭屋に入る
一〇一	四〇	七八	五一%	11/28	お金が足りず刀で払う
一〇二	三八	八二	四六%	11/29	その店に七兵衛がやってくる
一〇三	一一	八〇	一四%	11/30	刀を見てピンとくる
一〇四	七八	七八	一〇〇%	12/1	お松は兵馬宅へ通うようになる
一〇五	七四	七四	一〇〇%	12/2	お松が母親のことを語る
一〇六	七五	七五	一〇〇%	12/3	兵馬にお松への恋心が芽生える
一〇七	六七	六七	一〇〇%	12/4	兵馬、お松、七兵衛は龍之助を探す旅に出る
一〇八	七	四四	一六%	12/5	長谷寺籠堂で夜を明かす龍之助【ここまで、「壬生と島原の巻」】

第三回連載「龍神」（大正四年四月〜七月）書き換え一覧

回	削除	全体	削除率	掲載日	内容　【】は備考
一	○	七四	○％	4／7	三輪で暮らすお豊【ここから、「三輪の神杉の巻」】
二	○	七五	○％	4／8	お豊は心中したが息を吹き返し、伯父に預けられている
三	二	七六	三％	4／9	龍之助は植田丹後守を訪ねて三輪へ【龍之助が尽せぬ業障】
四	○	七二	○％	4／10	植田丹後守の人となり
五	○	七四	○％	4／11	散歩中の龍之助が不審者（金蔵）を撃退
六	一	七七	一％	4／12	金蔵はお豊のストーカー
七	○	六三	○％	4／13	三輪神社に参詣するお豊
八	○	七〇	○％	4／14	龍之助と会う
九	○	六九	○％	4／15	金蔵から逃げるお豊
一〇	○	七三	○％	4／16	お豊は植田邸に預けられることに
一一	○	七一	○％	4／17	酒を飲む龍之助
一二	○	七一	○％	4／18	湯上りのお豊がやってくる
一三	二	七六	三％	4／19	龍之助は妻や子供のことを話す
一四	三	七九	四％	4／20	江戸に連れて行ってほしいと頼むお豊
一五	二	七七	三％	4／21	金蔵が猟師の惣太と出会う
一六	三一	七二	四三％	4／22	鉄砲の撃ち方を教わり、練習する

一七	二	七八	三％	4／23	金蔵は夜中に弾薬を隠そうとするが、植田に見つかる
一八	〇	七二	〇％	4／24	金蔵は不安に思って失踪する
一九	三九	七三	五三％	4／25	お豊は亀山に帰ることに。龍之助とは江戸に逃げることを約束
二〇	一三	七二	一八％	4／26	旅立ち
二一	一	六六	二％	4／27	彼らを鉄砲で狙う金蔵
二二	七	七六	九％	4／28	距離が近づく
二三	五	七三	七％	4／29	植田は不安を感じて様子を見に行かせる
二四	三	六六	五％	4／30	ピストルを持たせる
二五	二〇	七五	二七％	5／1	七兵衛が龍之助に出くわす
二六	一〇	六七	一五％	5／2	銃声
二七	一〇	七三	一四％	5／3	お豊の伯父が撃たれる。お豊は行方不明
二八	四〇	七〇	五七％	5／4	春日大社で鹿と遊ぶ兵馬
二九	一一	七五	一五％	5／5	宝蔵院を訪問
三〇	七〇	七〇	一〇〇％	5／6	八木の宿で待つお松
三一	七五	七五	一〇〇％	5／7	兵馬が帰る
三二	六四	六四	一〇〇％	5／8	お松は人が撃たれた噂を聞く
三三	七九	七九	一〇〇％	5／9	それを兵馬に話す【敵を討つ身も、討たれる身も、どちらも辛いものですね】
三四	六八	六八	一〇〇％	5／10	巡礼に施しを与えるお松

三五	一三	八三	一六%	5/11	兵馬が植田丹後守を訪ねる
三六	四	七二	六%	5/12	最近まで龍之助がいたことを知る
三七	四	七〇	六%	5/13	龍之助をいかに討つか
三八	一六	七四	二二%	5/14	植田の追手にあやしまれる七兵衛
三九	七	七二	一〇%	5/15	お豊を連れ去った金蔵と鍛冶倉
四〇	一九	六四	三〇%	5/16	仲間割れ
四一	〇	七六	〇%	5/17	殺しあって二人とも絶命
四二	七〇	七〇	一〇〇%	5/18	兵馬と七兵衛がお松のいる宿に帰宅【お松は兵馬ほど敵討ちに一生懸命になれない】
四三	七七	七七	一〇〇%	5/19	七兵衛が龍之助を見つけたことを話す
四四	七四	七四	一〇〇%	5/20	さらに山中でお豊を救出したことを報告
四五	六	七四	八%	5/21	伊賀の宿で田中新兵衛が死んだことを聞く龍之助【何も言わずに腹を切った】
四六	三	七九	四%	5/22	その事件の顛末について
四七	一	七二	一%	5/23	〃
四八	七	六六	一一%	5/24	浪人衆が宿にやってくる
四九	二	七五	三%	5/25	龍之助に部屋を代わるように頼むが、龍之助は承知しない
五〇	六	七九	八%	5/26	浪人衆と龍之助がもめる
五一	二四	七三	三三%	5/27	それを止める浪人衆の頭
五二	二	六七	三%	5/28	彼らは天誅組

五三	七三	七三	一〇〇％	5／29	三輪でもの想いをするお豊
五四	六二	六二	一〇〇％	5／30	浪人衆を目撃
五五	四四	七一	六二％	5／31	その一人が龍之助
五六	五七	八〇	七一％	6／1	探しに出るお豊
五七	七一	七一	一〇〇％	6／2	途中でお松に会う
五八	四二	七七	五五％	6／3	さらに探すが、そこに死んだはずの金蔵があらわれる
五九	八	七七	一〇％	6／4	その経緯を説明する金蔵
六〇	七	七四	九％	6／5	お豊にしつこくせまる
六一	〇	八五	〇％	6／6	母親の実家がある竜神温泉で暮らそうと誘う金蔵
六二	〇	七三	〇％	6／7	殺してくれ、と頼むお豊
六三	一	六六	一％	6／8	金蔵は、一緒に逃げないと伯父も植田も殺すと脅す
六四	一八	七八	二三％	6／9	天誅組に同行する龍之助【眼に見えない力】
六五	四三	六四	六七％	6／10	龍之助は三輪へ【縁】
六六	八	七四	一一％	6／11	そこでお豊が金蔵とのかけおちを承知するのを目撃【ここまで、「三輪の神杉の巻」】
六七	五	七一	七％	6／12	その後、戦いに敗れて落ちのびる天誅組【これより、「龍神の巻」】
六八	六	六二	一〇％	6／13	猟師（惣太）の小屋を見つける
六九	〇	七七	〇％	6／14	惣太の食料を食べてしまう浪士達
七〇	三	六九	四％	6／15	戦いの行き詰まりから、腹を切ろうと言い出す

七一	一三	六九	一九％	6／16	龍之助だけ断る【一人でなりとも生き残って、落ちてみるつもりじゃ】
七二	一三	七二	一八％	6／17	みな辞世の句を書く
七三	一四	七二	一九％	6／18	惣太は天誅組がいることを通報
七四	五	六三	八％	6／19	小屋に火をつけるように命令される
七五	〇	七三	〇％	6／20	火薬が爆発し、天誅組の大半を確保。龍之助のみ行方不明
七六	三	七一	四％	6／21	龍神温泉
七七	一六	七七	二一％	6／22	お豊は龍之助の人相書を見る
七八	〇	七二	〇％	6／23	龍之助の捜索にかかわる兵馬が宿泊
七九	〇	六六	〇％	6／24	お豊を見てお浜を思い出す兵馬
八〇	五	六四	八％	6／25	お豊が〝清姫の帯〟を見る
八一	一一	七一	一五％	6／26	それを見たのはお豊と修験者だけ
八二	一	八二	一％	6／27	お豊の宿で馬子たちが噂ばなし
八三	九	七六	一二％	6／28	お豊は清姫の帯のことを聞く
八四	三	七二	四％	6／29	清姫の話
八五	〇	七九	〇％	6／30	〃
八六	〇	七二	〇％	7／1	清姫の帯は村に伝わる不吉な兆候
八七	〇	七二	〇％	7／2	それを聞き心願をかけるお豊
八八	二	六九	三％	7／3	御禊（みそぎ）の滝を目指す
八九	三〇	六四	四七％	7／4	水垢離をするお豊

九〇	一九	六七	二八%	7／5	そこに近づいてくる人物
九一	一四	六七	二一%	7／6	お豊は人の気配を感じる
九二	七	七四	九%	7／7	気づけば龍之助
九三	一五	七二	二一%	7／8	別れようとする龍之助。すがるお豊
九四	二四	七九	三〇%	7／9	龍之助は失明している 【造物者が女に多くわけてやった魔物の血】
九五	五	六八	七%	7／10	龍之助を探す兵馬は、お豊を探す金蔵とすれ違う
九六	二	七一	三%	7／11	さらにお豊と出会う
九七	〇	七三	〇%	7／12	修験者にかくまわれている龍之助 【最初から俺の心は闇であった】
九八	二	七八	三%	7／13	郁太郎の夢を見る
九九	〇	六七	〇%	7／14	〃
一〇〇	六八	六八	一〇〇%	7／15	雨で引き返した兵馬は再び金蔵と遭遇
一〇一	六七	六七	一〇〇%	7／16	宿に帰り、金蔵が宿の主人だと知る
一〇二	一	七四	一%	7／17	お豊と兵馬の仲を邪推する金蔵
一〇三	〇	六六	〇%	7／18	酒に酔って兵馬にからむ金蔵
一〇四	二	七二	二%	7／19	お豊は支度をして逃亡
一〇五	九	六六	一四%	7／20	金蔵が暴れて親や奉公人を斬って放火する
一〇六	二〇	六五	三一%	7／21	山火事になる
一〇七	一一	六四	一七%	7／22	翌日、斬られた金蔵の死体が発見される

一〇八	二二	四四	五〇%	7/23	龍之助とお豊は東下り【ここまで、「龍神の巻」】

第四回連載「間の山」（大正六年十月〜十二月）書き換え一覧

回	削除	全体	削除率	掲載日	内容　【　】は備考
一	○	八四	○%	10/25	間の山から帰るお玉とお杉【これより、「間の山の巻」】
二	○	八二	○%	10/26	〃
三	○	八九	○%	10/27	お玉はムクを連れて古市へ
四	一	八三	一%	10/28	備前屋の客がお玉を待っている
五	○	八五	○%	10/29	お玉の間の山節について
六	一	八一	一%	10/30	お玉が座敷に到着
七	七	七八	九%	10/31	間の山節を歌う
八	一二	八五	一四%	11/1	それを別の部屋で聞いている女（お豊）【死ぬような間の山節】
九	○	八〇	○%	11/2	女はお玉に手紙とお金を託す
一〇	六	八二	七%	11/3	帰り道にムクが印籠を拾ってくる
一一	一六	八七	一八%	11/4	備前屋の客がものを盗まれていたことが発覚
一二	一三	八七	一五%	11/5	さらに別の間ではお豊が自殺
一三	三	七六	四%	11/6	お玉の住む拝田村について
一四	一六	八三	一九%	11/7	翌朝、ムクが拾ってきた印籠を役所に届けに向かうお玉

一五	一	八五	一%	11／8	そこにあらわれた男にムクが吠える
一六	○	八四	○%	11／9	盗みの疑いでお玉を捕えにきた男をムクが撃退
一七	一六	八○	二○%	11／10	さらに五人の捕方が来て、お玉は逃げる
一八	一二	七八	一五%	11／11	米友の家にお玉が駆け込む
一九	一一	八五	一三%	11／12	事態を聞いてムクを助けに行く米友
二○	二四	八二	二九%	11／13	米友の来歴
二一	七	七三	一○%	11／14	狂犬騒動を聞く兵馬
二二	三	八一	四%	11／15	米友参上
二三	八	八三	一○%	11／16	大騒ぎになる
二四	一三	八二	一六%	11／17	兵馬は役人に槍をかりる
二五	三	八八	三%	11／18	米友と勝負
二六	四	九五	四%	11／19	兵馬に攻められ、米友は逃げる
二七	八	六五	一二%	11／20	米友は帰宅してお玉と逃げる
二八	一	八七	一%	11／21	山道を逃げる
二九	四	七五	五%	11／22	濡れた服を乾かす
三○	○	八二	○%	11／23	お玉は昨日託された手紙に気づく
三一	○	八七	○%	11／24	手紙を火で乾かす
三二	三	八九	三%	11／25	それはお豊の遺言
三三	一五	七五	二○%	11／26	お玉は遺書に書かれた与兵衛宅へ
三四	四	八五	五%	11／27	手紙の受取人に会うことに

三五	一三	八六	一五％	11／28	その人が隠れている場所へ
三六	七	八五	八％	11／29	男は龍之助
三七	二	八六	二％	11／30	お玉は経緯を説明
三八	〇	七九	〇％	12／1	手紙の内容【感情の動きが微塵も認められない】
三九	〇	八五	〇％	12／2	同情するお玉。冷淡な龍之助【情も涙も涸れ切った人。そういうものを持って生れなかった人】
四〇	一	八五	一％	12／3	龍之助はお礼にかんざしを渡す
四一	〇	七二	〇％	12／4	龍之助という人間に冷たさといじらしさを感じて泣くお玉
四二	八〇	八一	九九％	12／5	お松は大湊の船上にいる
四三	三九	七七	五一％	12／6	兵馬を待つ
四四	二七	七二	三八％	12／7	様子を見に行くお松
四五	七一	八四	八五％	12／8	その船の船頭が与兵衛の頼みで女を預かる
四六	七四	八三	八九％	12／9	お松が米友に遭遇
四七	九	八四	一一％	12／10	伊勢参りをする道庵
四八	一	八二	一％	12／11	ちょうちんを購入
四九	一	九四	一％	12／12	ちょうちんをもって歩く
五〇	一三	七五	一七％	12／13	それを見ていたお絹が声をかける
五一	二二	八六	二六％	12／14	按摩から泥棒（米友）が捕まったことを聞くお絹
五二	五七	七九	七二％	12／15	しかし犯人がお玉と米友とは思えない
五三	四一	八六	四八％	12／16	捕まった米友

五四	六	八九	七%	12/17	そのあとを尾行する七兵衛
五五	八三	八三	一〇〇%	12/18	米友の処刑。崖から突き落とされる
五六	一七	八二	二一%	12/19	七兵衛に吠えるムク
五七	〇	六五	〇%	12/20	道庵が酔って寝ている
五八	三	八八	三%	12/21	そこに傷ついた米友を背負った七兵衛が通りかかる
五九	〇	九〇	〇%	12/22	道庵が米友を治療
六〇	八八	九〇	九八%	12/23	お絹は二見ヶ浦に滞在している
六一	三〇	八九	三四%	12/24	兵馬を呼び出し、島田虎之助が死んだことを告げる
六二	二〇	八七	二三%	12/25	〃
六三	六六	九五	六九%	12/26	〃
六四	六五	六五	一〇〇%	12/27	気に障る志士の髷を斬って逃げる兵馬
六五	四九	八七	五六%	12/28	船着き場でお松と合流
六六	一八	八七	二一%	12/29	二人は道庵と偶然出会う
六七	四三	五九	七二%	12/30	出航【ここまで、「間の山の巻」】

第五回連載「大菩薩峠（第五篇）」（大正七年一月～大正八年十二月）書き換え一覧

回	削除	全体	削除率	掲載日	内容　【】は備考
一	二二	八四	二六%	1/1	龍之助が東下りをはじめる。ムクに出会う【これより、「東海道の巻」】

二	一	六五	二%	1／2	尺八を吹く龍之助
三	二	八九	二%	1／3	浜松でムクが去る。龍之助は出会った武士達に尺八を貸す
四	九	八五	一一%	1／4	武士達とモメる
五	三六	八五	四二%	1／5	お絹が仲裁
六	五四	八四	六四%	1／6	お絹は龍之助を家に連れてくる【二、三人は斬ったことがあるはず】
七	七六	八三	九二%	1／7	龍之助が人を斬ったことがあることを見抜くお絹【人の命を取っているから廃れる。女も、男を知るだけ、怨霊がたかる】
八	八三	八三	一〇〇%	1／8	築山御前の話
九	五三	八〇	六六%	1／9	寝ていると幽霊に囲まれ、うなされる龍之助
一〇	二四	八〇	三〇%	1／10	龍之助、眼が見えなくなる【失明】
一一	三	八八	三%	1／11	東海道を下る七兵衛
一二	四	八七	五%	1／12	がんりきと足の速さで意地のはりあい
一三	一〇	八四	一二%	1／13	天龍寺に盗みに入る相談
一四	三	八九	三%	1／14	話しながら浜松へ
一五	一	八六	一%	1／15	宿で物色する二人
一六	〇	九五	〇%	1／16	がんりきは龍之助の部屋に忍び込むも、手が出せずに撤退
一七	四〇	八八	四五%	1／17	龍之助とお絹が駕籠で宿を発つ
一八	二二	九〇	二四%	1／18	浜松の町を行く米友

一九	五〇	九九	五一%	1/19	どこにも泊まれず寺で野宿
二〇	五	九三	五%	1/20	天龍寺で説法する遊行上人
二一	五九	九一	六五%	1/21	遊行上人が名号の札を授ける
二二	一四	九四	一五%	1/22	参拝客の財布がなくなる
二三	九	九〇	一〇%	1/23	遊行上人はがんりきがその犯人だと見抜く
二四	四	九二	四%	1/24	がんりきの代わりに米友が捕まる
二五	四六	九五	四八%	1/25	上人に助けを求める米友
二六	六	九四	六%	1/26	天龍寺をぬけだしたがんりきと七兵衛 【(甲源一刀流の巻を来月五日前後に出版)】
二七	六五	九七	六七%	1/27	天龍寺を出た遊行上人と米友
二八	六〇	九二	六五%	1/28	遊行上人と同じ宿に泊まった龍之助とお絹
二九	九〇	九〇	一〇〇%	1/29	上人の部屋に盗みに入るがんりきと七兵衛
三〇	七五	九二	八二%	1/30	その様子を隣りで聞いている龍之助
三一	八九	九五	九四%	1/31	翌日、宿を出たお絹に語りかける七兵衛
三二	九八	九八	一〇〇%	2/1	〃
三三	九二	九二	一〇〇%	2/2	がんりきは龍之助の駕籠の行き先を変更
三四	一四	九五	一五%	2/3	がんりきがお絹に声をかける
三五	四七	九八	四八%	2/4	がんりきは七兵衛を出し抜いて、お絹に計画をばらす
三六	四四	九三	四七%	2/5	伊勢から出航したお君は、船酔いのため船を下りる
三七	三七	九三	四〇%	2/6	歩いて清水を目指すお君

三八	二六	九九	二六%	2/7	道に迷う
三九	六五	九二	七一%	2/8	祠で眠り、母の夢を見る
四〇	六二	九九	六三%	2/9	死を決意して首をつる瞬間に、ムクに助けられる
四一	一九	九三	二〇%	2/10	ムクと一夜を過ごす
四二	四九	九五	五二%	2/11	ムクと清水を目指す
四三	五〇	九九	五一%	2/12	お君、清水港の近くでがんりきと馬に乗った龍之助を目撃
四四	七三	九五	七七%	2/13	それを追う七兵衛に吠えるムク
四五	一四	一〇〇	一四%	2/14	三保の松原ではケンカが起きている
四六	九六	九六	一〇〇%	2/15	兵馬は以前ちょっかいを出した武士たちに囲まれる
四七	九三	九三	一〇〇%	2/16	謝罪するも聞き入れられず
四八	九一	九一	一〇〇%	2/17	互いに刀を抜く
四九	八八	八八	一〇〇%	2/18	兵馬は龍之助を逃がしたお絹をこらしめる。それを米友が救う
五〇	八四	八八	九五%	2/19	兵馬vs米友
五一	四五	九〇	五〇%	2/20	止めに入るお君
五二	九	九二	一〇%	2/21	兵馬は龍之助を追う。残された米友とお君
五三	〇	九二	〇%	2/22	伊勢で捕まってからの顛末を語る米友
五四	〇	九〇	〇%	2/23	〃

五五	四〇	八九	四五%	2/24	〃 【(甲源一刀流の巻、一ヵ月後に再版。第二巻も前後して出版)】
五六	八	八九	九%	2/25	がんりきの案内で龍之助はある寺へ
五七	二	九一	二%	2/26	がんりきは龍之助に、お絹が欲しいと言う
五八	五	九四	五%	2/27	お絹が到着
五九	三	九三	三%	2/28	龍之助とお絹は寺に泊まる
六〇	四	九三	四%	3/1	お絹は島田虎之助の話をする
六一	四九	九七	五一%	3/2	島田が毒殺されたことを告げる
六二	一三	九四	一四%	3/3	お絹は、島田が毒殺された日の変わった出来事を語る
六三	六五	九五	六八%	3/4	当日、お絹は島田と同じ方向に歩いて帰った
六四	四〇	九二	四三%	3/5	血を吐いた島田に何者かが槍で一突き
六五	六	九二	七%	3/6	その槍を奪いとり、島田は平然と帰ったが、翌日に死亡 【ここまで、「東海道の巻」】
六六	九一	九一	一〇〇%	3/7	郁太郎を背負い、青梅街道を下る与八 【六六〜八〇は、「女子と小人の巻」へ】
六七	四八	九三	五二%	3/8	与八は道庵を訪ねる
六八	八七	八七	一〇〇%	3/9	与八が土産を運び込む
六九	九〇	九〇	一〇〇%	3/10	道庵が毒薬をなくしたことに気づく
七〇	九〇	九〇	一〇〇%	3/11	反省する道庵
七一	六六	九〇	七三%	3/12	道庵と与八は江戸見物へ

七二	二五	九一	二七%	3/13	両国の見世物小屋を見てまわる
七三	〇	九二	〇%	3/14	インドの槍使いを見に行く
七四	七四	九六	七七%	3/15	前座の芸
七五	八	九六	八%	3/16	インド人が登場。道庵はそれが米友だと見抜く
七六	一	八八	一%	3/17	米友は正体がバレたと気づいて逃げる
七七	一	八九	一%	3/18	お君の楽屋へ
七八	一	九二	一%	3/19	親方たちに説得される
七九	〇	九四	〇%	3/20	再び舞台に出るが会場は混乱
八〇	三	九〇	三%	3/21	見世物小屋を追い出されたお君と米友
八一	一	九三	一%	3/22	裏街道を行く龍之助、お絹、がんりき【ここから、「白根山の巻」】
八二	八五	九二	九二%	3/23	島田が死んだと聞いた龍之助の胸の内【勤王と佐幕慾（権勢）と色（頽敗）】
八三	八六	八六	一〇〇%	3/24	〃【龍之助が何によって生きているのか不思議】
八四	六九	九一	七六%	3/25	駕籠は徳間峠に到着
八五	八八	九二	九六%	3/26	がんりきの入墨を見て、駕籠屋が職務放棄
八六	四	九三	四%	3/27	龍之助ががんりきの腕を斬る
八七	一八	九一	二〇%	3/28	全員逃げたのち、そのまま眠る龍之助
八八	一六	九一	一八%	3/29	そこに通りかかった山の娘たち

八九	四	九〇	四%	3/30	龍之助を発見
九〇	〇	八八	〇%	3/31	薬を飲ませて助ける
九一	一三	九六	一四%	4/1	街道を行く兵馬と七兵衛
九二	七六	九五	八〇%	4/2	福士川のほとりへ
九三	四	八九	四%	4/3	がんりきの片腕を発見【(「甲源一刀流の巻」を再版。第二巻も印刷中。第三巻から第七巻「東下りの巻」は、今後一ヵ月ないし二ヵ月に一巻ずつ出してゆくつもりであります)】
九四	二	九六	二%	4/4	福士の宿に宿泊
九五	三三	九六	三四%	4/5	その晩の会話
九六	五	八七	六%	4/6	翌日、福士川をのぼる兵馬と七兵衛
九七	三	九二	三%	4/7	金を探す少年(忠作)に遭遇
九八	〇	九四	〇%	4/8	龍之助やがんりきの行方を尋ねる兵馬と七兵衛
九九	一	九二	一%	4/9	忠作は二人をやりすごし、お絹に報告
一〇〇	一	九三	一%	4/10	二人はがんりきを残して逃亡
一〇一	一六	九一	一八%	4/11	山の娘のお徳に世話になる龍之助
一〇二	〇	九〇	〇%	4/12	お徳の息子と三人で睦まじい様子
一〇三	一	八五	一%	4/13	〃
一〇四	〇	九八	〇%	4/14	山の娘たちは、お徳と龍之助の噂話
一〇五	九一	九一	一〇〇%	4/15	四の位明神のいわれ

一〇六	三	八八	三%	4/16	お徳と龍之助は奈良田の温泉へ
一〇七	〇	九五	〇%	4/17	温泉でくつろぐ龍之助【それでも世間はおれをまだ殺さぬわい】
一〇八	〇	八八	〇%	4/18	山崎譲に遭遇
一〇九	〇	九三	〇%	4/19	龍之助の世話をするお徳
一一〇	九	九〇	一〇%	4/20	龍之助とお徳は郷士の望月家の婚礼を見る
一一一	〇	九一	〇%	4/21	神尾主膳と権六が悪だくみ
一一二	三	九七	三%	4/22	望月家にねらいをつける
一一三	一六	九〇	一八%	4/23	役人が望月家へ
一一四	〇	九五	〇%	4/24	役人が泊まる宿で、同宿の龍之助がこの様子を聞く
一一五	〇	九七	〇%	4/25	役人は財産隠しの疑いで、望月家の若主人をいたぶる
一一六	一二	九三	一三%	4/27	龍之助は山崎譲の名を語って面会を申し込む【4/26は、介山の「身延詣で」という文章が掲載】
一一七	六	九二	七%	4/28	役人に扮している権六は動揺
一一八	〇	九〇	〇%	4/29	龍之助は槍をもって登場
一一九	〇	八九	〇%	4/30	若主人を解放するように求める
一二〇	三	九八	三%	5/1	龍之助は権六を槍で刺し殺す【ここまで、「白根山の巻」】
一二一	〇	九一	〇%	5/2	米友は奉公先を見つける【六六〜八〇とここからをあわせて、「女子と小人の巻」】
一二二	三	九七	三%	5/3	お君は軽業の旅巡業に出ることに

一二三	○	九二	○%	5/4	お君にはムクが同行
一二四	九五	九五	一○○%	5/5	道庵が米友の奉公先に様子を見に来る
一二五	二七	八九	三○%	5/6	奉公先の主人は金掘り少年の忠作
一二六	六九	九五	七三%	5/7	米友は集金に行かされる
一二七	五	九五	五%	5/8	忠作とお絹は金貸しを開業
一二八	七	九四	七%	5/9	忠作に金を握られ、不愉快なお絹
一二九	一○	八八	一一%	5/10	米友は集金の途中で夜鷹に声をかけられる
一三○	四	九二	四%	5/11	翌日、金をなくしたことに気づく
一三一	五三	九四	五六%	5/12	前日に会った夜鷹を探す米友
一三二	二二	九三	二四%	5/13	金を返してもらう
一三三	六五	九二	七一%	5/14	感慨にふける米友
一三四	一七	九四	一八%	5/15	貧窮組が登場
一三五	四四	九二	四八%	5/16	改めて夜鷹にお礼を言いに行く米友
一三六	八○	八九	九○%	5/17	七兵衛と兵馬はがんりきを発見
一三七	六五	九五	六八%	5/18	甲府の一蓮寺でお祭り
一三八	七九	九五	八三%	5/19	神尾が見物
一三九	二六	九六	二七%	5/20	そこで道成寺の清姫を演じるお君は、神尾に招かれる
一四○	三八	九一	四二%	5/21	神尾を訪ねるお君
一四一	四九	八八	五六%	5/22	折助の金助と、役割の市五郎は神尾の身持ちを探っている
一四二	八○	九三	八六%	5/23	偵察をしていた金助が神尾につかまる

一四三	四七	九一	五二%	5/24	お君が神尾の座敷に到着
一四四	五	八七	六%	5/25	がんりきは盗人稼業から足を洗って江戸へ
一四五	四九	八六	五七%	5/26	一蓮寺で火事とケンカが発生
一四六	二四	九二	二六%	5/27	発端は市五郎が見世物小屋の木戸番とモメたこと
一四七	一〇	九五	一一%	5/28	折助連中と軽業師のケンカに発展 【(第二巻「鈴鹿山の巻」を再版)】
一四八	五	九三	五%	5/29	火事が発生
一四九	一五	九一	一六%	5/30	お角はムクを鎖から放しに行く
一五〇	二九	九八	三〇%	5/31	しかし、お角たちは捕まる
一五一	七六	九二	八三%	6/1	騒ぎを聞いて神尾の座敷を抜け出すお君
一五二	二五	八七	二九%	6/2	お君はムクの鎖を解く
一五三	九五	九五	一〇〇%	6/3	お君はムクに親方たちを助けに行かせる
一五四	二〇	九二	二二%	6/4	捕えた軽業師たちを連れて行く折助たち
一五五	六四	八八	七三%	6/5	ムクが折助を撃退
一五六	八六	九二	九三%	6/6	騒動がおさまる
一五七	一四	九一	一五%	6/7	市五郎を見舞う金助
一五八	八一	九〇	九〇%	6/8	金助は気を失ったお君を見つけて隠している
一五九	九七	九七	一〇〇%	6/9	一蓮寺の騒ぎをよそに読書する兵馬
一六〇	八九	八九	一〇〇%	6/10	〃
一六一	二五	九一	二七%	6/11	兵馬は甲府を出発。助けを求める声を聞く

一六二	二一	九七	二二%	6／12	男が犬に追われて木に登っている
一六三	二二	九二	二四%	6／13	兵馬は犬を追い払う。男は金助
一六四	〇	八七	〇%	6／14	金助と龍王村へ
一六五	三	九一	三%	6／15	金助とそこにいた入道と三人で一泊
一六六	二四	九五	二五%	6／16	ムクが金助と入道を退治して、お君を救出
一六七	六五	九二	七一%	6／17	兵馬とお君が再会
一六八	四〇	九二	四三%	6／18	入道が仕返しに来たため、兵馬とお君は逃れる
一六九	五〇	九五	五三%	6／19	兵馬はお君を残して出発。お君は兵馬に恋をする
一七〇	九四	九四	一〇〇%	6／20	思いつめるお君【お君の淫蕩な血】【ここまで、「女子と小人の巻」】
一七一	四五	九〇	五〇%	6／21	兵馬は途中でさらし首を発見【ここから、「市中騒動の巻」】
一七二	二四	一〇〇	二四%	6／22	さらし首の人物を殺したという、盲目の武士について聞き込み
一七三	一二	九六	一三%	6／23	〃
一七四	二一	九四	二二%	6／24	〃
一七五	七〇	九三	七五%	6／25	兵馬はお徳に馬を借りて甲府へ
一七六	一六	九〇	一八%	6／26	甲府で七兵衛とがんりきと思しき曲者を発見
一七七	一四	九一	一五%	6／27	兵馬は追っ手に捕まる
一七八	〇	九五	〇%	6／28	道庵、貧窮組に賛同
一七九	一七	九三	一八%	6／29	貧窮組が忠作の店に来る

一八〇	三	九〇	三%	6/30	断ったところ、店を打ち壊される
一八一	六	九八	六%	7/1	さらに武士の二人組に強盗される
一八二	一一	一〇〇	一一%	7/2	高札を読む米友
一八三	二八	九五	二九%	7/3	それを川に投げ捨てる 【（第三巻「壬生と島原の巻」ができました）】
一八四	〇	九八	〇%	7/4	その関係で、高札に書かれた家の留守番をする米友
一八五	一二	一〇〇	一二%	7/5	強盗武士が登場
一八六	九四	九九	九五%	7/6	米友は槍で突いて撃退
一八七	五三	一〇三	五一%	7/7	忠作は、商売をしながら、強盗武士の手がかりを追う
一八八	四五	九七	四六%	7/8	それらしき者を尾行して、薩摩藩の屋敷へ
一八九	四七	九六	四九%	7/9	忠作は薩摩屋敷の近くへと奉公先を変更
一九〇	九四	九六	九八%	7/10	そこに七兵衛がやってくる
一九一	六五	九五	六八%	7/11	お松は薩摩屋敷の隣りの徳島藩邸に奉公している
一九二	一八	九八	一八%	7/12	兵馬のことを想うお松 【自分より仇討の方を大事がる兵馬がお松には物足りない】
一九三	三〇	九五	三二%	7/13	お松は七兵衛から兵馬が甲州の牢に入れられたと聞く 【兵馬は嬉しい人であったが、やっぱり物足らない人】
一九四	一五	一〇一	一五%	7/14	兵馬を救いに行くために屋敷を抜け出す計画をたてる
一九五	三六	一〇〇	三六%	7/15	七兵衛が徳島藩邸に侵入
一九六	三四	九〇	三八%	7/16	気づかれる

一九七	三八	九六	四〇％	7／17	しかし逃走
一九八	二〇	九六	二一％	7／18	がんりきは上野で床屋をはじめる
一九九	一七	九九	一七％	7／19	店内での将軍の悪口を茶袋（幕府の歩兵隊）に聞かれる
二〇〇	四	一〇一	四％	7／20	弁解するも聞き入れられず
二〇一	一	一〇二	一％	7／21	道庵が登場
二〇二	〇	一〇〇	〇％	7／22	解決【道庵の出る幕は、大抵のことが茶番になってしまう】
二〇三	二	九三	二％	7／23	がんりきは道庵にお松をあずかってくれるように頼む【世論は往々藁人形を偉大なものに担ぎあげてしまう】
二〇四	八四	九六	八八％	7／24	お角ががんりきを訪ねる
二〇五	二〇	九五	二一％	7／25	二人で飲みに行く
二〇六	七	九一	八％	7／26	その二人をお絹が目撃
二〇七	三六	一〇〇	三六％	7／27	お絹が嫉妬心を起こす【異様の嫉妬】
二〇八	七	九八	七％	7／28	お絹は道庵宅へ
二〇九	三七	一〇二	三六％	7／29	お松を自分にあずけてほしいと頼む
二一〇	七	九三	八％	7／30	お松と再会
二一一	一六	九二	一七％	7／31	お松はお絹に神尾邸で奉公したいと申し出る
二一二	六七	一〇一	六六％	8／1	手形がおりるまで、お松はお絹の家に滞在
二一三	一四	九三	一五％	8／2	今度はお角がお松をひきとりに来る
二一四	一	九九	一％	8／3	そんな娘はいないととぼけるお絹
二一五	〇	九五	〇％	8／4	二人はもめる

二一六	○	九七	○%	8/5	七兵衛が仲裁
二一七	二六	九七	二七%	8/6	がんりきはお絹が江戸にいることを知る
二一八	五	九六	五%	8/7	がんりきはお絹にちょっかいをかけたがる
二一九	八	九六	八%	8/8	子供達と遊ぶ米友
二二〇	二	九三	二%	8/9	米友は女軽業を訪れる
二二一	三	九六	三%	8/10	お君が帰ってないことを知る
二二二	二	九七	二%	8/11	不機嫌なお角に追い返される
二二三	六三	九五	六六%	8/12	その扱いに腹を立てる米友
二二四	四	一〇〇	四%	8/13	七兵衛が米友に声をかける
二二五	七一	九九	七二%	8/14	米友はお君の件を七兵衛に話す
二二六	一	九五	一%	8/15	米友は甲州行きを決意
二二七	六八	一〇〇	六八%	8/16	お絹、お松、米友が甲州へ出発
二二八	○	一〇一	○%	8/17	お絹を追おうとするがんりきだが、お角がそれを許さない【ここまで、「市中騒動の巻」】
二二九	一三	九七	一三%	8/18	甲府の神尾邸へ来客【ここから、「駒井能登守の巻」】
二三〇	三	九九	三%	8/19	神尾は駒井が勤番支配として赴任してくることを知る
二三一	○	一〇三	○%	8/20	江戸末期の政治情勢
二三二	三	九七	三%	8/21	駒井の評判
二三三	四	九九	四%	8/22	駒木野の関所で女が止められている
二三四	三	九四	三%	8/23	駒井が気をきかせて通す。女はがんりきを追うお角

二三五	二	九五	二%	8/24	駒井一行は関所を通過
二三六	六	九七	六%	8/25	駒井が足の速い怪しい男（がんりき）を目撃
二三七	二七	一〇二	二六%	8/26	同心たちが追うが、逃げられる
二三八	九	一〇〇	九%	8/27	駒井一行は鶴川の渡しへ到着
二三九	〇	一〇〇	〇%	8/28	米友が川越の人足とモメる
二四〇	二	九七	二%	8/29	乱闘に発展
二四一	〇	九六	〇%	8/30	駒井の同心が出動
二四二	〇	九五	〇%	8/31	騒ぎをおさめる
二四三	二	九六	二%	9/1	駒井は鳥沢の宿へ到着
二四四	六	一〇〇	六%	9/2	猿橋にがんりきが吊り下げられている
二四五	一〇	一〇二	一〇%	9/3	それを眺める鳥沢の粂とお絹
二四六	一	九四	一%	9/4	がんりきをとり調べる
二四七	〇	一〇〇	〇%	9/5	七兵衛ががんりきを救出
二四八	二〇	一〇〇	二〇%	9/6	駒井一行は大月へ
二四九	〇	九四	〇%	9/7	駒井の同心が信玄や謙信について議論
二五〇	〇	一〇三	〇%	9/8	駒井は黒野田に到着
二五一	三一	九六	三二%	9/9	お絹、お松、米友も黒野田に到着
二五二	五七	九九	五八%	9/10	駒井と同じ宿に
二五三	一五	一〇〇	一五%	9/11	三人の姿が人の目をひく
二五四	六七	九八	六八%	9/12	お絹が駒井に挨拶する

二五五	五九	一〇〇	五九%	9/13	お絹は部屋に戻り、お松にも挨拶に行くように言う
二五六	四	九七	四%	9/14	妻に手紙を書く駒井
二五七	四〇	九二	四三%	9/15	お松が駒井に挨拶。手紙を出すように頼まれる
二五八	三四	九七	三五%	9/16	それをお絹が盗み読み
二五九	二二	九九	二二%	9/17	米友は駒井の同心とおしゃべり【（第四巻「三輪の神杉の巻」が漸くできました）】
二六〇	六〇	一〇三	五八%	9/18	槍について熱く語る米友
二六一	三九	九六	四一%	9/19	お松は駒井の世話
二六二	一三	九八	一三%	9/20	兵馬のことを相談
二六三	九八	九八	一〇〇%	9/21	〃
二六四	九〇	一〇一	八九%	9/22	風呂上りのお絹
二六五	四三	九四	四六%	9/23	お絹をがんりきが誘拐【お絹の淫蕩な心】
二六六	三一	九三	三三%	9/24	お絹を探す七兵衛とお松
二六七	二八	九九	二八%	9/25	がんりきはお絹をかついで山奥へ
二六八	一一	一〇〇	一一%	9/26	足を滑らせ二人は谷底へ
二六九	八	九四	九%	9/27	駒井一行は黒野田を出発
二七〇	一二	一〇一	一二%	9/28	駒井は谷底にいるがんりきを目撃
二七一	一四	一〇〇	一四%	9/29	お絹とお松を迎えに行く神尾
二七二	四	九七	四%	9/30	神尾の駕籠にがんりきが逃げ込む
二七三	二四	一〇一	二四%	10/1	神尾は駒井一行と出会うもやりすごす

二七四	三八	一〇二	三七%	10/2	神尾がお絹、お松のいる黒野田に到着
二七五	一六	一〇四	一五%	10/3	お絹は米友に暇を出す
二七六	一	一〇〇	一%	10/4	米友はお絹が渡した金一封を放り投げて出て行く
二七七	二二	一〇六	二一%	10/5	それに気づいたお松が止めるも、米友は聞かず
二七八	四二	一〇〇	四二%	10/6	米友が去り、お絹と神尾と一緒にいることに不安を覚えるお松【ここまで、「駒井能登守の巻」】
二七九	七〇	一〇〇	七〇%	10/7	兵馬恋しさに後を追うも、疲れて動けなくなるお君【ここから、「伯耆の安綱の巻」】
二八〇	七七	九五	八一%	10/8	幸内に助けられる
二八一	六五	一〇〇	六五%	10/9	有野村の馬大尽の屋敷へ
二八二	一四	一〇〇	一四%	10/10	お銀様と対面
二八三	二四	九七	二五%	10/11	お君はここで働くことになる
二八四	一三	一〇〇	一三%	10/12	当家の複雑な家族関係を知る
二八五	一	九九	一%	10/13	お銀様の顔が傷ついた原因を知り、同情するお君
二八六	七	一〇四	七%	10/14	幸内はお銀様から秘蔵の刀を借り受ける
二八七	八	九二	九%	10/15	お銀様の部屋に来るように、と幸内がお君に伝えに来る
二八八	二七	九八	二八%	10/16	お君はお銀様をたずねる
二八九	四	九八	四%	10/17	異母兄弟の三郎が来るも、お銀様は追い返す
二九〇	三〇	一〇五	二九%	10/18	お銀様とお君は琴と三味線で合奏
二九一	八	九五	八%	10/19	神尾邸に幸内が訪れる

二九二	四	一〇〇	四%	10/20	幸内は刀を持参
二九三	一二	一〇一	一二%	10/21	神尾はこの刀の品評会を催す
二九四	一	一〇〇	一%	10/22	一座の人々が刀を見る
二九五	七	九九	七%	10/23	なかなか鑑定が定まらない
二九六	一	九〇	一%	10/24	幸内が「伯耆の安綱」であると明かす
二九七	二二	一〇〇	二二%	10/25	駒井が有野村の馬大尽の家を来訪
二九八	二六	九一	二九%	10/26	駒井は馬を求めてやってきた
二九九	一二	九三	一三%	10/27	馬に乗る駒井を木の陰から見つめるお銀様とお君
三〇〇	一八	九五	一九%	10/28	駒井に吠えるムクの声にあわてて、お君が飛び出す
三〇一	一六	九〇	一八%	10/29	駒井はお君が妻そっくりであることに驚く
三〇二	二〇	九七	二一%	10/30	甲府で辻斬りが発生
三〇三	三二	九八	三三%	10/31	師範役の小林も下手人の見当がつかない
三〇四	八六	九三	九二%	11/1	弟子の岡村は駒井を疑う
三〇五	四三	九八	四四%	11/2	岡村が辻斬りに会う【（合本の第一冊ができました）：「甲源一刀流の巻」＋「鈴鹿山の巻」】
三〇六	五	一〇〇	五%	11/3	龍之助は神尾の古屋敷にいる【ひとり龍之助にあっては沈んで行くことがその人を弱くしません】
三〇七	七	九八	七%	11/4	幸内はここに捕われている
三〇八	〇	九一	〇%	11/5	暴れる幸内をつきとばす龍之助
三〇九	三	九五	三%	11/6	神尾が「伯耆の安綱」を持ってやってくる

三一〇	二	八六	二%	11／7	夜中に甲府の町を歩く龍之助
三一一	一	九五	一%	11／8	米友は八幡宮で働いている
三一二	〇	九七	〇%	11／9	そこに小林がやってくる【(「竜神の巻」ができました)】
三一三	二〇	九三	二二%	11／10	怪しい者を見ていないか聞き込み
三一四	四	九二	四%	11／11	そのとき近所の鍋焼きうどんの屋台で騒ぎ
三一五	二九	一〇三	一八%	11／12	辻斬りが出た様子
三一六	七	九六	七%	11／13	お銀様とお君が八幡宮に参詣
三一七	三	九一	三%	11／14	おみくじをひく
三一八	一八	九四	一九%	11／15	その後、お城へ向かう
三一九	五	九七	五%	11／16	お君が駒井に面会して、幸内の件を相談することに
三二〇	一	一〇一	一%	11／17	お君が城内へ入る
三二一	二五	九三	二七%	11／18	門番がとりつぐ
三二二	七四	九八	七六%	11／19	その様子を見ている市五郎
三二三	九〇	九七	九三%	11／20	当時の甲府城内の緩んだ風儀について【ここまで、「伯耆の安綱の巻」】
三二四	九	一〇一	九%	11／21	お君は駒井と面会【ここから、「如法暗夜の巻」】
三二五	五	九八	五%	11／22	駒井はお君に自分に仕えてほしいと伝える
三二六	一	九三	一%	11／23	駒井は自分の妻の写真を見せる
三二七	三	九八	三%	11／24	城を出ると、お銀様がいない
三二八	一	九八	一%	11／25	お銀様は折助にからまれる

三二九	○	九六	○%	11/26	それを市五郎が救う
三三〇	一一	九九	一一%	11/27	お銀様は市五郎宅へ
三三一	二	九四	二%	11/28	米友は町でお君を見かける
三三二	○	一〇二	○%	11/29	あとを追って市五郎宅へ
三三三	四四	九六	四六%	11/30	追い返される
三三四	二	一〇〇	二%	12/1	米友は市五郎宅に侵入して偵察
三三五	一五	一〇〇	一五%	12/2	お銀様とお君は駕籠に乗り込む
三三六				12/3	【この日の都新聞が現存せず】
三三七	一	九六	一%	12/4	駕籠は有野村へ。市五郎は伊太夫の信頼を得る
三三八	一	九八	一%	12/5	市五郎は神尾とお銀様の縁談話を持ち込む
三三九	一	九六	一%	12/6	お銀様はお君の部屋で写真を発見
三四〇	五	九八	五%	12/7	写真を傷つけようとするお銀様をお君が見つけてもみあい
三四一	一〇	一〇〇	一〇%	12/8	お君はお銀様の屋敷を出る
三四二	五二	九八	五三%	12/9	神尾邸では結婚に備えて普請がはじまる
三四三	一一	九六	一一%	12/10	それをあまりめでたく感じられないお松
三四四	○	九六	○%	12/11	神尾の別宅でお絹と市五郎が相談【(「間の山の巻」の刊行は来年になる)】
三四五	四九	九二	五三%	12/12	お松はその席に呼ばれる。お絹の挙動を浅ましく感じる
三四六	一一	一〇一	一一%	12/13	兵馬は甲府の牢屋で病に伏している
三四七	四	九七	四%	12/14	南條に長州征伐の情報が仲間からもたらされる

三四八	五	八八	六%	12／15	南條はヤスリを手に入れる
三四九	五五	九五	五八%	12／16	この頃の甲府の社会情勢
三五〇	一三	九三	一四%	12／17	牢破りを企てる南條を止める兵馬
三五一	二	九九	二%	12／18	駒井に仕えるお君
三五二	一	九三	一%	12／19	お絹が訪ねてくる
三五三	四	九八	四%	12／20	駒井の縁談を伝えると、駒井は仮親を立てるべきだと指摘
三五四	一	九七	一%	12／21	神尾@古屋敷
三五五	〇	一〇二	〇%	12／22	駒井の件の怒りを幸内にぶつける神尾
三五六	六	九七	六%	12／23	神尾の行為はエスカレート
三五七	〇	一〇一	〇%	12／24	そこに辻斬りの下手人を追ってきた小林と米友が登場
三五八	一	九七	一%	12／25	小林と米友が去り、神尾は幸内を解放
三五九	二六	九三	一八%	12／26	龍之助が帰宅。胸には辻斬りの際に掴まれたままの女の手首
三六〇	三	九八	三%	12／27	龍之助は人を斬りたい気持ちが抑えられない【弱い奴を斬ってみたい】
三六一	三	九二	三%	12／28	女が辻斬りで殺された事件が市中に伝わる。亭主は発狂
三六二	四	九五	四%	12／29	龍之助は夜の町を徘徊
三六三	九	九八	九%	12／30	発狂した男に出会う
三六四	五	九四	五%	1／1	甲府の学問所、徽典館の様子
三六五	一	九七	一%	1／2	少年達が帰宅
三六六	二	九三	二%	1／3	少年達は赤子を背負った発狂した男に出会う

三六七	一〇	九六	一〇％	1／4	小使の老人が宿屋を見回り
三六八	一二	九七	一二％	1／5	破牢
三六九	四八	九四	五一％	1／6	南條らと兵馬は脱走
三七〇	八	一〇一	八％	1／7	同心たちが追うも、破牢した者は捕まらず
三七一	一	九六	一％	1／8	米友が何者かに遭遇
三七二	一	九八	一％	1／9	濃霧のためによく見えない
三七三	三	一〇四	三％	1／10	石を投げて応戦するが、倒される
三七四	七	九八	七％	1／11	立ち上がれずにいたところに、ムクがやってくる
三七五	一八	一〇〇	一八％	1／12	ムクは米友を導いて行く
三七六	六	一〇三	六％	1／13	ムクに導かれて米友は幸内を救出
三七七	四	一〇三	四％	1／14	沈んだ様子の駒井
三七八	二	一〇一	二％	1／15	お君は泣きながら、別れを告げる
三七九	一	九六	一％	1／16	駒井はお君を寵愛しているが、ここ数日は様子がおかしい
三八〇	〇	九七	〇％	1／17	お君が前言を撤回
三八一	〇	一〇〇	〇％	1／18	駒井の妻のことを意識するお君
三八二	一	一〇二	一％	1／19	そこへムクがやってくる
三八三	二六	一〇三	二五％	1／20	ムクに導かれて木戸口へ
三八四	一四	九七	一四％	1／21	そこにいた米友と久しぶりの再会
三八五	一一	一〇六	一〇％	1／22	互いにこれまでのことを報告
三八六	六	一〇二	六％	1／23	夜中にあやしい者の気配を感じる駒井

三八七	六	一〇〇	六%	1/24	南條と五十嵐が、駒井の仕事部屋に侵入している
三八八	一	九六	一%	1/25	二人は駒井の部屋を物色
三八九	六	一〇〇	六%	1/26	捕方が駒井の屋敷の外に
三九〇	一〇	九八	一〇%	1/27	銃をもった駒井が二人を一喝
三九一	一一	一〇三	一一%	1/28	駒井と南條が旧知の仲であることが判明
三九二	三	一〇二	三%	1/29	この様子を盗み見ていた金助【ここまで、「如法暗夜の巻」】
三九三	一	九九	一%	1/30	幸内の看病をするお銀様【ここから、「お銀様の巻」】
三九四	〇	一〇二	〇%	1/31	世間の体裁もあり、それを父の伊太夫がたしなめる
三九五	〇	九八	〇%	2/1	お銀様はゆずらない
三九六	〇	九七	〇%	2/2	お銀様は家を出ることを決意
三九七	六	九八	六%	2/3	お銀様が家を出たのち、神尾が侵入して幸内を絞殺
三九八	二二	九七	二三%	2/4	お銀様は甲府へ
三九九	一	九八	一%	2/5	子供の泣き声
四〇〇	三九	九九	三九%	2/6	お銀様が子供を抱くと、近くには斬られた死体
四〇一	三〇	九三	三二%	2/7	そこに神尾がやってきて、お銀様を自分の屋敷に連れて行く
四〇二	八	一〇二	八%	2/8	お松のもとに七兵衛がやってきて、兵馬の状況を知らせる
四〇三	一三	九七	一三%	2/9	お松は七兵衛から道庵の薬を受けとる
四〇四	〇	九八	〇%	2/10	大雪の中、駒井、南條、五十嵐、米友が屋敷を出る
四〇五	一九	一〇一	一九%	2/11	それが知った神尾が、追手を出す
四〇六	五七	九七	五九%	2/12	神尾は雪見をするため古屋敷へ

四〇七	一九	一〇二	一九％	2／13	古屋敷に着いた神尾は雪見酒
四〇八	五	一〇三	五％	2／14	神尾はお銀様を呼ぶ
四〇九	三	九九	三％	2／15	お銀様に伯耆の安綱を見せる神尾 【（「間の山の巻」ができました）さらなる長篇化を意識】
四一〇	〇	九五	〇％	2／16	さらに刀を抜いてお銀様に見せる
四一一	〇	一〇一	〇％	2／17	神尾は刀が伯耆の安綱で、幸内から奪ったことを明かす
四一二	〇	一〇三	〇％	2／18	幸内を殺したことも明かし、お銀様を殺そうとする神尾
四一三	〇	九九	〇％	2／19	別室の龍之助に助けを求めるお銀様
四一四	〇	一〇五	〇％	2／20	神尾が去り、お銀様は逃げようとするが、龍之助が止める
四一五	〇	九七	〇％	2／21	炬燵でうたた寝をする龍之助と、泣くお銀様
四一六	三	九九	三％	2／22	駒井と米友が屋敷へ戻る
四一七	六	九九	六％	2／23	米友を出迎えるムク
四一八	四	九九	四％	2／24	ムクに手紙が結びつけられている
四一九	八	九九	八％	2／25	手紙に従って屋敷の裏へ行くと、お松がいる
四二〇	〇	九五	〇％	2／26	お松は兵馬に薬を渡してほしいと頼む
四二一	九二	九五	九七％	2／27	辻斬りで残された幼児に、みかんを買っていくお松
四二二	七三	九六	七六％	2／28	お松の龍之助への復讐心が刺激される
四二三	四	九八	四％	3／1	駒井の屋敷で寝ている兵馬（肝臓病）
四二四	八	一〇六	八％	3／2	兵馬は枕元に置かれた手紙を読む
四二五	一五	一〇二	一五％	3／3	兵馬が米友に手紙の返事を渡す

四二六	二	九九	二％	3／4	古屋敷で幻を見る龍之助とお銀様【単行本では、四一五のあとに移動】
四二七	九	九二	一〇％	3／5	駒井の勢力拡大を恐れ、神尾が暗躍
四二八	三	一〇〇	三％	3／6	駒井はますますお君を寵愛。お君もそれに応える
四二九	三	九一	三％	3／7	お君は米友を冷たくあしらうようになる
四三〇	一	九七	一％	3／8	駒井の妻のように振舞うお君。ムクの相手もしなくなる
四三一	一〇	九五	一一％	3／9	家を出ようとする米友
四三二	二一	九七	二二％	3／10	米友はお君に愛想がつきる
四三三	七二	九六	七五％	3／11	米友、家を出る
四三四	六五	一〇二	六四％	3／12	米友のことを後悔するお君
四三五	一五	一〇七	一四％	3／13	お君は米友を訪ねてきたお松と再会
四三六	四六	一〇二	四五％	3／14	兵馬のところへお松を案内
四三七	三五	九一	三八％	3／15	お君と兵馬が再会
四三八	九七	九七	一〇〇％	3／16	お松と兵馬の関係に嫉妬するお君
四三九	二六	九九	二六％	3／17	駒井の屋敷を出た米友はお角に遭遇
四四〇	二	一〇三	二％	3／18	袖切坂で転ぶお角
四四一	二	九二	二％	3／19	袖切坂の謂れ
四四二	五三	一〇〇	五三％	3／20	米友はお角の家に一泊
四四三	四七	一〇〇	四七％	3／21	夜中にがんりきがその家に帰ってくる
四四四	二	九七	二％	3／22	米友はお角の家を発ち、江戸を目指す

四四五	四四	九三	四七%	3/23	神尾は賭場を開き、金回りがよくなる。そこにがんりきが出入り
四四六	五三	九八	五四%	3/24	神尾が負け、がんりきが勝つ。神尾は伯耆の安綱を抵当に
四四七	三四	九一	三七%	3/25	さらにがんりきが勝ち、伯耆の安綱を持って帰る
四四八	八	一〇〇	八%	3/26	がんりきが神尾の屋敷を出ると、お角が待っている
四四九	二二	九六	二三%	3/27	二人は神尾の手下に襲われる
四五〇	五四	一〇二	五三%	3/28	お角は取調べを受ける
四五一	一四	九六	一五%	3/29	お角が逃亡
四五二	二八	九八	二九%	3/30	八幡社で流鏑馬がおこなわれることに
四五三	六	一〇一	六%	3/31	神尾は腕の立つ浪人を招く
四五四	三五	九八	三六%	4/1	駒井は兵馬に弓と馬の練習をさせる
四五五	一〇一	一〇五	九六%	4/2	練習を重ねる兵馬
四五六	二	九八	二%	4/3	八幡社の催しがはじまる
四五七	四	九六	四%	4/4	駒井の男ぶりが人気となる【(合本第二冊が出来ました):「壬生島原の巻」+「三輪の神杉の巻」】
四五八	一	九五	一%	4/5	神尾はそれが癪にさわる
四五九	一	九七	一%	4/6	折助たちも見物
四六〇	二	九四	二%	4/7	七兵衛とがんりきも見物
四六一	一	九三	一%	4/8	やぶさめの当日。お君が登場
四六二	一	九六	一%	4/9	お君は一座の挨拶をうける

四六三	二	九七	一%	4／10	お松がお君を訪ねる
四六四	九	一〇〇	九%	4／11	流鏑馬がはじまり、射手が入場
四六五	一〇	九八	一〇%	4／12	兵馬はすべての的を射る
四六六	二三	一〇一	二三%	4／13	流鏑馬が終わり、帰路につく兵馬
四六七	六	九五	六%	4／14	博徒のケンカが起こる
四六八	二	九三	二%	4／15	追手から逃げるがんりき
四六九	二二	九三	二四%	4／16	〃
四七〇	二五	九六	二六%	4／17	がんりきを弓矢で射るように指示する神尾
四七一	二	九九	二%	4／18	邪魔が入り、弓を射損じる
四七二	一	九八	一%	4／19	がんりきと七兵衛が逃走
四七三	五六	九六	五八%	4／20	兵馬は甲府を脱出
四七四	六	九七	六%	4／21	兵馬は八幡村の小泉家の駕籠に遭遇
四七五	三〇	九六	三一%	4／22	その駕籠は八幡村へ
四七六	三七	九四	三九%	4／23	駕籠に乗っていたのは龍之助とお銀様【ここまで、「お銀様の巻」】
四七七	九	一〇四	九%	4／24	部屋でくつろぐ龍之助とお銀様【ここから、「慢心和尚の巻」】
四七八	三	一〇一	三%	4／25	部屋にはお浜の位牌
四七九	一〇	一〇二	一〇%	4／26	翌日、裏山で日光浴をする龍之助。そこはお浜の墓
四八〇	〇	九五	〇%	4／27	龍之助はそこがお浜の実家だと知る

四八一	二	九二	二%	4/28	夜歩きをする龍之助
四八二	○	九一	○%	4/29	龍之助は出会った若い娘を殺す
四八三	一○	九二	一一%	4/30	龍之助はお銀様に殺した女を帳面にリストアップさせる
四八四	一一	九五	一二%	5/1	お銀様は龍之助が辻斬の犯人だと気づく
四八五	一二	九六	一三%	5/2	龍之助はお銀様に人を斬ることについて語る【人を斬ってみるよりほかに、おれの仕事はない】
四八六	一	九五	一%	5/3	恵林寺へ慢心和尚
四八七	一	一○○	一%	5/4	和尚に仇討を否定される兵馬【この世に敵討ということほどばかばかしいことはない】
四八八	一五	九八	一五%	5/5	兵馬はお松を恋しく思う【兵馬は龍之助を追い求むる心よりも、お松を思い遣る心が痛切になりました】
四八九	一四	一○○	一四%	5/6	兵馬は僧の姿をして甲府のお松を訪ねるが会えず【お松に会いたくて堪らない】
四九○	一四	九七	一四%	5/7	兵馬はムクに会い、お松への手紙を託す
四九一	三三	九六	三四%	5/8	お松が穢多の娘だという噂が広まる
四九二	七	九九	七%	5/9	兵馬の手紙が届く。駒井宅に行くお松をお絹が止める
四九三	五	一○一	五%	5/10	お絹は、お松を出かけさせないために長話をする
四九四	一四	一○五	一三%	5/11	甲府の城の屋根の上に提灯が現れる
四九五	二二	一○○	二二%	5/12	駒井が提灯に向けて発砲
四九六	一六	九七	一六%	5/13	お君が病気になる
四九七	二	九三	二%	5/14	勤番の寄合で神尾が発言

四九八	一	一〇〇	一%	5/15	神尾は、上の者の風儀の乱れを指摘
四九九	一	九六	一%	5/16	穢多の娘を愛する者がいることを曝露
五〇〇	二	一〇三	二%	5/17	〃
五〇一	一	九一	一%	5/18	駒井は屋敷に戻る
五〇二	一	一〇一	一%	5/19	世間はこの噂でもちきり
五〇三	一一	一〇四	一一%	5/20	駒井は江戸へ。お君は死んだとの噂
五〇四	七	一〇〇	七%	5/21	大菩薩峠で飯を食う米友
五〇五	二	一〇〇	二%	5/22	おむすびを猿に奪われる
五〇六	三	九九	三%	5/23	猿と格闘
五〇七	一一	一〇三	一一%	5/24	そこに地蔵を背負った与八が登ってくる
五〇八	一	九七	一%	5/25	火を持った与八に猿たちは退散
五〇九	四七	九七	四八%	5/26	米友と与八は一緒に江戸へ
五一〇	一〇	九二	一一%	5/27	二人の行き先は共に道庵宅
五一一	一	一〇二	一%	5/28	恵林寺の若い僧たちが遊ぶために夜中に寺を脱け出す
五一二	一	一〇八	一%	5/29	帰宅
五一三	〇	九三	〇%	5/30	慢心和尚はすべてお見通し
五一四	一六	九七	一六%	5/31	向獄寺の老尼が恵林寺へ
五一五	六三	九八	六四%	6/1	お君は向獄寺にいる
五一六	二三	九八	二三%	6/2	慢心和尚は兵馬にお君を八幡村の小泉家に送るよう頼む
五一七	二一	九六	二二%	6/3	お君の駕籠が出発。途中で襲われるが兵馬が撃退

五一八	三一	一〇〇	三一%	6/4	亀甲橋で侍の姿をした女とすれ違う
五一九	四六	九八	四七%	6/5	再び悪者が現れる
五二〇	三〇	九四	三二%	6/6	駕籠を奪われる
五二一	一三	一〇三	一三%	6/7	慢心和尚が登場。悪者を撃退して駕籠を奪回
五二二	三	九八	三%	6/8	和尚は駕籠をひとりで担いでいく
五二三	一〇	九三	一一%	6/9	兵馬は拳骨和尚の逸話を思い出す
五二四	三	九七	三%	6/10	〃
五二五	三二	九七	三三%	6/11	勝沼まで来て和尚は寺に戻る。兵馬とお君は江戸を目指す
五二六	二一	九八	二一%	6/12	今後のことを考える兵馬
五二七	三〇	九六	三一%	6/13	この宿の帳場にいるのはお角
五二八	五	一〇〇	五%	6/14	宿に泊まる侍の姿をした女が、お角に関所破りの相談
五二九	一六	一〇一	一六%	6/15	峠で狼が出たという噂
五三〇	一	九九	一%	6/16	がんりきがお角を訪ねる
五三一	一	一〇三	一%	6/17	がんりきと侍の姿をした女は朝早く出発
五三二	五	一〇四	五%	6/18	小さな神社で休憩
五三三	〇	九五	〇%	6/19	がんりきは神尾邸にいたお松だと見抜く
五三四	四	一一一	四%	6/20	黒野田に到着
五三五	一〇	一〇一	一〇%	6/21	がんりきを気味悪く思うお松
五三六	五	一〇二	五%	6/22	お松は馬子の姿をした南條に声をかけられ、馬に乗る
五三七	二二	一〇〇	二二%	6/23	がんりきがやってくるが、馬子の顔を見て逃げる

五三八	一	九六	一%	6／24	お松のいる宿に役人が訪ねてくる
五三九	三	九九	三%	6／25	お松は兵馬の偽名を語ってウソをつく
五四〇	〇	九六	〇%	6／26	近くの宿に泊まる兵馬も役人の訪問を受け、偽名を語る
五四一	六	一〇四	六%	6／27	お松はがんりきの手びきで逃走
五四二	八	一〇〇	八%	6／28	再び南條が現れてがんりきを撃退
五四三	四〇	九五	四二%	6／29	お松は南條と逃走【ここまで、「慢心和尚の巻」】
五四四	一	一〇一	一%	6／30	道庵宅の隣りに成金の鰡八の妾宅ができる【ここから、「道庵と鰡八の巻」】
五四五	〇	一〇一	〇%	7／1	鰡八が食あたりになり、子分が道庵宅へ
五四六	〇	一〇〇	〇%	7／2	その頼み方に道庵は激昂
五四七	〇	九六	〇%	7／3	道庵は自宅の屋根にのぼり、鰡八に怒鳴る
五四八	一	一〇〇	一%	7／4	互いに嫌がらせ
五四九	〇	一〇一	〇%	7／5	さらにエスカレート
五五〇	一	九八	一%	7／6	鰡八が金にものを言わせて、優勢に立つ
五五一	三〇	一〇〇	三〇%	7／7	神尾は駒井を追放して得意になり、生活が荒れる
五五二	一四	九九	一四%	7／8	お絹の生活も荒れる
五五三	一	九六	一%	7／9	日本初の火薬製造所ができる
五五四	一五	九六	一六%	7／10	そこで南條が人足として働いている
五五五	五	九七	五%	7／11	南條は火薬製造所の秘密室を偵察。そこから兵馬が出てくる
五五六	三一	九八	三二%	7／12	南條は兵馬に声をかけ、秘密室に駒井がいることを知る

五五七	一二	九二	一三%	7/13	駒井は秘密室で研究している
五五八	二七	九五	二八%	7/14	南條が駒井の秘密室を訪ねる
五五九	〇	九三	〇%	7/15	駒井は洋行を決意したことを語る
五六〇	九	九三	一〇%	7/16	兵馬は宿に帰って、お君に駒井を諦めるように言う
五六一	一四	九八	一四%	7/17	死のうとするお君
五六二	二四	九四	二六%	7/18	兵馬はお君を説得
五六三	〇	一〇二	〇%	7/19	貧窮組について
五六四	〇	九八	〇%	7/20	〃
五六五	五	九六	五%	7/21	三井を襲うことを宣言した張札がでる
五六六	一	一〇一	一%	7/22	〃
五六七	三八	一〇一	三八%	7/23	南條が兵馬を訪ねてくる
五六八	九	九八	九%	7/24	南條は兵馬をどこかへ連れ出す
五六九	五	九六	五%	7/25	七兵衛とがんりきが王子にやってくる
五七〇	六	一〇一	六%	7/26	七兵衛は火薬製造所へ、がんりきは宿屋へ潜入
五七一	〇	九一	〇%	7/27	七兵衛はあやしく思ってがんりきの後を追う
五七二	二	九七	二%	7/28	宿屋で泥棒騒ぎが起きたのち、二人は王子権現へ
五七三	〇	九三	〇%	7/29	がんりきが盗んだのはお君の打掛
五七四	一七	九七	一八%	7/30	駒井は兵馬の手紙を百姓に託す
五七五	二三	九七	二四%	7/31	手紙が宿に届く
五七六	三八	八五	四五%	8/5	駒井は製造所を離れ、行き先は誰にも語らない、とのこと

五七七	一	九七	一%	8/6	ムクは神尾の古屋敷で鎖につながれている
五七八	一	九三	一%	8/7	犬殺しがムクの皮を剝ぐ計画
五七九	四	一〇一	四%	8/8	計画したのは神尾
五八〇	一	一〇三	一%	8/9	神尾はそれを見物させるため、人を集める
五八一	二	一〇〇	二%	8/10	犬殺しがムクに近づく
五八二	一	九七	一%	8/11	犬殺しはムクを吊り上げる
五八三	二	九三	二%	8/12	一瞬の隙をついてムクは脱出
五八四	二	九五	二%	8/13	槍を持って立ち向かう神尾に、ムクは噛みつく
五八五	六	一〇〇	六%	8/14	ムクは古屋敷から脱走。神尾は怒って犬殺し達を槍で刺す
五八六	〇	九一	〇%	8/15	ムクは恵林寺へ
五八七	一一	九一	一二%	8/16	龍之助はひとりで小泉家にいる、お銀様は外出中
五八八	六	八五	七%	8/17	大雨
五八九	六	九四	六%	8/18	畳の上まで浸水
五九〇	〇	九二	〇%	8/19	龍之助は家ごと流される
五九一	八五	九一	九三%	8/20	流されながら屋根の上で黒い入道と白い海坊主と格闘
五九二	三四	九四	三六%	8/21	慢心和尚らは洪水対策と救助活動を行なう
五九三	二一	九七	二二%	8/22	ムクは川に飛び込む
五九四	六八	九三	七三%	8/23	川のほとりでお銀様が探し物をしている
五九五	七五	一〇〇	七五%	8/24	お銀様はムクと遭遇
五九六	六二	九七	六四%	8/25	ムクを連れているのはお角

五九七	六三	九九	六四%	8/26	龍之助はお角に救出されている
五九八	二八	九一	三一%	8/27	かつての箱惣の屋敷には老女が住み、志士たちが出入り 【(「東海道の巻」ができました)】
五九九	五	九三	五%	8/28	そこにお松もいる
六〇〇	二七	九八	二八%	8/29	屋敷でお松と兵馬は再会
六〇一	一	一〇一	一%	8/30	道庵は手錠三〇日間の刑
六〇二	〇	九七	〇%	8/31	鰡八の妾宅に水鉄砲を浴びせたため
六〇三	一	一〇一	一%	9/1	道庵は不自由な生活を送る
六〇四	三	一〇二	三%	9/2	米友が道庵を訪問
六〇五	八	一〇六	八%	9/3	道庵宅の屋根から鰡八の妾宅を眺める米友
六〇六	〇	一〇二	〇%	9/4	米友は道庵から日本橋へ使いを頼まれる
六〇七	一四	一〇九	一三%	9/5	両国へ
六〇八	一〇一	一〇一	一〇〇%	9/6	様々な思い出に浸る米友
六〇九	〇	一〇〇	〇%	9/7	米友は相生町で馴染みの子供たちに会う
六一〇	四	一一一	四%	9/8	井戸に落ちた子供を助ける
六一一	八	一〇七	七%	9/9	その様子をお松が見かける
六一二	一六	九八	一六%	9/10	お松はそれをお君に報告
六一三	一一〇	一一〇	一〇〇%	9/11	お松とお君は道庵宅に行こうかと話す
六一四	一二	一〇二	一二%	9/12	薩摩屋敷の志士たちの間でお君のことが噂となる
六一五	一三	一〇八	一二%	9/13	志士の一人が老女にお君のことを尋ねるが、追い返される

六一六	一一	一〇七	一〇%	9/14	お松は道庵を訪ねる。帰り道に伯母さんに会う
六一七	八一	一〇〇	八一%	9/15	伯母さんに家に来るように言われるが、お松は断る【ここまで、「道庵と鰡八の巻」】
六一八	六一	一〇一	六〇%	9/16	兵馬は甲府で龍之助を捜索【ここからと五八七〜五九七を合わせて、「黒業白業の巻」】
六一九	七	一〇三	七%	9/17	神尾邸の前で穢多非人が抗議。犬殺し二人が帰って来ない
六二〇	一五	一〇三	一五%	9/18	神尾の同心たちと穢多非人が乱闘
六二一	四四	九五	四六%	9/19	穢多非人たちはなぶり殺しに。神尾邸は全焼
六二二	七三	一〇六	六九%	9/20	兵馬は酒場で金助に遭遇
六二三	三	一〇五	三%	9/21	兵馬は金助に神尾のことを聞く
六二四	〇	一〇八	〇%	9/22	神尾に会わせてくれと力ずくで頼む
六二五	〇	一〇四	〇%	9/23	金助は神尾は穢多非人にさらわれたと白状
六二六	一一	一〇四	一一%	9/24	兵馬は神尾の古屋敷を捜索するも、龍之助はいない
六二七	一七	一〇〇	一七%	9/25	神尾邸の焼跡を眺める七兵衛とがんりき
六二八	一四	九八	一四%	9/26	七兵衛とがんりきが京都に登場
六二九	三	一〇七	三%	9/27	兵馬は金助を連れて江戸へ向かう
六三〇	〇	一〇一	〇%	9/28	金助が神尾を語る
六三一	三	九二	三%	9/29	染井の化物屋敷に神尾が転居
六三二	〇	一〇九	〇%	9/30	神尾と暮らすのはお角
六三三	二	一〇〇	二%	10/1	土蔵には龍之助とお銀様

六三四	六	一〇四	六%	10/2	神尾は井戸で水を汲む音を嫌って注意をしに行く
六三五	四	九六	四%	10/3	お銀様に水をぶっかけられる
六三六	六	一〇二	六%	10/4	神尾は着がえて龍之助と酒盛り
六三七	一七	一〇二	一七%	10/5	神尾と龍之助は吉原へ。それを金助が目撃
六三八	四	九八	四%	10/6	金助は神尾に声をかける
六三九	九〇	一〇一	八九%	10/7	金助は駕籠で兵馬のもとへ
六四〇	七二	一〇四	六九%	10/8	神尾と会ったことを兵馬に報告
六四一	二七	九三	二九%	10/9	兵馬は吉原に行く金をお松に借りる
六四二	二八	一〇五	二七%	10/10	お松はお君の部屋へ
六四三	七五	九八	七七%	10/11	兵馬はお君から金を借りる
六四四	〇	一〇七	〇%	10/12	米友は大道芸の集団に身を寄せている
六四五	一	一〇五	一%	10/13	見せ物の前口上を述べる
六四六	一	九九	一%	10/14	はしごに上って芸を披露
六四七	八	九八	八%	10/15	そこに大名行列が通る
六四八	〇	九八	〇%	10/16	米友は大名行列の侍たちをなぐって逃走
六四九	七	一〇三	七%	10/17	屋根から屋根へと逃げる
六五〇	二八	九三	三〇%	10/18	米友は吉原の近くへたどり着く
六五一	九〇	九六	九四%	10/19	兵馬は神尾を偵察しながら、花魁と碁を打つ
六五二	一〇九	一〇九	一〇〇%	10/20	そこに金助がやってくる
六五三	八八	九五	九三%	10/21	金助は兵馬のことを神尾に伝える

六五四	二八	一〇一	二八%	10/22	龍之助が大量吐血
六五五	二七	九八	二八%	10/23	兵馬のいる店に茶袋がやってくる
六五六	二二	九九	二二%	10/24	米友は吉原に入る
六五七	二八	九六	二九%	10/25	池田屋事件を伝える読売
六五八	三一	一〇一	三一%	10/26	米友は浪士に読売を読んでもらう
六五九	八三	九五	八七%	10/27	茶袋が騒ぎを起こす
六六〇	七五	九四	八〇%	10/28	神尾はその騒ぎの中、店から出る
六六一	一〇	九八	一〇%	10/29	兵馬は金助に神尾の場所まで案内させる
六六二	九	九五	九%	10/30	兵馬は神尾に面会
六六三	〇	一〇一	〇%	10/31	力ずくで龍之助の居場所を聞き出そうとする兵馬
六六四	四五	八七	五二%	11/1	浪士たちと米友が茶袋の騒動に気づく
六六五	三八	一〇一	三八%	11/2	米友のはしごを使って、三人は屋根から見物
六六六					（六六六～六七〇は、原稿紛失のため存在しない。その間のあらすじを六七一に載せて、連載を続けている）
六六七					
六六八					
六六九					
六七〇					
六七一	一二	一〇三	一二%	11/3	ケガ人を治療する道庵。その間に駕籠は何者かを乗せて出発
六七二	一〇一	一〇一	一〇〇%	11/4	吉原へと駕籠を走らせるお角

六七三	一二	九六	一三%	11／5	神尾を拉致して逃げる兵馬。途中でお角に遭遇
六七四	四	九〇	四%	11／6	お角が神尾の声に気づく
六七五	七	九九	七%	11／7	お角は神尾のもとに駆け寄る
六七六	七八	一〇三	七六%	11／8	兵馬は龍之助が神尾と吉原に来ていたことを知る
六七七	八五	一〇二	八三%	11／9	そこに現れた金助に神尾を頼み、兵馬とお角は吉原へ
六七八	六	一〇七	六%	11／10	金助が染井の化物屋敷を訪問
六七九	七	一〇五	七%	11／11	金助が寝ているとお銀様がやってくる
六八〇	一二	一〇三	一二%	11／12	共謀して龍之助を隠したと疑うお銀様
六八一	六〇	一〇五	五七%	11／13	兵馬とお角は吉原で聞き込み
六八二	一〇〇	一〇〇	一〇〇%	11／14	兵馬は道庵を訪ねると、龍之助は行方不明
六八三	九七	一〇一	九六%	11／15	兵馬とお角は神尾の屋敷に戻るも、龍之助はいない
六八四	七九	一〇七	七四%	11／16	生まれてくる子供の心配をするお君
六八五	九二	九九	九三%	11／17	死産を望むお君
六八六	九三	一〇二	九一%	11／18	お君は気が変になっていく
六八七	一〇五	一〇五	一〇〇%	11／19	お松を訪ねて伯母さんがやってくる
六八八	六七	一〇三	六五%	11／20	外出の途中で、お松はムクを連れた慢心和尚に会う
六八九	一〇四	一〇四	一〇〇%	11／21	道庵先生の時勢論 【悲憤慷慨も先生の前では張り合いがない】
六九〇	一一〇	一一〇	一〇〇%	11／22	折助の動向
六九一	一一	九八	一一%	11／23	道庵は書画会へ。そこで高島秋帆について語る

六九二	六	一〇三	六%	11/24	一座の話題は駒井のことに
六九三	八	九七	八%	11/25	道庵はその場にいた遠藤老人と釣りに行くことに
六九四	一一	九八	一一%	11/26	帰宅した遠藤老人は、外で悲鳴を聞く
六九五	三	一〇〇	三%	11/27	槍をもって外に出るも、斬られる
六九六	〇	一〇四	〇%	11/28	龍之助は米友と弥勒寺橋の長屋に住んでいる
六九七	〇	九八	〇%	11/29	米友が龍之助の刀に触れると、龍之助が制止
六九八	四	一〇四	四%	11/30	夜中に長屋を抜け出す龍之助。それを追う米友
六九九	一三	九六	一四%	12/1	真夜中に両国橋を通るお君とムク
七〇〇	四七	一〇一	四七%	12/2	そこに龍之助が近づく
七〇一	六九	九七	七一%	12/3	両者の距離が縮まる
七〇二	八九	九八	九一%	12/4	恐怖を感じるお君
七〇三	一四	一〇一	一四%	12/5	米友は龍之助を追って薩摩屋敷へ
七〇四	四一	一〇三	四〇%	12/6	そこでお松に会い、お君が行方不明と知る
七〇五	五七	九七	五九%	12/7	両国橋から叫び声を聞く
七〇六	五四	一〇三	五二%	12/8	斬られる直前に川に飛び込んだお君とムク
七〇七	二一	一〇四	二〇%	12/9	川岸に身を潜める龍之助
七〇八	二五	九七	二六%	12/10	龍之助は通りすがりの按摩を斬る
七〇九	三	一〇五	三%	12/11	米友が帰宅すると龍之助は眠っている
七一〇	一〇五	一〇五	一〇〇%	12/12	薩摩屋敷で眠るお君 【志士の血を沸かせるのが頼山陽の壇場】

七一	六三	一〇五	六〇％	12／13	駒井は西洋に行く船に乗るため、小舟で接近
七二	〇	一〇三	〇％	12／14	鰡八も洋行。壮行会が行なわれる
七三	九七	九七	一〇〇％	12／15	兵馬から金を得て、景気のよい金助
七四	二	九九	二％	12／16	洋行する駒井が乗る船を眺める兵馬
七五	〇	一一三	〇％	12／17	敵討ちを再度心に誓う兵馬【ここまで、「黒業白業の巻」】

第六回連載「大菩薩峠（第六篇）」（大正十年一月〜十月）書き換え一覧

回	削除	全体	削除率	掲載日	内容　【】は備考
一	四	一〇一	四％	1／1	物語は安房国からはじまる【ここから、「安房の国の巻」】
二	二	一一〇	二％	1／2	弁信と茂太郎
三	〇	一一六	〇％	1／3	弁信は毎晩、燈籠に火を灯している【弁信は前世の業により失明。無明長夜の闇に迷う身】
四	〇	一〇九	〇％	1／4	江戸から木更津に向かう船に乗り込むお角
五	〇	一一一	〇％	1／5	お角は乗客と会話
六	〇	一〇八	〇％	1／6	海が荒れてくる
七	〇	一〇七	〇％	1／7	不安がる乗客
八	〇	一一〇	〇％	1／8	嵐がひどくなる
九	〇	一一三	〇％	1／9	船頭は嵐を静めるため人身御供を提案
一〇	〇	一一五	〇％	1／10	船頭はお角を選ぶ

一一	○	一〇七	○%	1／11	甲板に出るお角。大波に船ごと呑み込まれる
一二	七	一〇七	七%	1／12	洲崎にいる駒井が、打ちあげられた人を見つける
一三	一	一〇四	一%	1／13	駒井は女を連れて帰る
一四	○	一〇五	○%	1／14	三日後、清吉（駒井の従者）の姿が見えない
一五	○	一〇三	○%	1／15	お角は駒井が甲府の殿様だと気づく
一六	一	一〇七	一%	1／16	清吉を探しに行く駒井
一七	○	一一二	○%	1／17	駒井との出会いを夢のように思うお角
一八	三四	一〇三	三三%	1／18	清吉は見つからず、駒井は帰宅
一九	○	九九	○%	1／19	お角は家事ができるほどに回復
二〇	五	一〇九	五%	1／20	お角は駒井になぜ落ちぶれたのか尋ねる
二一	二三	一〇九	二一%	1／21	床下で物音
二二	三	一一一	三%	1／22	どうやら人間
二三	○	一〇二	○%	1／23	出て来たのは少年
二四	○	一〇三	○%	1／24	少年は寺から逃げてきた
二五	一	一〇一	一%	1／25	その少年はお角が探していた茂太郎
二六	○	一一二	○%	1／26	弁信は高燈籠の火が消えたことを悔み、寺を出る 【業が尽きないから、火が消えてしまった】
二七	二三	一〇三	二二%	1／27	焚き火をする南條、五十嵐、がんりき@碓氷峠
二八	三	一〇七	三%	1／28	なにやら相談
二九	○	一〇二	○%	1／29	碓氷峠の関所について

三〇	二二	一〇六	二一%	1/30	南條と五十嵐は峠に来た馬子と衣装を交換し、入れ替わる
三一	三	一〇〇	三%	1/31	がんりきは妙義神社で机龍之助の名を隠した掛額を発見
三二	九	一〇五	九%	2/1	角兵衛獅子の一行と遭遇
三三	三八	一〇〇	三八%	2/2	そこに南條、五十嵐ら五人が登ってくる
三四	一一	一〇八	一〇%	2/3	その後、七兵衛と山崎譲が登ってきて、同じく掛額を眺める
三五	一二	一〇九	一一%	2/4	二人は龍之助の話をする
三六	二〇	一〇五	一九%	2/5	七兵衛はがんりきの忘れ物を見つける
三七	三七	一〇九	三四%	2/6	山崎は掛額の張り紙をはぎとる
三八	一一三	一一三	一〇〇%	2/7	そこに捕方があらわれ、山崎と七兵衛は逃げる
三九	二〇	一〇六	一九%	2/8	捕方は天狗党の軍用金を追っている
四〇	二五	一一一	二三%	2/9	山崎は南條らの甲府城乗っとり計画を七兵衛に話す
四一	一〇四	一〇四	一〇〇%	2/10	両国を歩く兵馬。ふと耳にした俗歌に心が乱れる【世の中は金と女が敵なり 早く敵にめぐり逢ひたし】
四二	六一	一一一	五五%	2/11	最近の兵馬の様子を心苦しく思うお松
四三	二七	一〇五	二六%	2/12	お松は悲しい気持ちを兵馬に伝える
四四	一二	一〇六	一一%	2/13	部屋に帰って泣くお松
四五	三四	一〇三	三三%	2/14	金助が訪ねて来るが、兵馬は留守
四六	二七	一〇六	二五%	2/15	ムクとたわむれるお君
四七	一三	一〇三	一三%	2/16	〃
四八	〇	一〇二	〇%	2/17	両国橋を渡る金助

四九	○	一一三	○%	2／18	そこで出くわした米友ともめる
五○	二	一○四	二%	2／19	怒った米友は、金助を川に投げこむ
五一	二四	一一○	二二%	2／20	女軽業の看板を書く神尾
五二	一	一一○	一%	2／21	それを頼んだのはお角
五三	一	一○八	一%	2／22	お角の色恋沙汰をほのめかす神尾
五四	二	一○六	二%	2／23	お角はその足でお銀様を訪ねるが、留守
五五	○	一○八	○%	2／24	お角は室内で、女の顔が針でつかれた浮世絵草紙を発見
五六	六	一○四	六%	2／25	お角の評判をひがむお絹
五七	四七	九六	四九%	2／26	兵馬は吉原で覆面の怪しい人物を目撃
五八	六	一一○	五%	2／27	尾行して素姓を問う兵馬
五九	四八	一○二	四七%	2／28	それは女性。通行人が来て、二人は身を隠す
六○	六五	一○三	六三%	3／1	兵馬はその一人が神尾だと気づく
六一	一○一	一○一	一○○%	3／2	神尾邸まで尾行
六二	一○八	一○八	一○○%	3／3	兵馬は引き返して、ソバ屋に神尾邸の評判を聞く
六三	六	八九	七%	3／4	見世物小屋では茂太郎が人気
六四	三三	九七	三四%	3／5	美しい茂太郎は特に女性に人気
六五	一	一○八	一%	3／6	弁信が軽業小屋にやってくるも、茂太郎には会えず
六六	○	一○九	○%	3／7	帰り道、弁信は女に声をかけられ、一緒に歩くことに
六七	○	一一四	○%	3／8	女はお蝶
六八	三	一○七	三%	3／9	弁信が危険を察知する

六九	○	一〇一	○%	3／10	土手で男が女を殺している
七〇	七	一一一	六%	3／11	その様子を黙って聞く弁信【弁信もかえっていい心持のようになる】
七一	一二	一〇七	一一%	3／12	人が殺された現場に集まる辻番、米友、弁信、お蝶【龍之助は無暗に人が殺したい】
七二	一	一〇六	一%	3／13	殺人を見ていたかのように語る弁信
七三	二四	一一六	二一%	3／14	〃【ただ斬っただけでは足りない。嬲り殺しにしなければ納まらない】
七四	八	一〇〇	八%	3／15	翌朝、弁信、お蝶、米友は家に帰る
七五	一一	一〇五	一〇%	3／16	その途中で米友は龍之助を目撃。ムクも龍之助に懐いている
七六	○	一〇〇	○%	3／17	米友は龍之助に昨夜の殺人のことを問いつめる
七七	○	一〇八	○%	3／18	龍之助が殺人について語る【人の魂が苦しがって抜け出すのを見ると、それでホッと生き返った心持になる】【ここまで、「安房の国の巻」】
七八	○	一〇五	○%	3／19	米友は不動明王の夢を見る【夢にまで執念を持ち越す】【ここから、「小名路の巻」】
七九	五	一一〇	五%	3／20	米友の住む長屋へお銀様が訪ねてくる
八〇	一	一一三	一%	3／21	お銀様は龍之助の居場所を尋ねる
八一	○	一一三	○%	3／22	必死でお願いするお銀様
八二	○	一〇九	○%	3／23	米友は長屋で同居していることを明かす

八三	〇	一〇四	〇%	3/24	駒井は江戸で旧知の寅吉と面会
八四	三	一〇四	三%	3/25	船大工の寅吉に自作の船の設計図を見せる
八五	〇	一〇四	〇%	3/26	外で斬り合いが起きる
八六	〇	九三	〇%	3/27	その周辺を酔って歩いている道庵
八七	〇	一一五	〇%	3/28	道庵に人影が近づく
八八	〇	一〇六	〇%	3/29	男は斬られており、道庵に覆いかぶさって絶命
八九	一〇	一〇六	九%	3/30	駒井は外の様子を見に行く
九〇	〇	一〇三	〇%	3/31	橋の上に斬られた侍を発見
九一	一〇	一〇七	九%	4/1	そこに兵馬がかけつける
九二	七	一〇六	七%	4/2	斬られた者たちは、兵馬の仲間
九三	二四	一〇八	二二%	4/3	駒井と兵馬は斬られた者に重なって眠る道庵を発見
九四	二〇	一〇三	一九%	4/4	翌朝、銭湯に龍之助が現れる
九五	〇	一〇一	〇%	4/5	そこに道庵も登場
九六	二二	一〇四	二一%	4/6	常連客が湯からあがった龍之助の噂をする
九七	四八	一〇五	四六%	4/7	道庵が龍之助だと気づいて大騒ぎ
九八	〇	一〇四	〇%	4/8	山崎と七兵衛は、南條らを見つけられないまま甲府に到着
九九	三〇	一〇八	二八%	4/9	七兵衛はがんりきが隠した伯耆の安綱を取りに行く
一〇〇	二	一〇二	二%	4/10	そこにがんりきが現れる。二人とも刀を譲らない
一〇一	一三	一〇五	一二%	4/11	坊主持で決めることに
一〇二	五	一〇六	五%	4/12	高坂甚内について

一〇三	〇	一一一	〇%	4/13	〃
一〇四	三	一〇七	三%	4/14	七兵衛とがんりきは江戸市中へ。女軽業の興行を見かける
一〇五	六	一〇七	六%	4/15	楽屋のお角
一〇六	〇	一〇六	〇%	4/16	お角は柳橋の駒井のもとに向かう
一〇七	〇	一〇二	〇%	4/17	そこにがんりきが現れる
一〇八	一〇	一〇三	一〇%	4/18	橋の上で米友とお銀様に遭遇
一〇九	〇	一一四	〇%	4/19	お銀様はお角にお伴を頼む
一一〇	〇	一〇三	〇%	4/20	お銀様とお角が去り、がんりきと米友が残される
一一一	四九	一〇七	四六%	4/21	米友は傘をあずけて走り去る。がんりきは駒井を訪ねる
一一二	一〇九	一〇九	一〇〇%	4/22	駒井はがんりきの面会を断り、小舟で去る。そこにお角が合流
一一三	一一三	一一三	一〇〇%	4/23	舟の中に潜んでいたがんりきが登場
一一四	一〇五	一〇五	一〇〇%	4/24	がんりきはすれ違いの舟にケンカを売って飛び移る
一一五	一〇三	一〇三	一〇〇%	4/25	それがたまたまお絹の舟
一一六	六	一〇二	六%	4/26	龍之助が吉原に現れる【(郁太郎や与八の名が、久しぶりに登場)】
一一七	一八	一〇五	一七%	4/27	吉原では先日、柳原の土手で殺された女が話題【男は刃物で人を殺しますけれど、女はえくぼで人を殺します】
一一八	一一	一〇五	一〇%	4/28	花魁の大隅に客が来る

一一九	二九	一〇二	一八%	4/29	客は龍之助。しかし龍之助はすぐに別の部屋で眠る【すべてが暗黒。ただ人を斬って見る瞬間だけ全身の血が逆流する】
一二〇	三六	一一二	三二%	4/30	過去を思い出して苦しむ龍之助【夜半に夢が破れた時には、その破れ目の傷口からあらゆる過去が流れ出す】
一二一	一〇三	一〇三	一〇〇%	5/1	隣の部屋で尺八を吹き、歌う、二人の童子
一二二	三〇	一〇八	二八%	5/2	〃
一二三	一六	一〇二	一六%	5/3	吉原を去る龍之助。途中で尺八を買い、心のままに吹く
一二四	三一	一〇七	二九%	5/4	お角に茂太郎がお絹のところにいるとの言伝
一二五	四八	一一一	四三%	5/5	そこに現れた七兵衛と、茂太郎をとり戻す作戦をたてる
一二六	一〇八	一〇八	一〇〇%	5/6	気が狂った坊主が、大阪城について語る
一二七	一一三	一一三	一〇〇%	5/7	その坊主が駿府城に登場して語る。それを七兵衛が目撃
一二八	九七	九七	一〇〇%	5/8	山崎の手紙を京都の近藤勇に届ける七兵衛
一二九	一〇五	一〇五	一〇〇%	5/9	七兵衛は土方から、兵馬の衣装と金二十両を預かる
一三〇	一〇九	一〇九	一〇〇%	5/10	七兵衛は大津へ。水戸を批判する侍に遭遇
一三一	三	一〇八	三%	5/11	米友は毎日、不動明王の夢を見るので掛軸を捨てにいく
一三二	一一	一一〇	一〇%	5/12	捨てきれずに歩きまわる米友
一三三	五	一〇八	五%	5/13	焼いてしまおうと考えるが、火種がない
一三四	二三	一一二	二一%	5/14	不動堂に納めるべく、目黒不動へ
一三五	一五	一〇九	一四%	5/15	目黒不動の富くじを当てた町人が通りすがりの武士ともめる

一三六	一一四	一一四	一〇〇%	5／16	米友が現場に出くわす
一三七	一八	一〇九	一七%	5／17	事情を知る
一三八	八	一〇八	七%	5／18	米友は武士の屋敷から槍を盗む
一三九	二〇	一〇八	一九%	5／19	武士たちが取り返しに来る
一四〇	二	一一二	二%	5／20	米友が大立回り
一四一	〇	一〇九	〇%	5／21	〃
一四二	〇	一〇四	〇%	5／22	米友は捕われた町人を解放するよう訴える
一四三	一〇〇	一一五	八七%	5／23	事件が解決
一四四	一〇〇	一一二	八九%	5／24	兵馬が変わってしまって泣くお松
一四五	一〇三	一〇三	一〇〇%	5／25	お君がお松に昨夜見た夢の話をする。夢ではお松が花魁
一四六	六〇	一一三	五三%	5／26	東雲に恋をした兵馬
一四七	六二	一〇五	五九%	5／27	恋に苦しむ兵馬【今や兵馬は真実の敵を忘れて新しき敵を追い求める身となりました】
一四八	二八	一一六	二四%	5／28	兵馬は南條に相談。南條は兵馬に山崎暗殺を依頼【（大菩薩峠の出版は春秋社が引き受けてくれることになった）】
一四九	七八	一一二	七〇%	5／29	兵馬はまた吉原へ
一五〇	三一	一一二	二八%	5／30	東雲から身請けの話を聞き、山崎暗殺を決意
一五一	二	九八	二%	5／31	お銀様は自分の血で写経
一五二	〇	一〇八	〇%	6／1	龍之助が帰宅
一五三	〇	一一六	〇%	6／2	龍之助の尺八に聞き惚れ、弁信が神尾邸に迷い込む

一五四	○	一〇六	○％	6／3	神尾と福村に怪しまれ、弁解する弁信【人間界を離れて天上界にうつる心持】
一五五	一	一〇八	一％	6／4	神尾は弁信を抱えて、井戸に落とそうとする
一五六	○	一〇九	○％	6／5	弁信が井戸に落下
一五七	一	一〇六	一％	6／6	神尾はそのはずみで額をケガする
一五八	五	一〇九	五％	6／7	お銀様は弁信を救出【たいへん良い心持】
一五九	○	一一五	○％	6／8	弁信は染井の化物屋敷の一階に住むことに
一六〇	○	一一一	○％	6／9	龍之助と弁信は二人で尺八を持って夜歩きするようになる【身には一剣をも帯びておりません（第十巻「市中騒動の巻」ができました）】
一六一	二一	一〇五	二〇％	6／10	ある晩、山崎譲の身代りの者が斬られる
一六二	五一	一〇七	四八％	6／11	現場にかけつけた山崎
一六三	二二	一一四	一九％	6／12	斬った兵馬は逃走。動揺して呆然自失
一六四	四三	一一一	三九％	6／13	そこに龍之助と弁信がやってくる
一六五	一二	一一八	一〇％	6／14	龍之助が兵馬の小指を尺八で打ち砕く
一六六	七七	一〇七	七二％	6／15	そのまま立ち去り吉原に向かう兵馬
一六七	一七	一〇一	一七％	6／16	ケガで床にふせる神尾
一六八	二	一一八	二％	6／17	土蔵から出かける龍之助と弁信
一六九	○	一一〇	○％	6／18	騒ぎに遭遇。不義をした男女に制裁が加えられている
一七〇	○	一一一	○％	6／19	弁信が止めに入る

一七一	一	一〇九	一%	6/20	不義をした女の亭主が刀を持って暴れ出す
一七二	〇	一〇九	〇%	6/21	逃げ惑う弁信。提灯を斬られる
一七三	五	一〇二	五%	6/22	龍之助は男の刀を奪い、そのまま男を斬り捨てる【金蔵の執念がここにめぐってきた】
一七四	〇	一一〇	〇%	6/23	龍之助は不義の二人を金蔵とお豊と錯覚
一七五	〇	一〇七	〇%	6/24	龍之助は女を連れて逃げる
一七六	六	一〇二	六%	6/25	板橋の宿に泊まる。龍之助は夢で東海道を上る
一七七	〇	一〇二	〇%	6/26	夢にお浜が登場【お浜「恨みを言えばお互いに際限がない」】
一七八	〇	一〇八	〇%	6/27	夢から覚めるも、再び夢で八王子へ【龍之助は夢とうつつの境を彷徨っている】
一七九	〇	九九	〇%	6/28	再び見覚えのある女が現れる
一八〇	〇	一〇八	〇%	6/29	龍之助は小仏へ発つが迷って蛇滝へ。そこで夢から覚める【龍之助「生きている間は眠れまい」】【ここまで、「小名路の巻」】
一八一	一〇九	一〇九	一〇〇%	6/30	相生町の屋敷に山崎が南條を訪ねてくる【一三二〜一四三とともに、ここから「禹門三級の巻」】
一八二	六四	一〇四	六二%	7/1	お松が案内
一八三	一	九七	一%	7/2	山崎と南條が対面
一八四	二〇	一〇四	一九%	7/3	兵馬がその部屋の障子を開けてしまい、すぐに立ち去る
一八五	一〇四	一〇四	一〇〇%	7/4	兵馬はその人物が山崎だとお松から聞かされる

一八六	一〇七	一〇七	一〇〇%	7/5	兵馬はすべてをお松に白状する【私の恨みでなく、党派・主義の違いだから、容易に打ち解けられまい】
一八七	九	一一二	八%	7/6	山崎は相生町の屋敷を去り、両国へ
一八八	四五	一〇二	四四%	7/7	女軽業の小屋にいた七兵衛が呼びとめ、楽屋に案内
一八九	三	一〇三	三%	7/8	山崎は薩摩屋敷の調査方法について七兵衛に相談
一九〇	三八	一〇〇	三八%	7/9	お角は茂太郎をお絹からとり戻したものの、再び行方不明に
一九一	一〇九	一一八	九二%	7/10	三田の薩摩屋敷を偵察する忠作
一九二	一〇七	一〇七	一〇〇%	7/11	薩摩屋敷の様子
一九三	一	一〇九	・一%	7/12	リーダーは益満という男
一九四	六二	一〇九	五七%	7/13	忠作は兵馬を見つけ尾行
一九五	七	一〇五	七%	7/14	忠作は兵馬のあとを追って、相生町の屋敷にやってくる
一九六	二三	一〇七	二一%	7/15	忠作はそこで南條らの計画を聞く
一九七	九三	一〇二	九一%	7/16	五十嵐がその計画を兵馬に伝える
一九八	五	一〇八	五%	7/17	南條らが上野の東照宮から御幣を奪い、薩摩屋敷へ行進
一九九	一〇二	一〇二	一〇〇%	7/18	駒井は洲崎で船を建造中。鉄砲を手に清澄を散策
二〇〇	一〇四	一〇四	一〇〇%	7/19	駒井が鉄砲を撃った音を聞き、大入道が怒る
二〇一	一〇五	一〇五	一〇〇%	7/20	偶然いた馴染みの大国屋八兵衛の口利きで、駒井は助かる
二〇二	一〇九	一〇九	一〇〇%	7/21	駒井は六兵衛とともに洲崎へ帰る【駒井の計画はあまりに悠長。六兵衛はこの人を惜しいと思う】
二〇三	一〇三	一〇三	一〇〇%	7/22	船内で切支丹の福音書を読む少年を見かける

二〇四	一〇三	一〇三	一〇〇%	7／23	駒井は少年に話しかけ、信仰について聞く【耶蘇の教えは善い悪いではない。世界に神様は一つ】
二〇五	一一二	一一二	一〇〇%	7／24	〃
二〇六	一〇四	一〇四	一〇〇%	7／25	駒井は少年（金椎）を助手として六兵衛から引きとろうと思案
二〇七	一	一〇一	一%	7／26	小金ヶ原で弁信を馬に乗せて歌う茂太郎
二〇八	二	一〇六	二%	7／27	評判となり群集が集まる
二〇九	三	一〇七	三%	7／28	この人気を利用する者も登場
二一〇	〇	一一四	〇%	7／29	弁信は茂太郎を背中の笈に隠して、騒ぎを脱出
二一一	一六	一〇九	一五%	7／30	米友が道庵を訪ねる
二一二	一	一〇九	一%	7／31	二人は米友が世話になる不動院の一行と小金ヶ原へ出発
二一三	六	一〇八	六%	8／1	途中で踊り狂う群衆に遭遇。中心に担がれているのは弁信
二一四	九	一一〇	八%	8／2	米友が弁信に気づく
二一五	一	一〇八	一%	8／3	疲労した弁信を米友と道庵が茶屋に運びこむ
二一六	〇	一〇六	〇%	8／4	米友が弁信に代わって群集の中心に
二一七	〇	一〇〇	〇%	8／5	米友は童子を従えて吉原を練り歩く
二一八	二〇	一〇七	一九%	8／6	弁信と茂太郎は道庵宅へ
二一九	一	一〇八	一%	8／7	茂太郎は櫓に登って、鳥と遊ぶ
二二〇	〇	一〇八	〇%	8／8	踊り狂う群衆を見る山崎と七兵衛
二二一	一〇〇	一〇〇	一〇〇%	8／9	お松は忠作に兵馬の尾行を頼む

二二二	一〇五	一〇五	一〇〇%	8／10	駒井が江戸周辺の海にいると聞き、出かけようとするお君
二二三	一一一	一一一	一〇〇%	8／11	お松がお君を説得
二二四	一〇一	一〇一	一〇〇%	8／12	ムクを見つけたお角ら女軽業師が、お松の屋敷を訪ねる
二二五	一〇六	一〇六	一〇〇%	8／13	結局、要領を得ず帰る途中に、酔っ払いにからまれる
二二六	一〇四	一〇四	一〇〇%	8／14	お角はがんりきに相生町の屋敷の話をする
二二七	一〇五	一〇五	一〇〇%	8／15	がんりきは、駒井の寵愛を受けたのがお君であることを明かす
二二八	一〇五	一〇五	一〇〇%	8／16	忠作がお松に調査結果を報告
二二九	一一〇	一一〇	一〇〇%	8／17	相生町の屋敷で慢心和尚が禅の講義。次に剣の試合が開始
二三〇	一一〇	一一〇	一〇〇%	8／18	兵馬は活躍するも、益満休之助らしき男に一本とられる
二三一	一〇五	一〇五	一〇〇%	8／19	相生町の屋敷から老女が去る。お松が女中達をまとめることに
二三二	一〇七	一〇七	一〇〇%	8／20	忠作がお松に改めて詳しく兵馬についての調査結果を報告
二三三	二八	一一三	一五%	8／21	龍之助に打たれた兵馬の小指が痛むため、お松は道庵宅へ【医者や坊主は人の命を扱うものだから、出来るだけ身を綺麗にしていなければ、人の思いというものがたかる】
二三四	一〇三	一〇三	一〇〇%	8／22	道庵が相生町の屋敷に到着
二三五	八六	一〇九	七九%	8／23	屋敷からは薩摩琵琶の音
二三六	一三	一一一	一二%	8／24	薩摩琵琶や琵琶の起源について語る弁信【心眼を開いて悟りに入れば、なまじい眼の見える為に五慾の煩悩に迷わされる人達よりは遥かに幸福である】

二三七	一四	一〇六	一三%	8/25	弁信が屋敷の中に招かれる
二三八	一一	一〇七	一〇%	8/26	室内で爆発が起きる
二三九	二一	一〇五	二〇%	8/27	爆発にもかかわらず、奏者は琵琶を弾き続ける
二四〇	一一	一〇六	一〇%	8/28	神尾はまだケガで寝ている
二四一	四〇	一〇二	三九%	8/29	毎夜、外からお囃子が聞こえる
二四二	五四	一〇七	五〇%	8/30	お絹は女中とともに踊りにいく
二四三	三	一〇六	三%	8/31	屋敷に残されたのは神尾ひとり
二四四	六	一〇五	六%	9/1	弁信への怒りから、槍をもって暴れる
二四五	八	一一五	七%	9/2	さらに土蔵に放火
二四六	七	一〇九	六%	9/3	お銀様は土蔵から脱出
二四七	〇	一〇九	〇%	9/4	槍をもってお銀様を追いまわす神尾
二四八	四	一〇九	四%	9/5	逃げるお銀様
二四九	九三	一〇六	八八%	9/6	火は本宅に移り、全焼
二五〇	一〇四	一〇四	一〇〇%	9/7	福村が神尾邸の焼跡から伯耆の安綱を回収
二五一	〇	一〇〇	〇%	9/8	各地で踊りが起こる。また、救い米の噂で乞食が押し寄せる
二五二	一〇〇	一〇〇	一〇〇%	9/9	乞食狩がはじまる
二五三	一〇六	一〇六	一〇〇%	9/10	そのため江戸市中を目指す与八も遠回りをする
二五四	一〇二	一〇二	一〇〇%	9/11	郁太郎の乳を求め、与八は護国寺周辺を徘徊
二五五	一〇二	一〇二	一〇〇%	9/12	人形屋のおかみさんに乳をもらう
二五六	一〇四	一〇四	一〇〇%	9/13	人形師夫婦が、郁太郎は行方不明の姪だと言い出す

二五七	一〇六	一〇六	一〇〇%	9／14	与八は人違いだと説明するが、聞き入れられない
二五八	一〇四	一〇四	一〇〇%	9／15	近所の人々も与八を誘拐犯扱い。人形師は郁太郎を奪い去る
二五九	一〇三	一〇三	一〇〇%	9／16	怒って追いかける与八。その怪力ぶりに騒ぎとなる
二六〇	一一四	一一四	一〇〇%	9／17	与八は大八車をぶんまわして大暴れ
二六一	一〇八	一〇八	一〇〇%	9／18	岡っ引に捕えられる
二六二	一一一	一一一	一〇〇%	9／19	踊りの人波で大混乱。与八は縛られたまま逃走
二六三	一一〇	一一〇	一〇〇%	9／20	足をとられて崩れた切石の間にはさまるが、南條が救出
二六四	三八	一一〇	三五%	9／21	与八を相生町の屋敷に送り届けた南條は、がんりきと相模へ
二六五	一	一〇二	一%	9／22	がんりきは南條にお君について尋ねる
二六六	八	九六	八%	9／23	南條は庄内藩主涌井左衛門の愛妾を盗み出せとけしかける
二六七	一七	一一一	一五%	9／24	がんりきは道を引き返す。途中で子分志願の男が現れる
二六八	七	一〇八	六%	9／25	子分にしてほしい男が続出
二六九	〇	一〇四	〇%	9／26	高尾山の大見晴らしに立つ龍之助【禹門三級】
二七〇	〇	一〇八	〇%	9／27	〃
二七一	〇	一〇二	〇%	9／28	龍之助は堂に籠り、滝に打たれる【心頭冷却して心眼が微かに開き、肉眼に光を呼び起こす】
二七二	〇	一一一	〇%	9／29	女が山道を登ってくる
二七三	〇	一〇三	〇%	9／30	女はお徳。龍之助のもとを目指す
二七四	〇	一〇七	〇%	10／1	二人が再会
二七五	〇	一〇四	〇%	10／2	酒と料理をふるまうお徳【ここまで、「禹門三級の巻」】

二七六	一一〇	一一二	九八%	10／3	しかしそれは夢。がんりきが参籠堂に侵入した音で眼が覚める【以下は、部分的に「無明の巻」に用いられる】
二七七	一〇六	一〇六	一〇〇%	10／4	がんりきは中にいるのが龍之助と気づいて逃走
二七八	一〇二	一〇二	一〇〇%	10／5	次に来たのは女。行方不明だった子供を引きとりに行くと告げる
二七九	一一四	一一四	一〇〇%	10／6	茂太郎と弁信は道庵宅を逃げ出す計画
二八〇	一〇三	一〇三	一〇〇%	10／7	目指すは高尾山薬王院
二八一	一〇一	一〇一	一〇〇%	10／8	府中の六所明神へ
二八二	一一〇	一一〇	一〇〇%	10／9	弁信が琵琶で平家物語をはじめる
二八三	一〇八	一〇八	一〇〇%	10／10	しかし追い出される
二八四	一〇五	一〇五	一〇〇%	10／11	分倍河原へ
二八五	九九	九九	一〇〇%	10／12	遠くから馬の轡の音
二八六	九七	九七	一〇〇%	10／13	府中の町ではある大名の奥方が盗み出されて大騒ぎ
二八七	一〇五	一〇五	一〇〇%	10／14	二人のもとへ男が逃げてくる。男は郁太郎を抱えた人形師
二八八	一一四	一一四	一〇〇%	10／15	人形師は妹に子供を渡しにいくところ。三人は一緒に高尾山へ
二八九	九六	九六	一〇〇%	10／16	米友は伝通院の学寮にいる
二九〇	一一〇	一一〇	一〇〇%	10／17	小石川御薬院の辻番に採用決定

あとがき

本書は、平成二十四年（二〇一二年）三月に東京工業大学世界文明センターで制作した冊子「『大菩薩峠』を都新聞で読む」（非売品）をもとにしている。今後、本書の出版とともに、都新聞版の『大菩薩峠』（全八巻）も論創社より順次刊行される予定である。共同研究者の橋爪大三郎さん、加藤典洋さん、野口良平さん、論創社の森下紀夫さん、誉田英範さん、黒田明さん、本書の執筆や出版のきっかけをつくってくださった須藤寿恵さん、鷲尾賢也さんに心より感謝いたします。

平成二十五年早春　筆者

〔著者略歴〕
伊東祐吏（いとう　ゆうじ）
1974 年、東京生まれ。早稲田大学教育学部卒業。名古屋大学大学院文学研究科博士後期課程修了。
専攻、日本思想史。
著書・論文に、『戦後論――日本人に戦争をした「当事者意識」はあるのか』（平凡社）、「批評論事始」（『群像』2009 年 6 月号、第 52 回群像新人文学賞優秀作）、「小林秀雄は如何にして批評家となりし乎」（『群像』2010 年 2 月号）、「丸山眞男と『近代の超克』」（『思想』2010 年 11 月号）、「水死する大江健三郎」（『三田文学』2012 年秋季号）がある。

「大菩薩峠」を都新聞で読む

2013 年 5 月 15 日　初版第 1 刷発行
2014 年 5 月 7 日　初版第 2 刷発行

著　者　伊東祐吏
発行者　森下紀夫
発行所　論創社

東京都千代田区神田神保町 2-23　北井ビル
tel. 03（3264）5254　fax. 03（3264）5232　web. http://www.ronso.co.jp/
振替口座　00160-1-155266
装幀／宗利淳一＋田中奈緒子
印刷・製本／中央精版印刷　組版／フレックスアート
ISBN978-4-8460-1211-3